若你我
从此
不离不弃

莲花清秋

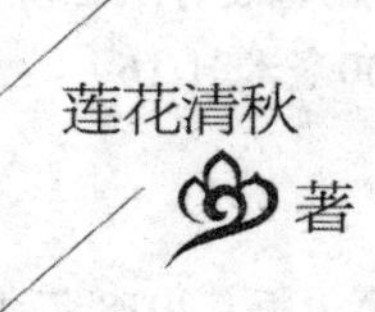
著

江苏凤凰文艺出版社
JIANGSU PHOENIX LITERATURE AND
ART PUBLISHING, LTD

图书在版编目(CIP)数据

若你我从此不离不弃 / 莲花清秋著. -- 南京：江苏凤凰文艺出版社, 2018.4

ISBN 978-7-5594-1777-0

Ⅰ. ①若… Ⅱ. ①莲… Ⅲ. ①长篇小说－中国－当代
Ⅳ. ①I247.5

中国版本图书馆 CIP 数据核字（2018）第 052887 号

书　　名 若你我从此不离不弃

作　　者 莲花清秋
出 品 人 柯利明　吴　铭
策　　划 高瑞贤
责任编辑 牟盛洁　李　黎
出版发行 凤凰出版传媒股份有限公司
江苏凤凰文艺出版社
出版社地址 南京市中央路 165 号，邮编：210009
出版社网址 http：//www.jswenyi.com
印　　刷 三河市文通印刷包装有限公司
开　　本 710毫米×1000毫米 1/16
印　　张 16
字　　数 221 千字
版　　次 2018 年 4 月第 1 版　2018 年 4 月第 1 次印刷
标准书号 978-7-5594-1777-0
定　　价 39.80 元

Contents 目录

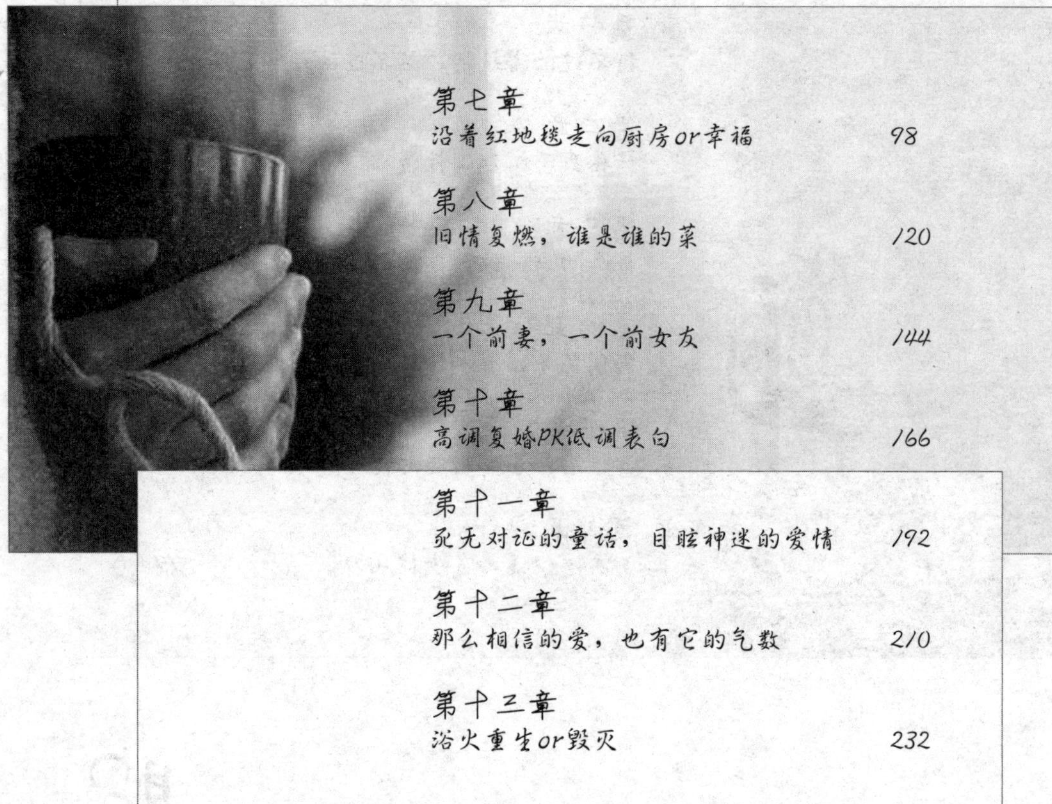

第一章

拼不过的潜规则，熬不过的七年之痒

苏州这个小家碧玉的城市，凌晨的夜里依然有霓虹在闪烁，笼罩在夜色之下的喧嚣，穿透那些因为空虚而无聊，因为寂寞而无望的人群。

尽管无聊的人太多，却也没有人因自己的无聊去慰藉他人的无望和悲伤。

“谁说二十九岁是我的幸运年？所谓的幸运就是男人跑了，还卷走了我的钱？事业垮了，把别人捧上来自己下台？以后谁再和我提‘幸运’两个字，我和他死磕。”

苏苏蜷缩在沙发的一角，悲伤得有些抓狂，落寞得有些无助，眼泪汇聚成了汪汪的河流，手里的玩具熊遭受了史无前例的非人虐待。

年关在天桥遇到算命的，心血来潮卜了一卦，算命的说二十九岁是她爱情事业双丰收的幸运年，这是三十岁来临之际上天对她的垂青和眷顾。

二十九岁分明是一个难逃的劫数，分明是垂死挣扎的回光返照。

“人事方面做一下调整，大家都知道主编位置缺席太久，一直是柳苏苏身兼数职，所以社里决定由……”

“由”字还没说完，柳苏苏就从座位上站起来准备接受即将加冕的皇冠，想着老总朱老头子单独把她叫到办公室，亲切地说：“小柳啊，你在公司也不少年头了，怎么也算三朝元老了，考虑过跳槽没有？”苏苏一脸严肃坚毅地表决心：“朱总，公司当初不嫌我没有经验才疏学浅，我怎么能在公司成长的时候另谋他路呢，朱总，您放心，我势必与公司同呼吸共命运。”

朱老头子笑嘻嘻地握着苏苏的手说：“公司就缺你这样的人才，踏实，努力，以后要继续发挥你的作用啊。”苏苏激动得差点敬了个礼，心里美滋滋地想着那句“继续发挥作用”的话，潜台词岂不是要重用自己？

“……由编辑部的曹文辉担任主编一职，小曹勤勤恳恳……”

接下来的话在苏苏听来已经有些混沌了，幻想啊幻想，一切都是肥皂泡，净做梦了，聪明的她站起来鼓着掌，嘴里说着恭喜，佯装无事。

早上老朱路过苏苏办公室时还拍了拍她的肩膀说：“这段时间辛苦你了，好好干，公司不会亏待你的。”

原来所谓的不亏待就是将分外的工作抽回了。

意料之外，完全是一场滑稽的游戏，一个根本不是对手的胜利者走过来和她握手，还说“以后麻烦苏苏姐协助”。

看人家多会说话，说“协助”，而不是“帮助”，更不是“关照”，适应之快令人咋舌。

苏苏用她职业的微笑回应新领导，说：“哪里，以后还劳烦曹主编多多关照我才是。”

接着朱总走过来说：“苏苏，公司知道你是个人才，小曹某些方面还真需要你把关协助啊。”

尴尬和难堪。苏苏恨不得抓碎自己昨晚通宵熬出来的稿子扔到老板油亮的头上，再指着鼻子骂他“无能，有眼无珠，早晚你的小杂志社倒闭”。

饭还要吃，工作还得做，老板还要哄，新领导还要巴结。

“朱总，您客气了，作为公司员工您不吩咐我也得抛头颅洒热血。”

苏苏说完自己都觉得恶心。

世界就是这样的，你倾注汗水得来的东西，有些人可以不费吹灰之力地拿走。

前一天晚上，也就是公元2010年2月24日，柳苏苏站在苏州最繁华的观前街，金色褶皱壁纸装饰的柱子，彩色花纹修饰的围墙，美罗商城、金鹰国际、人民商场……彰显着品牌、奢侈和繁华。

夜的风带着刺激皮肤的寒冷灌向站在路口的苏苏，她打了个哆嗦，双手环在胸前抱紧自己。塑料袋被风卷着旋了个圈，又被卷到角落处，和她一样哆嗦着。

因为一期关于“夜生活”的杂志专题，她冲动地跑到这个地方看看白日里热闹的场合夜晚会怎样的冷清寂静。

然而，零点报时的时候，这个地方还热闹着，有醉酒的男人，吵架的情侣，收摊的小贩，开来开去的车子，酒店、酒吧、KTV门前拉扯的男女停放的车辆、说胡话的男人，当然还有24小时营业的肯德基、麦当劳。

苏苏拿出单反拍了几组镜头，收工，打道回府。

这丫头前些日子独闯了酒吧、KTV、浴场这种男人寻欢作乐解决生理需求释放多余精子的地方，誓要写出创意，达到标新立异、独一无二的完美。

此时，苏苏带着昨晚拍的照片和通宵熬出来的稿子，从衣橱里挑出一件白色连衣裙，光鲜亮丽，发髻梳得光亮，高跟鞋走起来也咔咔作响，幻想这次竞选主编非她莫属。

当她以一个骄傲的姿态走进自己的办公室，像是走在红毯上接受众人的羡慕一样，内心抑制不住地喜悦。然而当她站起来接受最神圣的宣告时，听到的却是别人的名字。

“苏苏，节哀顺变，你不知道小曹是朱总的外甥女吧，亲的。”

“人家来这儿根本不是做小编的，那只是练练手。”

“家族企业的悲哀啊，同情！”

工作中的打击在他人不经意的笑话中将她的尴尬升腾到极致。

“没关系，对女人来说，感情上的风调雨顺绝对PK得了事业上的磕磕绊绊。”她想着自己相恋七年的男友，幸福地傻笑。

叶峰出差一个星期了，今天回来。虽然在一起的七年中他也经常出差，苏苏还是不习惯他不在身边的日子，还是会深切地思念。她调整好心情，专门跑到范思哲，砸重金给叶峰买了件淡粉色的衬衣调剂一下平淡的生活。

回到家，苏苏看到叶峰疲惫地坐在沙发上拿着遥控器不停地换台，打消了要把自己落选之事告诉他的念头。

“宝贝，我回来了，好想你哦！”苏苏几乎是扑到叶峰身边的，卸下高冷的伪装，娇嗲着，“来让我亲亲！”她双手捧着叶峰的脸送到自己嘴边，狠狠地亲了几下。

“宝贝，猜，我给你买什么了？”

“还有什么，衣服呗。”叶峰懒洋洋地说。

“你怎么知道？”

“每次不是衬衣就是领带，这些不需要对尺寸有过多的要求，最重要的是实惠。”

晚饭过后两个人躺在床上，用叶峰的话说“就算各自扒光了也没什么兴趣”，但是还要习惯性地完成作业才睡得着。

第二天早晨，苏苏还赖在被窝，就听见叶峰叮叮咣咣穿衣服洗脸刷牙的声音，她揉揉惺忪的睡眼，问道：“今天怎么起这么早？”

“喂，你这个女人怎么老是不带脑子，不是告诉过你我的东西不要乱放吗？”叶峰翻翻衣柜又把床上的被子掀开到处找着什么，压根没听见苏苏说什么。

“怎么了？”

“怎么了！！！昨天晚上我明明告诉过你我今天有很重要的会议，要打那条红色领带！！！”

劈天盖地的指责，如果在平时苏苏或许可以把这些当作玩笑或者恋人之间的打闹，而此时却是爆炸的导火线……

“你知不知道我落选了，败给了一个什么都不懂的新人，昨天你爱答不理，今天大早晨就制造噪音，不要什么事都让我迁就你，来配合你的脚步，我也有自己的工作和生活习惯。饭你不做，碗你不洗，地不拖，衣服也不洗，永远把我当成保姆、当成全自动洗衣机，回到家就知道享受……”

“你他妈脑子进水了，瞎叨叨什么？”

苏苏第一次听到叶峰对她爆粗口，整个人都呆住了。

结局是这个男人大清早夺门而出。

苏苏一直以为这次和以前的每次一样，是情侣间的小打小闹，直到下班回到家发现房间一片狼藉，像被贼洗劫过，再仔细看看，才发现但凡叶峰的东西都不见了，两个人共用的工资卡也不见了，里面有她的五万块钱。

“本来就不是我的错，这次我偏偏不找你，不道歉，看你能撑到什么时候。”她固执地以为叶峰会回来。

一天，当作赌气。

两天，坚持赌气。

三天，真正没有硝烟的战争。

四天，开始后悔和寻找，却怎么也联系不上。叶峰的电话总是“不在服务区”，一切短信均得不到回复，QQ也有气无力地灰暗着。

五天、六天……

时间越来越漫长，惦念和担忧铺天盖地地袭来。苏苏躲在家里不断自责，每一个夜晚神经都高度紧张，每一次楼道中传来脚步声都盼望是他，而每一次打开门看见的总是黑暗和空无。

直到第七天，苏苏收到一条短信：“苏苏，我们分手吧。拖了这么长时间谁都累了，何况我们并不适合。”

苏苏打电话过去，已是关机。

男人的绝情往往比女人更决绝，不听任何的解释，也不看女人的泪水和楚楚可怜的脸。

苏苏无休止地发着短信，告诉叶峰只要他回来，自己什么都可以改，再也不任性，再也不乱放东西，再也不乱消费……总之女人的一切尊严都抛下了，只想换回一个男人。

一直到一个月后，还是没有得到叶峰的任何回复。苏苏这才明白他们七年的爱情终是走到尽头了。

此时此刻，任何的诺言和海誓山盟都烟消云散!

“男人是最不可靠的动物，就像女人不可靠一样。”这是好友蓝颜的经典名句。

“那什么可靠？”

当时的苏苏还笑蓝颜的幼稚。她不就是可靠的女人，叶峰不就是可靠的男人吗?

“有时候我们自己都不可靠，还指望什么可靠？”

“所以你就成了爱无能，放着身边一堆优良品种就是无动于衷？”奚落蓝颜用这句话正中要害。

“大概可能好像是吧！”习惯了苏苏说自己“爱无能”，蓝颜此刻也不需要辩解什么，何况现实确实这样。

当时的苏苏不相信蓝颜的幼稚言论，现在一切成了谶语，那个男人果然不可靠，消失的速度快过2009年12月某一天精子和卵子结合的速度，让人来不及猜想更来不及接受，而那次自己联合那个男人亲手摧毁了一个生命。

真正意识到失恋的时候，苏苏无论如何接受不了这样的结果。

“我跟了他七年，七年啊，我们差点就结婚了，颜颜你知道吗？我以为这辈子跟定这个男人了，我那么爱他，没有他我会死。我每天都在不停地回忆，过去的回忆快把我弄疯了，我想恨他，可是恨不起来。我知道自己很没有出息，但是我就是爱他，依赖他，迷恋他身上的味道，甚至他说话的表情……”

“想哭就哭出来，我替你诅咒叶峰这个王八蛋，我诅咒他这辈子下辈子下下辈子都打光棍。”

苏苏扑哧笑了：“不许你诅咒他，万一他还回来，我还要他。”

“携你的五万元巨款潜逃了，你不报110，还在这痴心妄想他能回心转意，送你一个字——”

“什么？”

“J—I—A—N，贱！！！”

呜呜……苏苏又哭起来了。

“我的傻姐姐，平时聪明伶俐，怎么遇到爱情变脑瘫了？”

“我难过，这儿难过。”苏苏痛苦地捶着胸口着，拿起啤酒咕嘟咕嘟又是一瓶。

蓝颜夺下她手中的啤酒瓶：“苏苏，别喝了，你不知道酒精对你没有作用啊，顶多促进新陈代谢跑几次厕所而已。”

“我就想喝醉，喝醉了什么都不用想了。”

“你那酒量东北男人都害怕，治疗失恋不管用，要不咱购物去？”

“花钱的事我不干。”

“还挺理智，那就是没事。”

作为苏苏最好的朋友兼大学同学，蓝颜义无反顾地充当起苏苏倾诉的对象。

苏苏回忆起过往情节，曾经撕心裂肺的疼痛又一次袭击了她脆弱的心脏。关于这件事，蓝颜也是第一次听她讲起。

“嗯？你大姨妈怎么还没来？”叶峰突然问起来。

“不会吧，只是几次没有防护措施，而且都是安全期。”苏苏不太相信自己有这么“好”的运气。

第二天买了试纸检测，结果关键那条线半明显地躺在那里，若隐若现。听说这叫“弱阳性”，中奖的可能性极大。

不知道是什么样的心情，好像有谁开了一个大大的玩笑。苏苏看着叶峰，叶峰说：“不太可能吧，还是明天去医院检查一下再说吧。”

“如果有呢？”自己这个不大不小的年龄，有着不轻不重的工作，两个人的关系不紧不慢，物质基础不多不少，精神享受若有若无，是生还是不生？

“还是不要了吧！”虽然叶峰说出的结论也是自己所想，“未婚先有子在老家是不允许的。”但是从深爱的男人口中这样没有商量地说出来，还是令苏苏无法接受，不知道那一刻怎么了，苏苏的眼泪突然就无声无预料地流了下来。

“你知道我是个理性的人，不喜欢犹豫，决定好的事情就不想改变。但是如果你坚决要这个孩子，我也会义无反顾担当起家的责任。”叶峰辩解着。

可是无论怎样的解释，苏苏心里都无法接受。

苏州的夜忽然变得好黑，再没有灯火霓虹的刺眼，也没有车水马龙的喧嚣，只有风的声音在这寂静的夜里来回沙沙作响。

女人有着天生的母性，苏苏感觉有个小东西长在自己的身体里连着筋骨，总是有意识地保护着自己的肚子。尽量避免长时间坐在电脑旁边，尽量不使用电磁炉这样有辐射的家电，电视也很少看了，连“做作业”的时候，都好像在敷衍在应付，两只手捂着肚子，没有享受，只是完成任务。

这一切叶峰都看在眼里。

当在医院里检查也是“弱阳性”的时候，苏苏问“弱阳性”代表什么意思，那个小护士不太肯定地说应该是有了。

由于小护士的不肯定语气，叶峰一直认为是“没有”，不知道是安慰苏苏，还是自欺欺人。

苏苏回忆起那段时间，悔得肠子都青了。那个时候她就应该知道他们走不长了。

为了确定是否是真怀孕，叶峰说等下个月他有空的时候再去医院检查检查，因为小护士说孩子太小做B超看不出来，只有B超才能百分百地确定怀孕的准确性。

约好检查的那天，叶峰竟然没空，苏苏一个人到了医院，东奔西跑终于检查完，拿了结果。

医生问：“是不是想要？”

“不打算要，怀孕期间吃了很多辣椒，还接触电脑电视怕对孩子不好。”大姑娘上轿头一次面对这种问题，苏苏羞愧地想了一堆借口。

“不打算要怎么不早点来，现在都两个月了，看见了没有，胎儿都这么大了，你们这些年轻人就是不懂得爱惜自己。”医生的责备让苏苏更是羞愧地低下了头。

之后，完全听医生吩咐拿单子交钱、检查化验、取结果，然后莫名其妙地躺在手术台上，连做的是什么性质的手术都不知道。苏苏以为现在医院这么发达了，应该都是“无痛人流”，谁想，在手术台上，那种机械搅拌的疼痛，好像自己被凌迟，被五马分尸，被撕咬，疼得人想去死，短短的几分钟好像几个世纪那么长。

“还有多久？”苏苏脸上渗出疼痛的汗珠。

“本来三分钟，你孩子大了点，五分钟。”护士的话言简意赅。

这五分钟她一辈子都不可能忘掉，还有休息室里那些跟自己一样的女人痛苦的表情和呻吟声。

这样的结果，在今天来看，应该是一件幸事吧，不用拖泥带水有所牵挂。

如果一开始对叶峰还有很浓很浓的爱和很多很多的回忆，现在的苏苏，宁愿这样的相识相守相爱从来没有发生过。

男人是一种自私的动物，尽力保护自己的领地，维护自己的年轻潇洒，保持自己的所谓魅力。

那个意外和对意外的毁灭，是苏苏最深的痛，而这件事成了苏苏劝说自己忘记叶峰最好的理由。

这样想着，再也不用拿眼泪祭奠那该死的爱情了，再也不用拿酒精麻痹堕落的自己了。

可惜不是你，陪我到最后。感谢你的绝情离开，让我有勇气从这样的泥沼中走出来。每一个绝处都有意外的逢生，每一处狭路都可能柳暗花明。

蓝颜听完苏苏的讲述，心疼地看着自己的闺蜜，说：“傻姐姐，你怎么这么傻，以后不能再为他掉眼泪了，不值得。”

七年的感情，已经积累了足够疲惫，不如趁这个时间好好享受一下单身生活，对自己好一点，不要再考虑衣服有没有洗，厨房有没有食物和饮料，居家的日子也过够了，走吧，都走吧，不相信没有男人会活不下去。

“颜颜，明天去商场购物啊！”

“你是想用金钱来麻痹感觉，还是终于想通了要对自己好一点？”

“哎呀，好久没有奢侈一下了，给自己一点奖励。”

“真的吗？看来我只能舍钱陪君子了。”

又是新的一天，苏苏指着镜子里的自己说：“不许哭，不许难过，高兴，微笑，听见没有。”

苏苏是坚强的，她的坚强是要让别人看得到的。

于是，她穿着新买的衣服，黑色高腰短裙，纯色的短袖雪纺衫，衬得苏苏更加干练知性。她又化了淡妆，整个人看起来精神奕奕。

当苏苏装作若无其事地走进办公室，她的高跟鞋像往常一样发出嗒嗒的声音，这熟悉又具标志性的声音，原本是每个人抬头向她打招呼的前奏，然而今天大家的表情有些怪异。

微笑是最假的一种表情，人人看得透，却人人都在使用。尽管大家的微笑不够诚意和热情，苏苏还是回馈每一个人淡淡的微笑，不让别人看到她受伤的表情和她的脆弱。

在公司的卫生间里，苏苏听到那些八卦女人对她的议论，前段时间关于她要结婚的传闻又兴风作浪了。

所有的人都以为她的微笑是新娘子式的。

“更年期要结婚了吗？”

“更年期”是柳苏苏的代号，因为她会无数次让人修改稿件才肯定稿，会无数次开会讨论每一个主题，会无数次要求重新搜集材料，稿件被她那张嘴不停歇地说来说去，改来改去。每一个自信的人都被她如此的折腾整崩溃了。一开始大家说她更年期，时间一长“更年期”便成了她的代号，但是苏苏还是一贯坚持她苛求完美的标准，力求把杂志做到最好。

“她几次都说结婚，每次都没有结成。”

“是啊，听说第一次是因为两地风俗不一样没谈拢，第二次男方出车祸躺了一个月，第三次是他们看好的房子着火了。”

“真倒霉！”

“难道是传说中的克夫？”

“可能吧，事业型的女人婚姻往往是不幸的。”

“估计这一次也不会顺利结成！”

苏苏在洗手间里侧耳倾听，没敢出来，泪水顺着脸颊流了下来。

这不是在伤口上撒盐吗？

苏苏又想起叶峰那张无辜的脸了，好像每次的不顺利都是因她而起，天知道她一个弱女子怎么会有这等能耐啊！

难道叶峰的离开是因为我克夫？她不敢再想下去了，一直坚信的爱情太脆弱，太不堪一击，太经不起暴风骤雨的考验！

“我要结婚？也不知道是谁这么有心，替我操心婚姻大事！”想想有点可笑。

苏苏不想也不敢出去解释，任由这样荒唐的猜测在自己耳朵边肆意地蔓延。

然而，美好的谣言带来的不是好运，而是另一个死亡般的讯息。

苏苏从副主编的位子降到主编助理了，肥头大耳的朱总冠冕堂皇地说副主编是个虚设的位子，新主编上任了没必要再留着这个岗位，增设主编助理，工作性质、工资都一样。

她要去辅佐一个自己曾经的下属，而且是一个品位低级、能力有限的下属。

可笑！

这样的事情已有先例，谁也没有惊讶，只是苏苏没想到这一切来得这么突然，这么快轮到她了。

三十年河东，三十年河西。当初她多次说过那个小丫头片子没有慧根，根本不是做这行的。但是人家留过学而且背景过硬，硬是从小编直接跳到了主编。

二十九岁，对一个未婚女人来说意味着马上结婚生子；对公司来说意味着婚假、产假、病假。

没有哪个公司愿意要一帮孕妇，何况在这个女人扎堆的行业。

苏苏不想像那些女人一样，和公司死磕到底，立马结婚怀孕先请几天婚假再请几个月病假再请产假，把公司拖死，谁让国家对孕妇有特别的优待呢。

既然要走，就要走一个干净利落。这才是苏苏。

“朱总，这是我的辞职申请，请您批准。”

“苏苏，你这是干吗啊？不会是对这次岗位调整有意见吧？”最可气的就是明知故问，这个肥头大耳的朱总还故意来这么一句。

“怎么会？在公司这么长时间，别人不了解，我还能不知道公司对我如何吗？您看我都奔三的人了，结了婚就在家相夫教子了，到时候麻烦事忒多，不能耽误了公司前进的步伐啊，我这个位子还是留给那些朝气十足的小辈，他们才是未来的人才啊！”

苏苏顿了顿，接着说了一句：“何况《名都杂志》一直请我去担任主编。”

“哦？那可是大杂志社啊，有前途。”朱总又说了一大堆惋惜人才、想要挽留但也极尊重苏苏决定之类的废话就批准了。

一切很是顺利。

失恋了，又失业了。孤家寡人，寄人房檐，身无分文，下个月房租交不上就只能等着流浪街头了。

想想此前的日子大概就叫幸福吧！

“好轻松，好轻松，以后再也不用踩着闹钟起床，赶着公交上班了。再也不用给男人洗衣做饭了。”苏苏半唱半嚎地在自己的房子里乱转，但是说完这句话眼泪就掉了下来，所有的伤悲好像一下子全都爆发了出来。

这些天的苏州，还没有进入雨季就阴雨连绵，配合着苏苏的心情。痛苦中的苏苏在自己的网络状态上写下几句杂言碎语。

梦江南，烟雨杏花绕堤柳，忆那般撕心裂肺断肠悲。旧人已去心添愁，桃花人前笑春风。梦回首，惦经年，月缺一环环。

“老妖，好久不见。”

因为苏苏姓柳，腰如细柳，名字从“老柳”“老腰”最后定格为“老妖”。蓝颜仗着脸皮厚人漂亮夺得“颜颜”的昵称，宿舍另一女生宋远景被称为“太黄太后”，源自酷爱讲黄段子，而三人则自封中文系“三剑客”。“老妖”这个称谓基本只有大学宿舍的几个人知道，毕业之后再没人这么叫过。

“太黄太后？”

“我靠，才听出来，是我，宋远景啊。”

“你再不出现，我就默认你死了，怎么这些年消失了也不和我们联系？好多次梦到你，骂你不够意思。”

“你大爷，做梦都骂我，嘿嘿，这么说我也挺重要。”

这些年在外装淑女惯了，突然语言解放真有点不适应，也只有和宋远景她才会这么说。苏苏也不知道怎么会和这个被称为“太黄太后”的宋远景为伍。

“你在哪儿？在干吗？过得好不好，单身还是结婚了？工作没有？啥时候过来咱几个叙叙旧，想死我了。”

“我要结婚了，通知你一声，你和颜颜一块儿，还有，带上礼金，少于一千就别来了。”然后听到那边哈哈的经典笑声。

“去死，几年不见还这么见钱眼开，够狠。你男人哪儿的？”苏苏一直在斟酌要不要问出这个问题，不知道当年的两个人还联系不联系，现在结婚的对象又是哪路人马。

“家里的，凑合过。”宋远景并不想多提，轻描淡写带过。

宋远景要结婚的消息着实让柳苏苏狠狠吃了一惊，这位曾经是中文系“三剑客”之一的侠女，在断情闭关四年之后居然结婚了。

宋远景，北京女，父母均是吃皇粮的国家公务人员，一兄长宋远山已婚，由于远山兄长是在遭到父母强烈反对、断绝关系的威胁之下仍然不愿砍断情缘而是坚持完婚，宋父母很看不上那位来自小镇的儿媳妇，孱弱，不善言谈，嗜好买衣服，霸占着儿子，所以宋远景一直不敢把自己的男朋友夏晓伟带到父母身边，毕业之后被催着相亲结婚，男友在金屋藏了三年之后终于鼓起勇气见了宋远景的父母。

惨败而归，父母强烈反对。那时的远景二十四岁，还是一个乖乖女，在抗争无效后不忍再以大哥为榜样伤害父母，听了父母的话忍痛割爱与夏晓伟分开，此后四年再无谈过恋爱。

谁都觉得宋远景不爱起码不够爱夏晓伟，天天腻在一起比和男朋友待的时间都多的苏苏和蓝颜也没感觉宋远景有多爱夏晓伟，但是就是此后的几年内，宋远景把自己隔绝了，不再和任何人联系，

苏苏和蓝颜奔赴宋远景婚礼的那些天，她们才知道什么样的爱叫爱。

大学的宋远景一米六五，从120斤吃到130，此时的她还是一米六五,却130骤降到104斤。用她的话说，“爱情是个折磨人的东西，不仅能让人迅速胖上去，还能让人迅速瘦下来”，苏苏想起电视里的一句话：“问世间情为何物，直教人生不如死。”

远景说：“他的难过可以找人发泄，我的难过不允许对任何人发泄。”

宋远景和夏晓伟分手的第一年与苏苏联系过，源于在苏苏空间看了一篇怀念宋远景的文章。晚上十一点多，她打来电话说好久没这么哭过了，然后诉说着自己的悲伤与难过，一场无奈的感情牵扯出两个纠结的人。

此刻再重逢，宋远景问起苏苏和蓝颜的感情生活。

苏苏刚分手，痛苦的余味还未散去，蓝颜和杨磊分手也差不多四年了，看似无事却始终放不下。

“我妈非给我介绍有房的，说他家条件不好，别说到时候买房家里能贡献点，他那个上学的妹妹和生病的母亲到时候还得拖累我们，说为我好，以死威胁，我能不同意吗？好歹我妈也养我这么大了，一言难尽。”为这事蓝颜一直耿耿于怀，和杨磊分手半年之后，蓝妈妈就张罗为女儿相亲，今天是处长的儿子，明天是哪个经理的侄子，资产多少，前途多好。蓝颜根本没心思相亲，但

反其道而行之，今天把公司未婚的财务科长带来，明天把客户某个离婚的老总带来，后天再有个经理啥的。“妈，您觉得怎么样，符合您的要求，多金，有成熟稳重的，有年少有为的，随您挑，看中了明儿就可以领证。”

宋远景听后竖起大拇指：“强，你妈被你气得够呛吧？”

蓝颜一副胜利得意的表情：“现在再也不说给我相亲的事了。一个字，烦。”

苏苏忧愁地说：“我是不是该把他找回来，死死抓住他不放？”

“叶峰就算了，比不上夏晓伟稳重，没有杨磊上进，就你当个宝。”蓝颜直言不讳。

“同意。”

苏苏和叶峰不被看好的感情在经历七年的风风雨雨霹雳沙尘暴之后终于画上了句号，这段分了合、合了分的感情在苏苏不断坚持的日子里默默地寿终正寝了。

毕业了，各自有了新的生活，大家的轨迹也不一样了，没有了少不更事的纯情，多了经历沧桑的表情。

老妖已没有当日的弱柳扶风，太黄太后也不再肆意讲黄段子活跃气氛了，颜颜也闭上了情关，“三剑客”归隐多年了。

苏苏本以为这次的重聚会是“三剑客”重组的一个契机，谁想和小虎队一样给人的只是幻想。时间是世间最锋利的剑，消磨了年轻时的棱棱角角，女汉子都变端庄了，苏苏再也没听太黄太后提起过夏晓伟，也不再讲起旧日的笑话，也再没人亲切地叫她“老妖”了。

不完美的情节将繁杂扰乱的思绪拨得更乱，此去经年后，故人初相逢，唤起旧时情节，重燃烟火已灭，泪痕几处空惹。

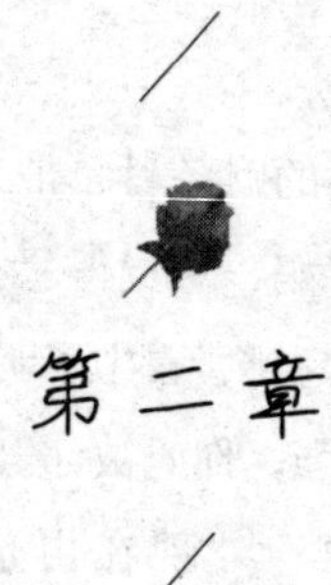

第二章

情场失意，江湖救济

靠爱情生活的苏苏认为没有爱的婚姻是不幸的，从宋远景的婚礼回来后，目睹了太黄太后的不幸婚姻，她更加思念走了的叶峰，那种想要说上一句话却无从拨号的感觉简直就是一颗心放在锅上——煎啊煎，熬啊熬。

苏苏一个人在家郁闷加上无聊，悲伤加上无望，只能用酒精麻痹自己了。最近不知怎么了，她跟酒有缘了，一醉解千愁。正准备倒下大睡一场的时候，刺耳的铃声唱了起来。

“喂？”

“苏苏，你出马的时候到了，康丽庄园酒店。”是蓝颜的声音。

“马上到。”虽然苏苏已有些许醉意了，但是这个声音和这句话的含义，她还能用余下的一点意识辨别出它的重要性。

苏苏拦了几辆出租，司机看她一身酒气都扬长而去了。她踉踉跄跄地往前走，在一个酒店门口看到一辆车，趴在车上满嘴胡言乱语地说：“司——机，我要打车——打车，你懂不懂，我给——给钱——”一句话没说完，翻江倒海地吐了起来，一辆崭新的车立刻沾满呕吐物。

“我的车！从哪跑来的疯女人，保安，保安——”这个男人刚出酒店门口就看到自己车上趴着一个醉酒的女人，而车身已被吐得异常难闻和难看。这个男人用手推了推苏苏。

“哎，我说，你，你没事吧？”

“司机，我要——打车。”

“这不是出租车，你好好睁开眼看看有人开着奔驰拉客的吗？”

“我不管，我要打车。”

这时一个保安拿着抹布飞奔过来擦苏苏的呕吐物，还低声下气地对开奔驰的男人说：“对不起，对不起。”

另一个保安过来要把苏苏拉走，苏苏死死扒住奔驰车不肯离开。

奔驰男看着眼前的女子，侧脸的轮廓像一朵娇羞的水莲，泡在酒里的莲比泡在水池里的妩媚多了，一绺发丝被风扯到脸前，弯弯曲曲地飘荡着，看得他动了恻隐之心。苏苏醉中糊涂地喊着“打车”的傻话，在这个男人波澜不惊的心里激起了涟漪。

“算了算了，把她拖到我车里，我载她一程。”

两个保安一愣，互递了个眼神，把这个男人当成趁火打劫、趁机占便宜的花心大萝卜采花大盗了。

奔驰男开着车，对着醉酒的苏苏说：“今天算你运气好，遇到我今天心情好，不然准把你弄局子里……”

“小姐，去哪儿？”

没有应答。回头一看，苏苏已经歪在后座上睡着了。

第二天苏苏醒来的时候，先揉了揉惺忪的双眼，看到周围的一切好陌生，再定睛一看，确定这不是自己的地盘。立马看了看被子里的自己，幸好穿着衣服。

“睡衣？”

“妈呀，谁给我穿的？”

苏苏把薄薄的被子裹在自己身上，下了床，探头探脑地观察地形，看看有没有可疑人物。正当她把脑袋藏在门后观察的时候，身后一只手猛地拍了她肩膀一下。

“喂，你干吗？”

“你是谁？别过来啊！！”苏苏下意识地把被子往身上拉了拉。

“放心，你前不凸后不翘我才没兴趣。”

“那我……我的睡衣是谁换的？不说我可报警了。”

“手机借你拨110，就怕你不敢。”奔驰男一副挑衅的表情，得意的笑容似现非现地嵌在脸上。

“谁怕谁！”

“拨啊！”

“我——我——怕你是胆小鬼。”

激将法就是好使，被激怒的苏苏快速摁下了那三个数字。

“我被非礼了，这边有个色狼。”

“请问您在什么地方？”

苏苏一愣，转头问奔驰男，这是哪里？他站在一旁乐得笑开了花，边笑边说：“这边是××区××大道××别墅。”

挂了电话，两个人都瞪大了眼睛挑衅地看着对方，四目相对，好似“仇人见面分外眼红”的样子。

其实苏苏平生最怕警察这类穿制服的人了，今天是被人赶鸭子上架下不来了，她厚着脸皮打算在警察叔叔面前好好告奔驰男一状。

叮叮……

门铃响了。

“警察叔叔来了，一会儿有你好看的。”苏苏咬牙切齿地对着奔驰男，恨不得自己变成灰太狼吃了眼前的喜羊羊。

打开门之后，却看到一个五十多岁的大妈，拿着自己昨天穿的衣服进来了。苏苏惊讶的表情足足可以用夸张形容了。

“陈先生，小姐的衣服取回来了。”

“张妈，这些衣服扔垃圾桶就行了，有人不打算要了。”

“哎，谁告诉你我不要了，给我。”

“哦？”一个从阴平直接越过阳平、上声过渡到去声的惊叹词！

“不给也可以，等警察来了告你趁我酒醉非礼我。”

“小姐，你误会陈先生了，昨天你吐了一身，衣服都脏了，先生让我给你换下拿去洗了。”

“张妈，你不是知道狗咬吕洞宾的故事吗？”

这是骂苏苏是狗，不识好人心啊。

苏苏怎么说也曾经是杂志社副主编，词语多如滔滔江海，说起话来也妙语连珠，从来没有江郎才尽的时候，今天偏偏给噎住了，理屈真是词穷！

“喂，一会儿你不会要在警察面前穿着睡衣披着被子吧？”那个奔驰男还真是得理不饶人，句句噎得苏苏没话说。

苏苏接过衣服去换了。

待苏苏换好衣服出来的时候，在大厅里奔驰男正在给几个警察发烟。

“真不好意思，我老婆前些天车祸脑子受伤了，医生说得了间歇性失忆症。晚上不睡一起就说我嫌弃她不要她，要出去包二奶养小三。睡一起吧，常常一大早起来又吵又闹，说我是色狼、强奸犯，要报警抓我。”

“这次我们就不追究了，下次不能再误报了，管好你老婆。”

其中一个警察还对奔驰男说：“这年头，像你这么痴情的男人真不多了。”

“不是那样的！！！”苏苏实在听不下去了。

“老婆，你怎么出来了，你要好好养病啊。”奔驰男马上过来搂着苏苏伏在她耳边低声说，“你不想让警察把你带走告你虚假报案吧，可能要被拘留哦。”

忍耐，忍耐，柳苏苏狠狠地瞪了他一眼，万般无奈地配合奔驰男演了一出脑子有病的戏把警察送走了。

死男人，臭男人，家住这么远，附近还没有公交车，连出租车都没有，不懂得怜香惜玉，把我这么貌美如花、温柔可人、人见人爱的美女丢在路边，一个人开着死奔驰绝尘而去。最好路上闯红灯被吊销驾照，车祸撞死，打雷劈死，总之不得好死。

说什么我知恩不报，连个咖啡都没请他喝一口？我有钱请他喝毒药！如果以后冤家路窄让我遇到了，看我怎么讨回我的尊严。

苏苏一个人走在漫长的柏油马路上，车也拦不到一辆，嘟嘟囔囔把奔驰男骂了个半死。

“你是第一个发现我，内心的感受比表面来的多，所以当我不肯落泪的时候，你会心疼地把我放胸口……”这首张韶涵的《看得最远的地方》响起来了，苏苏掏出自己的手机，看了一下来电，是蓝颜。

“苏苏，你出什么事了，昨天一直等你救我，一顿饭都快和那个无聊的男人吃完了，你还没来。打你手机，一晚上都没人接。”

原以为自己是穿越了，身材膨胀飞不起来跌落到奔驰车上，遇到了倒霉男人，碰到狗血的事情，听蓝颜这么说，苏苏终于回想起昨晚到今早一系列荒唐的事是怎么来的了。

“颜颜，倒霉死了，回去再告诉你吧，我现在脚都快肿了，还没走到家，你来接我一下吧。”苏苏揉揉自己的脚踝，刚才不小心崴了一下，有点疼。

“现在不行啊，我们公司要开会，不得缺席，要不你让陆建国接你吧。”

“别提他了，让陆妈妈知道还不把我的皮扒了！我还是自己走吧。”

陆建国三十一岁，177厘米，O型血，硕士毕业，在一家建筑公司从事财务工作，现在是个小小财务科长。是苏苏的小学同学，也是苏苏和蓝颜的大学同窗。陆建国自以为他和苏苏青梅竹马，两小无猜，如果没有叶峰出现，现在都该举案齐眉了。

陆建国被苏苏和蓝颜挑唆着接触过几个姑娘，但都以没有感觉迅速结束。就在叶峰和苏苏分手的前一个月陆建国遇到了自己的白雪公主，小鸟依人的女孩，乖巧可爱。

蓝颜曾说叶峰要分手也挑时候，他早一个月出走失踪，你柳苏苏不还有陆建国这个备胎，这个叶峰真会釜底抽薪，说不定他还计划回来和你“复婚”？

只是苏苏早把陆建国当哥哥了，身为独生女的她，从小渴望兄弟姐妹之间的情谊，陆建国这个好男人就顺理成章地成了哥哥。

“男人不坏，女人不爱。”好的男人大概只能当哥哥吧，坏坏的才能敲开爱情的大门。

因为陆建国迟迟不肯谈恋爱结婚，陆妈妈总是言语之间流露出对苏苏的不满。

“我们建国都一把年纪了还没让我抱上孙子，连媳妇的面都没见过，你说话他听，你替我劝劝他啊。”

每次这个时候苏苏都恨不得找个缝钻下去，当着江东父老的面说这些，真是……以后只要听闻苏苏和陆建国在一起，哪怕通电话，陆妈妈都像FBI一样警觉。搞得苏苏根本不敢和陆建国联系，省得陆妈妈拿出美国联邦调查局的架势。

“浑蛋……”苏苏刚口不择言骂了一句，只听咔嚓一声，巨雷划过天空，晴天霹雳就是这个意思吧。

今天这么倒霉都是那个奔驰男造成的，骂一句“浑蛋”应该不为过，老天这个时候偏偏打雷，乌云黑压压地铺过来，下雨了。

无处躲雨，又处于脚崴的情况下，倒霉的苏苏欲哭无泪，连日来倒霉的情绪再次袭击苏苏柔软的心脏。

“为什么？为什么……为什么受伤的总是我，我到底做错了什么？”苏苏对着天空，迎着大雨哭喊高唱。

泪水和雨水混合成一股冷暖交加的液体顺着皮肤流啊流。

雨水和回家的路一样，没有尽头。

“喂，上车吧。”奔驰男摇下车窗，冲苏苏招招手。

苏苏狠狠踢了他的车一脚，踢的是车轮，怕把人家的车踢坏了还得赔，要是修车得花不少钱，何况奔驰！而且自己现在没有工作了。

出气都这么憋屈。

苏苏走到后车门，拉开欲进去，门怎么也拉不开。她猛然看到奔驰男一脸的坏笑，感觉自己又被羞辱了。

苏苏想，怎么就这么没出息呢，不就淋点雨嘛，雨中漫步这么有情调的事平时还没机会呢，今天有车还不坐了呢！她扭了头大步往家的方向走去，还高唱着："妹妹我大胆地往前走，莫回呀头。"

奔驰男开着车追过来，冲苏苏喊着，让她上车，说自己是开玩笑的。苏苏愣是没理会他。她觉得自己在奔驰男面前终于昂起头了。

好容易拦下一辆出租车，车主嫌弃苏苏一身水会弄脏了自己的车做不成生意，扬长而去。

虽然年纪大了，也不至于这么没有魅力吧，现如今怎么连出租车都嫌弃自己，难不成我的二十九岁真成了劫难年？算命的还说命犯桃花，简直是命犯克星。

"喂，算我错了，你还是先到车里来吧，外面雨太大，会生病的。"奔驰男居然还跟着苏苏。

"好啊，你把车门打开了请我进去。"心里如何想坐车，面子上还是过不去。

"为了让你能心理平衡一点，我打开。"

奔驰男从主驾驶位向副驾驶位子上挪了一点，探身打开右侧车门，说了句"请"。苏苏稍微拧了拧身上的雨水，坐了上来，还不忘说："是你请我我才勉为其难坐进来的，有了我，这车子顿时蓬荜生辉啊。"

"给。"奔驰男递过来一条毛巾。

"谢谢！"

"别误会，我怕把我的车弄湿。"

"阿嚏，阿嚏……"

"你是不是感冒了？"

"你在雨里淋会儿试试，阿嚏……"

"送你去医院吧。"

"我要回家。"

短短的车程，苏苏终于知道眼前的这个老和自己犯克的男人叫陈文栋，做家具生意的。

"送佛送到西，把你送回家。"

"不用，我自己可以。"

“看你的脚肿成什么样了，嘴就别硬了。你这脾气几个男人受得了啊，怪不得没有男朋友。”

“你怎么知道我没男朋友？”

“一个人醉醺醺，失踪一晚上没人担心的，不是单身是什么？”

“貌似有道理。”

回到家，喷嚏打得更严重更频繁了，身体忽冷忽热。苏苏招呼陈文栋坐下，“想喝茶在厨房自已倒，想走后转就是门，我得换身衣服把头发吹干，阿嚏……”

陈文栋看着柳苏苏的小房子，小小的五脏还俱全，一般家电都有，只是略显拥挤了。

“蜗居说的是不是这个意思？”

“你们有钱人是不是很好奇我们这些一个月赚几千块钱还要租房子的打工者是怎么在这个城市生活下去的？”苏苏站在陈文栋对面，指尖轻捻了下他的上衣，不轻不重地说，“你们一件衣服我们几个月工资就没了！”于是转身“啧啧啧”地叹了口气。

陈文栋打量着苏苏的背影，衣衫因为被雨水浸透贴在了皮肤上，头发一缕一缕滴着水珠，说话举手投足间流露的仇富心理甚是可爱。

苏苏再次出现在陈文栋面前的时候，已经换了一身清爽的休闲装，有夏天的味道。

“你怎么还没走啊？”

“有这么待客的吗？”

“我这座小庙容不了您这尊大佛，阿嚏……”苏苏用毛巾包住了头发，活脱脱一个“印度阿三”的形象。

陈文栋摸了摸苏苏的额头，有点烫。“你发烧了！”

“每年都会有几日持续桑拿的天，体温偶尔偏离正常标准也是正常的。”

“这么快脑子就烧坏了，得去医院看看了。”

“我们这些穷苦老百姓比不了你们这些富家子弟娇贵，别说感冒发烧，就是再严重点也能扛得住。喝碗汤出身汗就没事了，再说，我和你没关系，今天谢谢你送我，以后你走你的阳关道，我过我的独木桥，咱们井水不犯河水。”苏苏向陈文栋敬了个不太标准的礼，边说边把他推出门。

门一关，煮了一锅姜汤，喝完上床蒙头欲睡。但睡不着，这几天发生的事都太突然太奇怪，只有在自己的小窝里孤单一个人的时候才能静下来想想。被窝里的苏苏蒸出一身的汗，整个人虚脱了一样。这个时候她想起了叶峰，忍不住想拨通他的电话，告诉他，自己很想他，很需要他。只要叶峰能说一句“不要害怕，有我在”就足够了，可是那个号码早就停用了，现在哪串数字才能接得通叶峰呢？

爱情，七年，为什么那么莫名其妙地宣判了它的死刑，即使法官判刑也该给个理由吧。

爱上一个人很容易，想恨和想忘记很难。

晚上蓝颜过来了，看到自己的好朋友难受的样子，听苏苏讲自己昨天到今天的经历，蓝颜不住地自责，这些都是她惹出来的祸。如果不是她非要苏苏救场，今天又开会没去接她，苏苏也不会崴脚还被雨淋病，一个人在家没人照顾。

“为了表示我的歉意，我愿意赎罪，说吧，还有什么未了的心愿？”

“我要车子，房子，工作，还要一个好男人。”

“算了，我还是继续内疚着吧，你也太贪心了。”

“昨晚那个男人是你的客户还是公司领导啊？”

“别提了，一个客户，虽然人不难看，物质基础也有，但是离过婚，还一直送我玫瑰，你知道我对玫瑰花味儿过敏。”

“还是大学土木系那个男孩让你落下的病根儿，人家拼命追你，勤工俭学在饭店做了一个月杂工才买了几十枝玫瑰，你愣说有洗洁精的味道，说那小子肯定在饭店洗盘子了。自此你就不喜欢玫瑰的味道。真是作孽啊，我想收还没有呢。”

“别奚落我了，他整个身上散发着的雄性荷尔蒙气味都有洗洁精的味道，刺我的鼻子。”

“颜颜，我饿了，你请我吃饭。”苏苏大概是一天没吃饭了，早上在陈文栋家里也没混上早餐。

“十块钱以下随便点。”

“喂，你一个月光买衣服也有几千块吧，就拿这点钱赎罪，小心良心被谴责。”

“那你挑地方，你点菜，我买单，谁让你最近又失恋又失业还被人耍了一番，我这个姐妹只好牺牲一下。”

发烧好了的第二天，是个晴天，阳光明媚，太阳照得人更想珍惜生活。如今不用上班，可以去虎丘转转，吸收一下古镇悠久历史的精华。

苏东坡说：“到苏州而不游虎丘，诚为憾事。”更何况虎丘向来有“吴中第一名胜”的美誉。

五年前，苏苏来到苏州去的第一个旅游景点就是虎丘，当然那个时候有叶峰，重游这里颇有唐婉再游沈园的心境，物是人非，带着时光一去不复返的伤感。几年的感情说断就断，距离可以拉开，心也可以遥远，只是对一个人的爱意和眷恋没那么容易说断就断，说忘就忘。

虎丘到处都是景点，每一个景点背后都有一个生动的典故，虎丘剑池、云岩寺塔、陆羽井、拥翠山庄、冷香阁、真娘墓……而每一个景点也都留着苏苏和叶峰当年行走的痕迹。坐在高爽幽静、疏落有致的冷香阁里品茶，聊着各自的理想，聊对未来小家庭的设想，好像一切都近在眼前，景还是那个景，但茶已经不是那碗茶了。斯人已走，物是人非。

回忆是最要不得的一种情愫，无法醒来的苏苏依旧幻想在这里能遇见叶峰，好问一问他，为什么没有痛痒地轻易分手了？

叶峰？

那个坐这儿吃茶的男人，不是叶峰是谁？还是一样的英俊干净，一样微笑时浅浅露出一个酒窝，一样深情款款看着对面的女人，只是对面坐的不再是她。

大学里他们是人人羡慕的一对，男的英俊潇洒，是个才子，女的温柔可人，写得一手好文章。

苏苏想过去质问，拿出女人的泼辣扇他一巴掌，或者端起茶泼他一身，丢下一句“浑蛋”转身离开。或者自己佯装大方，走过去，轻声问候一下，让叶峰看到自己不曾因为他失落和悲伤，自己活得一样潇洒。只可惜，两种剧情苏苏都没有勇气演下去。

看着那个女人风情万种、小鸟依人地依偎在叶峰身边，叶峰时不时剥一颗糖炒栗子喂到女子嘴里。苏苏心里酸酸的，仿佛被人在伤口上泼了醋撒了盐。心有点疼痛，神情有点恍惚。

“叶峰。”苏苏惊讶自己居然鬼使神差地叫出了这个在心里默念百遍的名字。

叶峰更惊讶在这碰到了前女友，“苏苏？”

无辜的女人以为身边的男人遇到了熟人，“谁呀？”

“一个同学。”尴尬的神情掩饰不了叶峰内心的慌乱。

“确切地说是生活了七年的前女友。”苏苏不甘七年的感情被这样泯灭，你对我如何无情，我对爱情依然虔诚和坚贞。

接下来是一场混乱，那个女子的质问和被欺骗的哭诉，苏苏的纠缠不清，叶峰在中间左右不是。

“不管你们在一起多少年，他现在不爱你了，你就不用这么低三下四地纠缠他了吧？”那个女人死死挽着叶峰，好像在说“这是我的”。

“就算现在他不爱我，你也不能代替那曾经的七年，而且也无法从他的记忆里挖走这段感情，这是你永远都比不了的。”苏苏丝毫不甘示弱。

“我年轻也是你比不了的。”乔乔一副气死人不偿命的样子，这个女孩叫乔乔。

“你年轻吗？没关系，过两年你就老了。”

“看看你现在，一副没男人要的样子，一个人逛虎丘很无聊吧？”

“我……我……”苏苏被气得上气不接下气。

“乔乔，我们走吧。”叶峰试图拉着叫乔乔的女人逃离这场戏，乔乔偏偏想大闹一场，好显示自己的重要。

苏苏看着叶峰无耻的样子，真是一瓶陈年的剑南春，起初灌醉了柳苏苏，现在又在迷惑他人了。

“苏苏，怎么到这儿来了，不是说好了在茶馆等我吗？”说着一只手臂从苏苏后背环过搂住了她的肩。

“你……”苏苏惊讶地看到陈文栋站在自己旁边。

“宝贝儿，介绍一下吧！”陈文栋朝苏苏眨巴一下眼睛。

苏苏会意，指着叶峰和乔乔说：“这是我大学同学和他女朋友。”然后仰着头骄傲地对叶峰说：“这是我男朋友。”

陈文栋从上衣口袋掏出一张名片递给叶峰，名片上印着“陈氏集团总经理陈文栋”。

“原来是陈氏集团的陈总啊，幸会幸会！”

“哪里哪里。”

“你们的家具可是远销国内外，据说还有一种家具要申请非物质文化遗产啊。”

“这个正在申请中。”

一阵客气的寒暄之后，陈文栋牵着苏苏的手消失在叶峰眼前。

“走远了，别牵了，演戏还上瘾了啊？”

“你千万别以为我看上你了，只是看你被人奚落帮你一把。”

“放心吧，我不是十七八岁的怀春少女了，你那眼神我用脚趾头想都知道是在演戏，不过还是谢谢你！”

“帮你出了气，赢回了面子，打算怎么报答我？”

“好，我也大方一次，请你去喝茶吧？冷香阁是一个适合喝茶的地方。”很早之前的文人墨客就喜欢云集于此，品茶吟诗作词。

“我虽然是个商人，但也喜欢这些附庸风雅的东西。”

两人一同走过去，苏苏一眼看到圆门顶上刻着四个大字“吹花嚼蕊”，默念着，遂说：“很有诗意，我很喜欢。”

“十八年来堕世间，吹花嚼蕊弄冰弦。”陈文栋念起纳兰容若的词，眼神里忽闪着远古的讯息，仿佛是一样的失去，一样的怀念。

冷香阁背倚古石观音殿，西侧有古樟相伴，南望苍翠山林，东首洼地则是游人云集的红尘世界。在这样的地方品茶，别有一番风味。

生活在红尘俗世，繁重的工作压力，快速的生活节奏，让生活在古镇小城的人们无暇欣赏美景，更没有闲情逸致品茶闲谈。苏苏没想到跟自己在这一唱一和品茶谈天的居然是陈文栋，真是冤家路窄的缘分。

一切不顺和坎坷都成了过去。

“痛苦是懦弱的眼泪，微笑才能赢得坚强。”这是苏苏的名言。

苏苏开始找工作投简历，去各大招聘网站搜索职位，可是一上午也才投出去几份简历。当时嘴硬，非说《名都杂志》邀请自己担任主编，临走还不忘瞎掰。这些年苏苏在苏州，尽管那个小杂志社在这个行业里根本不起眼，倒也积攒了些人脉，只是一向高傲的苏苏不愿向他人低头，更不想让人知道自己的落魄，一切还得重新开始。

接到几个面试通知，面试的时候问题五花八门。

“都做到主编了，为什么辞职？”

“二十九岁了为什么没有结婚，没有孩子？”

“打算什么时候生育，会不会影响工作？”

“到我们这里做责任编辑会不会觉得屈才？”

“做了五年编辑，为什么要转行做策划？”

……

一堆和能力无关的无聊问题接二连三地投过来，这个年纪没婚没育的女人在社会上是被歧视的，虽然党和政府制定了一系列保护女性的条款，社会也呼吁男女平等，但在现实的生活中女人还会被认为是累赘。那些面试官也不想想自己当年也是十月怀胎出来的，难道他们想让自己老妈怀着他们上着班还不带请生育假的？

这些言论也只能在心里说说而已，谁敢在应聘时这么大声质疑挑战，真这么做了，也只能被人当作神经错乱精神失常。

苏苏接到一个国企改制的报社的面试通知，心里盘算着双休日、法定节假日、带薪年假、假日福利，每天标准八小时不用抢着加班表现，傻笑得面部肌肉严重抽筋，结果却遭到了雷人袭击。

一开始和几十个人一起考试，后来才知道居然是历年公务员考试的真题精选。就是不一样，到底跟国家沾边，考试都是公务员标准。

最后一轮是人事主管面试，拿着一沓纸照本宣科地问，时不时圈圈叉叉地画着，过了大概一个多小时，那沓纸才刚进行了一半，中间好多问题是重复的，而且有些问题根本没办法回答，比如问到之前公司的很多敏感数字和问题。在拒绝了几个问题后，主管抬头看了看她，生气地把笔撂在桌上，叉着十指说："这么说你不想继续下去了？"

虽然内心万分幻想一系列假日，苏苏还是无法忍受这样的态度，说："我是很想得到这份工作，但是，请原谅我不能回答您的问题，这是我的职业道德。"

主管又看了看苏苏说："如果不完成这些问题，我没办法给你评价。"

苏苏拎起小包站起来说："那么，很抱歉占用了您的时间。"

依然是每周循环往复地投简历、面试，结果不是自己觉得薪水低，就是人家公司觉得你无法胜任。处在三十的岔道口，不甘心像刚毕业的小姑娘一样做个小编，又没有足够的机会捡到一块大馅饼。

张韶涵的歌再次响起，苏苏接了电话，又是一个面试，《都市杂志》的杂志副主编，在观前那边的一个大厦里。

按约定时间到了，面试的是个三四十岁的男人，戴了副标志多才的黑框眼镜，领苏苏进来的女孩子叫他赵主编。

赵主编示意苏苏坐下，呷了一口浓浓的茶，茶叶几乎胀满了整个杯子。这样喝茶的人，倒是见过几个，但都是五六十岁的人，没想到正值"男人一枝花"年纪的赵主编也有这个爱好，苏苏不禁笑了。

"赵主编爱喝浓茶？"

"喜欢品而已。"

"您喝的是龙井茶吧？据我所知，龙井茶素有'雨前是上品，明前是珍品'的说法。看赵主编杯中的茶，芽芽直立，汤色清冽，幽香四溢，一芽配一叶，牙叶极其柔嫩，一般称这种茶为‘一旗一枪’的极品茶，普通人是没这种品位的，您真是风雅至极，真称得上有品位。”这番话既显了自己知识渊博，又捧了他人，一举两得。

“柳小姐，真是好眼力，这是我特意让人从老家杭州捎来的，给你带回去一些品品，赠与知音人。”

“赵主编您太抬爱我了。”

“难得遇到知音，一定要收下。”

“承蒙您看得起，我只好却之不恭了。谢谢，谢谢！”

“耽误了您这么长时间，我们开始面试吧。虽然我对柳小姐本人还是很欣赏，但是为了对公司负责，还是要按照惯例考考你。”

只见赵主编从桌子上抽出一张纸递到苏苏面前。

苏苏粗略看了一下，是两道题。

第一题改错字。考的是编辑基本功，这个对苏苏是小菜一碟，很顺利地完成了。

第二题是个情景题，如果下期杂志专题是城市，应该怎么做才有特色。苏苏认为由于读者对大城市都耳熟能详，再写北京的天安门、上海的东方明珠塔和南京的中山陵这些广为人知的城市及其地标，已经不能让读者眼前一亮了，可以从一些小城市入手，比如位于山西北部的平遥古城，它本身历史比较悠久，又与四川阆中、云南丽江、安徽歙县并称为“保存最为完好的四大古城”。可从平遥的四大街、八小街、七十二条巷，平遥三宝（古城墙、镇国寺、双林寺）以及高跷、抬阁、竹马等等开篇，再谈谈平遥的风俗民情，平遥的小吃……从小入手，既好把握也容易吸引眼球，而且比较独特。

两题做完毕恭毕敬地递上去，赵主编看后赞不绝口，当下就录取了苏苏。

苏苏又询问了一些关于待遇和福利的问题，几年的工作经验告诉苏苏，进公司之前要尽可能把自己的要求提出来，用人单位不会因为你工作努力出色而主动给你增加工资和福利的。

从大厦出来，苏苏对着天空大喊：“你是最棒的，耶！”

第三章

最疼的伤，最熟悉的陌生人

“颜颜，我找到工作了。”

“苏苏，我看到杨磊了，真的。”电话那头蓝颜激动地哭起来了。

杨磊和蓝颜是大学军训时认识的，杨磊和陆建国一个宿舍，陆建国为了追苏苏总拉上杨磊对付蓝颜，结果陆建国这些年一直没追上柳苏苏，杨磊却意外抱得美人归。

大学四年两人都在一起，学校里一草一木一寸地都有他们行走的痕迹，然而，自从四年前他们分开，便再也没有见面。

分手了可不可以做朋友？

很早之前蓝颜问杨磊，苏苏也问过叶峰。

两个男人的答案都是不可能。分手之后不能成为朋友，因为彼此伤害过，也不可能成为陌生人，因为彼此深爱过，于是成了最熟悉的陌生人。

北京的四月应该还是凉凉的带着寒意吧，枯木都已经敷荣，南雁北归，只有失去的情感一直没有找到存放的归属地，在北京的大街小巷游荡。

为了一个约定，阔别北京四年之后蓝颜再次踏上那片土地。

圆明园里一片废墟，废墟里的断瓦碎砖诉说着一段耻辱悲痛的历史，那些不知名的鸟停在废墟上，单脚而立，咕咕而叫。蓝颜站在废墟里，想着那个口头的约定。

如果有一天我们分手了，就到废墟里把它找回来。北京的废墟集中在了圆明园，历史的和个人的。

四月里，她风尘仆仆孤独而来，只为寻找遗失的美好。

看见了，他看见了废墟里的她，她也看见了废墟外的他。隔了四年很多印象已经模糊，如今要凝视片刻才能断定那是他。

老了，成熟了，胡子留出来了，青涩的胡茬。

眼泪和微笑都不足以破坏这一切的美好，言语和沉默都不能表达此时的心情。

面对面站着，蓝颜努力让自己看起来很平静，以放松的口吻说："你也在这儿。"说完后悔了，一阵尴尬，两手僵直贴着裤缝，杵在那儿活像一个雕塑。

两人找了个安静的地方坐下要了杯果汁，天南地北不着边际地谈着，谁也不敢碰触单身与否的敏感话题。

杨磊还是结婚了，已经有一个三岁的女儿。

蓝颜掐断了心中燃起的火苗。

告别的时候杨磊动情地牵起了蓝颜的手，伤感地说："我想你。"蓝颜转身抱着杨磊，隔着四年的思念溃不成军。

然后又把杨磊推开："你为什么要来？"

杨磊说："我每年都来，只想看看你。"

蓝颜摇着头："我是不是应该相信你说的话？"

杨磊又抓住她的手说："你相信我，我说的都是真的？"

蓝颜突然很绝望地说："结了婚的男人对前女友说我想见你，我还爱你，你是不是觉得我该感动地扑进你的怀里痛哭？四年了，我承认是我经受不住考验先退出了，你有你的自由，你有选择的权利，可是你太不应该在这个时候这种情况下对我说这种话。"

"我们能不能不吵架，像以前一样？"

"像以前一样？和有妇之夫谈恋爱吗？牵手、拥抱、接吻甚至做爱？"

“颜颜——”

“不要叫我，我害怕听到从你嘴里说出我的名字。”

“好，你保重，我走了。”

“不要走，不要走，好不好，原谅我。”蓝颜拉住转身的杨磊，缩进他的怀里。

怪他先结婚了，无论他解释的理由是什么；怪他怎么还在自己记忆里，怎么也剔除不了；怪他说出想她的话，让她不能坚定地说再见。

在北京的酒店里，两人依偎了几个白天几个黑夜，解开了那些埋葬在昨天和今天里的想念，疯狂的接吻和身体的嵌入寻找着陌生的这些年。谁也没有刻意地促成这样的结果，可是成年人的世界里，这样的错误总是不经意就铸就。

“你爱她吗？”

“怎么问这样的问题，不要怀疑我对你的爱。”

“你会和她离婚吗？”

“我有一个女儿，才三岁。”

蓝颜不再追问了，这就是自己当年爱的男人，这就是刚才趴在自己身体上疯狂扭动口口声声说爱她的男人。

“我不爱你了。”

“我不信。”

“是真的，以后不要找我，不要和我联系。”

蓝颜穿上衣服，夜里从酒店逃出来赶往车站，买了回苏州的车票。

“蓝颜，你要坚强，不要哭，不要流泪，不要想念，不要后悔，要坚强。”她不断进行自我暗示，前四年后四年加起来八年为了这样一个男人，哭了，不是为这个男人，也不后悔曾经相爱，为了逝去的青春，为了破碎的梦。

“与君营奠复营斋”，这种话也只有在诗词里才会出现，贞洁烈男去死吧，打着爱的旗号做着“一夜情”的勾当。

蓝颜决定与杨磊断绝联系，彻底将他从心里删除。

小家碧玉的苏州，印象里应该处处可见江南碧波荡漾的小河流，处处可见小河岸边孱弱柔软地在风中婆娑摇摆的扶柳，也偶然可见年老失修却依然矗立于风雨之中的黛青色低矮砖瓦房。

苏州的观前街有河水不再清澈却依然荡漾的醋坊桥，桥边有历史悠久风雨霹雳不倒的老柳，这些与繁华的步行街和各大名牌相比，很少再有人关注，行人索性匆匆绕过发出轻微臭味的醋坊桥。找到工作的苏苏心情格外好，看着浑浊发臭的醋坊河水也觉得亲切，老柳飘荡在她眼中也十分妖娆。

观前街是苏州的步行街，各大品牌店看得人眼花缭乱，而观前旁边的太监弄则是传统美食的集中地。找到了工作，心情尤其好，为了奖励自己，苏苏给自己买了一条裙子，又到玄妙观品尝了酒酿饼、梅花糕、哑巴生煎，吃得饱饱的。

此时的苏苏真觉得自己是绝处逢生了。

张韶涵那首《看得最远的地方》又响起来了。

是房东。

“什么，房租？不是说好了下个月发了工资给您补上吗？”

“我已经找到工作了，是真的。”

“什么，您的房子卖了？”

城市里最惨的人不是流落街头的乞丐，而是没有蜗居之地的打工仔，搬家是人生大事，突然搬家无异于意外怀孕，让人措手不及。

房东突然说要移民加拿大，房子卖了。手续已经办全，要苏苏今晚就搬走。

“想让我搬走早说，非打着我交不上房租的幌子，还必须马上搬走，可恶。”

看看时间已经五点多了，赶回家收拾收拾天就黑了，晚上要去哪里借住？蓝颜住在公司提供的单身宿舍，房子也不大，倒是能凑合，但是这丫头去了北京还没回来。陆建国是个男的暂且不说，让陆妈妈知道了非从老家杀回来，到时候还是头大。不行就去旅馆暂住吧，身上的钱还够在外面住些日子。

锅碗瓢盆不要了，被子也只拿了一条薄的，鞋能扔的也扔了，尽量给自己的行李减肥。苏苏一个人提着电脑拖着行李箱漫无目的地走着。

“建国？”苏苏走到相门的时候看到一个身影酷似陆建国的人，只是一只大手握着另一只小手。苏苏惊讶地证实了蓝颜给自己的信息：这小子谈恋爱了。

苏苏喊出陆建国的名字，前面那个身影转过了身，看到苏苏立马松开了握着另一只手的手。

“苏苏？！你这是要去哪？”大白天撞鬼了，搂着现在的女人遇到昔日未到手的女神，男人啊！

“嗯，公司有个外地采访活动，让我去。”

苏苏本来想告诉陆建国自己被赶出来没地方住了，现在准备流落街头。感觉到刚才陆建国松手后女子警觉地从上到下打量了她好一会儿，再看看陆建国身边依偎的女子，好容易脱离了陆妈妈的监控，她老人家知道儿子有了女朋友不知道多高兴，还是不去惹这种不愉快。

“你不是辞职了吗？出差要带这么多东西吗？”

“是辞了，这不咱优秀嘛，立马又找到新工作了，还委以重任。带的都是采访用的和一些礼品，刚上班要讨好大家。”苏苏看了看女孩又说，“建国，介绍一下呗！”

陆建国很不好意思地挠了挠头，说：“这是我女朋友，慧慧，这是柳苏苏。”

叫慧慧的女子伸出手来：“常听建国提起你，说你是个才女，是他的好妹妹。”

好一张伶牙俐齿的嘴，既保持了自己的淑女风范，话一落地显出了她的大方和热情，又暗示了苏苏只是妹妹，吃醋而没有醋味。自己也不能失了态。

“建国你不够意思，有这么漂亮的女朋友不带给我们看看，嫂子，以后有空到我们家玩。”话说完就想打自己嘴巴子，刚无家可归，现在又提起“家”。

“这么多东西，要不让建国送你到车站吧？”

“我小时候练举重的，只可惜营养不均衡给浪费了，不然2008奥运会还有我一块金牌呢，这些小case。”

“别瞎掰了，我送你一程吧，一个人怎么拿得了这么多。”说着陆建国提起行李就要走。

“真没事，颜颜一会儿过来。”

“那好吧，有事给我电话。”

又是一个人拉着行李到处乱跑，问了几个宾馆标准间都已客满了，剩下一些高价位的，苏苏又不敢如此浪费，谁让自己倒霉碰到周末，房价水涨船高。

“颜颜，我在凉亭里蹲着，就差手里捧个碗，挤出两滴泪，等着路人扔钱了。”

“你的意思是让我赐你个金钵？”

“唉，无家可归的我，可怜啊，最好的朋友都要挤兑。”

“我还在北京，要不你先在旅馆住几天？回头住我那边。”

“什么时候回来？”

“大概后天到苏州，到时候我打你电话吧。”

苏苏依然拉着行李在苏州满大街地找落脚地，晚风轻轻地拂过她的脸颊，有点冷。她往上拉了拉肩膀上的背包，顿觉酸痛，看看手机上的时间，已经快十点了，往常的这个时候已经洗完澡躺在床上看书或者趴在电脑旁边赶稿子了。

此处不留爷，自有留爷处，处处不留爷，爷找地方住。

葑门？对，怎么把这个地方忘了，以前在宏葑四村住的时候，那帮子狐朋狗友隔三差五全过来蹭吃蹭喝，没地方挤就在那边住。那边有很多小旅馆，好多小胡同口挂个牌子写着“住宿”的字样，门面不怎么样，但里面环境还可以，起码比露宿街头好多了。

打定主意后，苏苏打了个车直接到葑门奔赴一家旅馆。

“老板，还有房间吗？”

“有。”

“多少钱一天？”

“一百五。”

“这么贵，平时不都一百二吗？”

“现在是周末，价格浮动，还就这一间了，要不是热水器不好使，早没房间了。”

“能便宜点吗？你看热水器也坏了，再说我可是老顾客了。”

“看你是老顾客，给你一百三，这个价不能再低了。”

“好嘞，谢谢您！”一个人住，确实不便宜，但谁让咱赶得不是时候，今天也够累了，真懒得再东奔西跑。

“我再问一句，有地方洗澡吗？”

“有公共浴室，上二层最左边。”

“谢谢您！”

所有的疲惫都在苏苏躺在床上的那一刻升腾，好像女人逛街，不停下来一直有激情，一旦坐下休息哪怕片刻，再站起来，走路的脚、挎袋子的手臂都酸痛得要命。此时苏苏脑子里只有两个字——“休息”。

第一天上班苏苏就接到一个重要任务，做一个关于家具的专题，赵主编特意说：“这不仅是对你试用期的考验，而且也是证明你实力的时候，对于你在编辑部站稳脚跟举足轻重。”

几年的编辑经验告诉苏苏，能力还是很重要的，能不能让那帮在这个杂志社奋斗几年却还是小编的同事们服气，只有拿出有质量的稿子。搞文字的人都有点小清高，最看不惯的就是后台。苏苏没有依靠谁进来，可是大家却看到一向挑剔的赵主编欣赏柳苏苏，这意味着有内幕。

苏苏搜集了以往有关家具的杂志，可以说，能不能写的该不该写的都被人写过了，从内容上很难有创意，只能从形式、文字上创新。家具有一个“家”字，而“家”代表温馨，涵盖感情，家具是由各种材料制成，这些材料加工之后形成各式各样的家具，把家具和人们的感情生活联系在一起，材料好像盟约，形状是归宿。比如用纯实木做材料的家具，让人想起纯粹的、实在的没有虚假的爱情，就好像贾宝玉和林黛玉的“木石前盟”，有初恋般的美好；竹编材料象征清雅高洁没有物质和利益的掺杂，犹如思想与思想交锋的知己，灵的交融无关肉欲。玻璃、大理石、红木……都可以和人们的感情相连，有些感情是名正言顺的厮守，有些是暗流弥补心灵的缺憾。

这种想法又让苏苏想起张爱玲的《红玫瑰与白玫瑰》，朱砂痣与白月光，一抹蚊子血与衣服上的饭粘子。

苏苏暂时在自己心里打了个草稿，毕竟自己第一次做这样的主题，了解不深，真要写出好文章还得实地考察，做一次深入的分析。

家具公司——苏苏想到了陈文栋。

“您好，陈总，我是《都市杂志》的编辑……”

“不好意思，我们公司和我暂时都没有安排要上杂志，以后有机会再合作吧。”

苏苏还没来得及自我介绍，陈文栋就匆匆挂断了。

岂有此理，也太不懂礼貌了吧，你不接受，我偏偏要让你接受。

苏苏下班之后直接到陈文栋的公司找他。

凑巧陈文栋还在办公室伏案工作，前台正在整理办公桌准备下班，苏苏越过前台欲往写着“总经理办公室”几个字的房间走去，被前台小姐拦了下来。

“不好意思，您不能这么往里闯，见陈总要提前预约的。”

“麻烦你通报一声，我叫柳苏苏，和陈总认识。”

前台小姐从上到下打量苏苏一遍，判断眼前的这个女子不是来谈公事的，也应该不是谈情说爱的，看不出高贵霸气，也没有亮丽性感的外形，没有预约也没有听说过这么一号人。

前台小姐极不情愿地扭着自己的漂移臀进去片刻出来了。

“陈总说他不认识什么柳苏苏，有什么事告诉我就行了。”

苏苏从包里掏出纸笔，写下一句话。

“麻烦你把这个交给陈总。”

前台小姐左右翻了翻，问能打开吗，苏苏掷下一句“问你们陈总”，她讪讪地带着纸条又进去传话了。

出来的时候递给苏苏一张纸条，说陈总的话都写上面了。

苏苏说的是：“想找人拼酒，思来想去只有你最大胆，敢和本姑娘叫嚣，有没有胆量？”

陈文栋回了一句：“幼稚。”

苏苏又写了一句：“幼稚就是下雨天不让人坐车然后追了一路道歉也要请

人上车。”

陈文栋接到纸条觉得这姑娘还真有点意思，脑子里尽是些稀奇古怪的想法，从来不知道还有人用小学三年级的幼稚做法对付他这个在商场上混迹多年的陈大经理。

苏苏像病毒一样，陈文栋不幸被染上了，他也回了一句：“我这里有一种醉生梦死的酒，一滴即醉，敢尝吗？”

苏苏在纸条下面又添了一句“欲将心思付酒精”，笑了笑再次递给前台小姐，女孩子无奈地看了看莫名其妙的苏苏，摇着脑袋又去送鸡毛信了。

回来的时候前台小姐把纸条向苏苏手里一砸，嘟囔一句：“让不让下班了！”

纸条依然回了一句话，写道：“碧海蓝天。”

苏苏转身对前台小姐谢了谢，说了声抱歉，转身走了。

“哼，长得这么冲动冒失，用这么老套的方法也白费心机。”

碧海蓝天是一家饮品馆，第三层是吃茶的，取高处不胜寒的静；一层是喝酒的，取车水马龙的闹；二层是品咖啡的，取静和闹之间。

点了两杯咖啡，听着怀旧的音乐，苏苏把这次要做的杂志的专题和自己的一些想法大致讲了一下，尤其是把家具和各类情感联系起来这个创意重点夸耀了一番。

陈文栋思索了一下，觉得这个想法倒是新奇。“那你有没有想过，如果实木材料代表木石前盟，如初恋，贾宝玉林黛玉的爱情本来就是悲剧，寓意不吉祥。而且在这个自私的年代，有女人愿意让自己的男人买一些代表初恋的物品摆在家里吗？”

“我知道小说和杂志可以这么写，但是你们这些商人肯定不同意。所有的商品在销售目的之下都必须冠以美好的寓意。”

“当然。”

“你没有完全明白我的意思，我们可以取精华去糟粕。比如实木抓住的是它的实和纯，没有谎言和欺骗，如春天般美好，如春风般清爽，有情窦初开的单纯，好像甜甜的初恋。”

苏苏谈起自己的想法一本正经，手势加动情的话语，有时候激动地说出“初恋”这样的字眼，真不像一个二十九岁经历了七年情感的剩女。陈文栋坐在对面，看着苏苏阐述自己的想法，和他争论得面颊发烫，冰雪聪明之外流露出一点点的可爱。

陈文栋越否认她的想法，她反而越要解释清楚，狡辩的陈文栋和极力辩解的苏苏激烈地争论着，好像他故意质疑她说的一切，而她倔犟地非要解释个明白说服对方，需要渲染之处还偶尔蹦出一两句如诗的语言，听了醉人。

“女人是因为可爱而美丽。”这个时候的苏苏还是有那么一点可爱，一点美丽。

终于，苏苏开始感到口干舌燥了，低头用汤匙搅弄着浓浓的咖啡，咖啡在杯子里泛起一个小小的旋涡，犹如苏苏脸颊浅浅的酒窝。咖啡馆是适合谈请说爱的，是大多人相亲和约会首选的场合，周围三三两两的情侣打着情骂着俏，陈文栋用余光瞥了柳苏苏一眼，虽然不美丽，却让人感觉到舒服，又有一种深不可测的神秘。

陈文栋想到自己的这些年，身边从来不缺美女，自己曾经游离在几个漂亮女人之间游刃有余地玩着成人之间的暧昧游戏。已过三十的年纪，这些游戏也早已厌腻，眼前的苏苏冒冒失失闯入自己的生活，从不屑一顾到发现她的坚强、倔犟和才气，从看她相貌平平到觉察到她时有的温柔和可爱，似乎今天的谈话更让他觉得这个女人内心有着不一样的梦想，坚韧得不可摧毁，而又柔软得不能碰触，像她的电话铃声——“内心的渴望比表面来得多”。

这些异想天开自以为是看透他人的想法，令陈文栋心里一惊，自己什么时候开始对这种大街上一抓一大把的女人感兴趣了，随即，他断了自己的念头：根本不是一个世界的人。

转念一想，反正单着，发展几个暧昧着也没什么过错，何况，男人玩的不是暧昧是寂寞。

“时间不早了，您方便的时候给我介绍一下你们家具的具体情况，我先写出一个初稿，到时候您再看，我们再争论吧。”时间真的不早了，目前尚居无定所的苏苏必须趁这点时间找房子赶回旅馆。

陈文栋被自己龌龊的思想雷到了，看着苏苏如此认真，内心无比鄙视自己的烂俗，说了句“也好”便结束了这场谈话。

两人从“碧海蓝天”出来。陈文栋看着苏苏去路边等公交车，动了恻隐之心要把苏苏顺路载过去，柳苏苏不想让人知道自己无家可归的狼狈，却拗不过，只好假装回之前的家。

车窗半开着，夜的风轻抚着她海藻一般的卷发，几缕发丝时不时拨弄着脸颊，痒痒的，她不得不频繁拨开。2010年4月，苏州的天气与往年不一样，微冷。陈文栋看到她不停歇拨弄发丝的动作，有点幸灾乐祸。尽管晚风凉凉的，他却没有摇上车窗的心思，似故意在看一处景。

“我到了，谢谢！”车一停下，苏苏打开车门慌张地下车。

陈文栋冲着车外喊：“哎，怎么这么不懂礼貌，好歹把你送来了，不请我上去坐坐？”

苏苏回头鬼头鬼脑地摆摆手，笑了笑，说：“你不是说顺路吗？肯定有其他的事吧？”

苏苏逃也似的下了车，猫到一个偏僻的地方看着陈文栋的车走了，才返回向葑门的方向走去，幸好路不是太远，就当顺道逛一下夜景。

陈文栋开车走了没多远，发现苏苏的笔记本落在了车里，掉转了头送去，心里笑了笑，一把年纪还这么丢三落四，心里想着柳苏苏打开门看到他会是怎样的惊讶。

“你找谁？”

“请问，柳苏苏在吗？”

“这里没有什么柳啊酥啊。”

陈文栋这才知道苏苏昨天已经从这里搬走了，刚才开门的人是这个房子的新主人。

一个电话拨过去。

“你在哪？”

“回家了。”

“作为你不太熟的朋友，要提醒你一句，说谎是不对的。刚才我去过你家了。”

“你怎么这么不把自己当陌生人啊？”

“陌生人看到你落下的笔记本，是不是得神不知鬼不觉地没收了？”

苏苏这才注意到笔记本不见了，本是不放心把心爱的它放在旅馆，才一路提着上下班，却在慌张下车逃离陈文栋时忘记了它。

苏苏停下来，揉了揉酸痛的腰，蹲在路边等自己的笔记本。

倔强，佯装完美，这就是柳苏苏，总是不愿让别人看到自己不堪的一面。

苏苏想起曾经叶峰对自己讲的事：上大学那会儿叶峰特穷，有一次他手里就剩五块钱了，家人还没汇钱过来，五块钱全吃早餐了，不愿开口向朋友借钱，中午挨了饿，一直到下午，实在扛不住，去一个在外租房的同学那蹭饭，结果看见人家电饭锅里尚有中午留下的米饭，三下五除二把米饭干吃完了，等朋友过来的时候才发现米饭全没了。那次之后，他说永远不会让自己身上没有吃饭的钱。

苏苏刚毕业那会儿没有正式的工作，没有工资，叶峰出差让苏苏充一百话费，苏苏说：“五十可以吗？”在叶峰的追问下苏苏说出自己身上不足一百了。

“五十可以吗？”这句话让叶峰心疼了好一会儿，也因为这份心疼，苏苏坚定不移地把自己交给叶峰，发誓从此与子偕老，举案齐眉。

想叶峰的时候，陈文栋的车停在了苏苏眼前。

陈文栋看着苏苏蹲在路边想着事情，鸣着喇叭示意自己的存在。

“丫头，你的笔记本。”

苏苏接过本本，不高兴地噘着嘴巴：“我马上就要加入大妈的行列了，这个称谓不适合我。”

陈文栋看着有点儿调皮的苏苏，说："有大妈这么丢三落四的吗？居然敢向我这个年纪靠拢。"

苏苏不屑一顾地辩解着："哪个小丫头不是好吃懒做只会吩咐不会动弹的睡美人啊，谁会蹲在路边？"

陈文栋想起了青楼里的歌舞妓女，一个个站在路边长绢飞舞着扑向路人，口里还喊着"大爷"，不禁笑出声来。"对，家常菜都是厨房里的座上宾，蹲在路边的是野味。"

"敢骂我！"苏苏不喜欢开这样的玩笑，有被人戏弄和不被尊重的感觉，听陈文栋这么说，她拿了自己的东西扭头就走。

"脾气倒是不小，不和你争了，你现在住哪儿？"

"葑门那边的黑心小旅馆里，热水器还是坏的，你说可气不可气，想我也是经过风浪见过彩虹混迹社会好多年的大龄女青年，这么忽悠我，要不是我那天实在走不动又没地儿可去，才不能上这种当。"苏苏没完没了地抱怨自己的悲惨经历，却把陈文栋逗笑了。

"有点同情心行不，我现在是受难者，也怪我心太软，没对房东死缠烂打到找到房子为止，最起码能弄一点损失补偿费。"

"那你这些天怎么办？"

"找房子。"

这样的情节让陈文栋想到言情剧里常有的情节，男人把女人带回家住，之后小打小闹日久生情。

"不可能。"

他又一次被自己内心的想法吓到了，也许因为知道无处可去的悲哀，才有这样的同病相怜。

想起童年，父母各自为家，他常常不知道自己属于哪个家，该回哪里。一次次在放学归家路上的十字路口徘徊不定，每一个家留下的都是残缺的童年。

"晚了，再见！"想法越离谱越要逃离，他匆匆切断了这些不可思议的想法，逃了。

以宾馆、旅店为家的人是很可悲的，不能购置很多很多的东西，不能随便招待哪个朋友过来小住几天，不能不顾形象地随意走动……

因为这里不是家，不是一个可以放任随意的地方，不是一个稳定温馨的小窝，而是一个随时都有可能搬走的临时驻扎地，却没有野外驻扎的乐趣。

苏苏被陈文栋知道居住旅馆的事情后，心里一直有块疙瘩，狼狈又尴尬。这件事的曝光更催动了她搬走的迫切心情。

回到旅馆，没有洗澡就直接打开笔记本搜索各种出租信息。

租房信息倒是铺天盖地搜了出来，然而眼前的房价在以前苏苏还能接受，现在这个情况押一再付三真的觉得很是困难。

可为了有一个自己的小窝，但凡有看着合适的房子，苏苏一个一个电话打过去询问，结果却惨败。

“对不起，已经租出去了。”

“对不起，我们不单间出租。”

“我们是中介，要收中介费的。”

“合同至少签一年。”

“押一付三。”

“我们出租的是床位。”

“您拨的电话已停机。”

“我人在外地，过一个星期你来看房子吧。”

“我不想租了，要卖。”

……

挑选了一堆信息，结果有用的只有两三条，一个约苏苏当晚就去看房，另外一个要第二天去看，价格面谈。

虽然苏苏已经有些疲惫了，这时候只想美美睡上一觉，但是为了能早日脱离漂泊无依的生活，还得勉强打起精神找房子。

幸好要去看的房子在十全街，并不远。

十全街，曾经出现在苏苏的文章里，她也曾多次徘徊在这条小街上，流连于古吴绣皇、秦汉堂这些工艺美术店挑选精美的工艺品，也曾在杂志大卖时和同事们一起到钱塘茶人、紫藤庐这些茶吧闲聊放松。

晚上的十全街别具风致，一眼望去，朦胧的灯光，错落有致的楼阁，某个店里咿呀响起的评弹，让人忍不住驻足聆听这个城市的心跳。疲惫，在清风细微吹拂的瞬间淡化，一种甘愿逗留驻足逛它一逛的心情越来越明显。

这是在白天热闹的都市生活中感受不到的，曾经几次闲玩并不能感受到文人笔下苏州古城中的十全街，原来曾经所缺的是诗一样的情怀。在自己什么都有也什么都没有的时候，淡泊功利驱使之心，反倒畅快而宁静。也许这一切与夜有关。

但是此刻苏苏是有目的而来，并非玩赏。书上说温饱没有解决是产生不了美的，人们的审美说白了都是吃饱撑得没事干琢磨出来的。现在的苏苏虽然已经酒饱饭足却没有温暖的小巢蜗居，在如此良宵美景的十全小街感受到了美，应该是一种高境界。她想想就觉得自己也很了不起，起码精神在起作用，而不是行尸走肉。

终于到了目的地，看了房子，两室一厅，没有空调。房东是个四十多岁的女人，口气傲得很，定的话必须马上付钱，钱不够最好交五百块押金，不然房子肯定短时间租给别人，不愁租不出去，说什么像苏苏这个年纪一个人来看房子，一看就是没结婚没对象的剩女，能租上他们家这么质优价廉的房子可真算太走运了。

即使沦落到住旅馆，苏苏的骄傲也不允许自己向这样自以为是的大妈屈服，她偏偏说房子某些地方离自己想的差远了，家具已旧得蜕皮，墙壁也需要重新粉刷了……原本想差不多就租了，好歹有个蜗居的地方，不要每次下班只能往旅馆跑，不知道的还以为自己天天会情郎呢，结果却不欢而散。

“买卖不成仁义在，有房子就是大爷啊！真是岂有此理，难道我是不给钱还是图她什么？”回去的路上苏苏生气地嘟囔着。但再想想，这年头有房不就是大爷吗？谁让咱是贫农，在这个城市几年都没混上一间厕所的平方。

晚上苏苏躺在小旅馆里，又想起自己的五万块钱，被叶峰夹带私逃的五万块钱，这才是“赔了夫人又折兵”。公司又趁机打压她，不但剥削了实权还明里暗里排挤。二十九岁，连狗屎运也走不了，更别提桃花梅花运了。房子也只能再找，希望碰上一个既便宜又实惠的，但是天上不会掉馅饼，哪天真掉下来，恐怕也是个陷阱。

这个夜里陈文栋被梦惊醒了，他梦到柳苏苏无家可归拖着行李站在他家门外，忽然很想知道苏苏睡得好不好，以后住哪里。他鬼使神差地走到门外看了看，空空如也什么也没有，真是“咸吃萝卜淡操心”，他笑了笑自己的瞎操心。

约好第二天看房的，苏苏按约定的时间到达小区，结果对方电话停机。不甘心白跑一趟，苏苏在小区转悠了几圈，扫描了一切可能贴小广告的地方，还有报栏，只要有招租的挨个联系，可惜这些广告已经过时，多数都租出去了，有些毛坯房却不适合生活居住。

以前走在路上都能看到连片的招租小广告，现如今真正要找房子了却到处找不到。到物业公司问这个小区有没有房子出租，物业人员说要收中介服务费。苏苏质疑地问：“你们不是物业吗，怎么还收费？”物业人员解释说只是服务费用，这年头没有免费的午餐。人常说“踏破铁鞋无觅处，得来全不费工夫”，苏苏这边是“屋漏偏逢连夜雨，船迟又遇打头风”。

又一次无功而返。就在苏苏一筹莫展的时候，电话响了，说是看到苏苏的求租帖子，他有一间房子要出租，可以过来看一下。

马不停蹄地赶过去，房子装修还可以，生活设施齐全。两室一厅，给苏苏打电话的是二房东，刚租了一套花了一大笔钱，想快点出租一间。两间房子中大点的二手房东夫妻住，小点的出租。

囊中羞涩的苏苏讨价还价了半天，对方同意她先付了押金，搬家过来，再付房租签合同。

二十九岁了，还头一次这么狼狈地把自己展露在陌生人面前，已经不需要计较了，当下最需要解决的问题终于尘埃落定了。

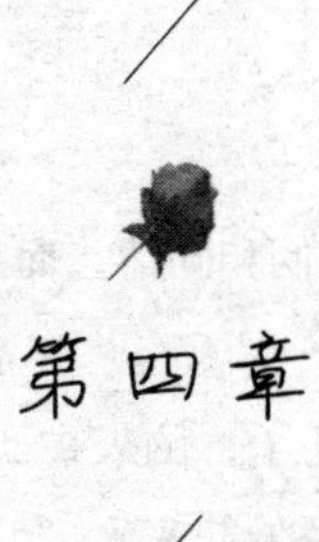

第四章

狗拿耗子，有人怜惜

苏苏赶回旅馆收拾行李，东西基本不用收拾，从搬过来行李就没有打开过，几件换洗的衣服收拾到一个袋子里，电脑、洗漱用品、化妆品和生活用品全归置到各个包里。

门铃响了，她以为老板催她赶快搬走，打开门却看到了陈文栋，他一身休闲地站在门口，勾着嘴角邪魅地笑着，没理会苏苏的惊讶直接走进去坐在已褪色的沙发上。

陈文栋的眼光四处扫描，也不说话。

苏苏疑惑地问他来干吗，有什么事，怎么不说话?

过了好一会儿，他从裤袋里掏出一把钥匙扔给苏苏，说："这是我朋友的房子，你可以暂时住着。"

苏苏想到的是金屋藏娇，别有企图，便说："可怜我吗？不好意思，白吃白住我会不习惯的。"

陈文栋没听出画外音："那你可以打扫一下房子，浇浇花什么的。"

苏苏把钥匙又扔给他："你当演肥皂剧呢，我就是一标准的苏漂，到哪还不是得漂着，你给的东西这么重，我怕摔着。"

"我也是看你没地方住，提着笔记本上下班，这么小个旅馆住着也不舒服……”

“不劳你操心，我不需要怜悯和同情，而且天生具有吃苦耐劳的习惯，谢谢，你可以走了。”

陈文栋觉得自己真是狗拿耗子，脑袋被驴给踢了吧，没事过来找怼！狠狠地鄙视了一下自己，又重新骄傲起来：“我只是看你一个女人生病也没人照顾，男朋友也跟人跑了，又被房东赶出来，完全是一番好意，不领情就算了。”

提起叶峰，苏苏又伤感起来，恨他无情，又没理由地爱他、想他。眼睛红红的，担心被陈文栋看到，苏苏把他撵了出去，关上门一个人坐在床沿上压抑着声音哭泣，捂着嘴巴，生怕脆弱的声音传到别人耳朵里。

伤心了一会儿用手把眼泪擦去，又到洗手间洗了脸，看着精神点，才回去拿了行李打了个车直接过去把所有手续办齐，交了钱，归置自己的小窝。

这个晚上苏苏睡得格外香甜，又有了家的感觉。

蓝颜从北京回来后马上给苏苏打电话。

“一言难尽啊，颜颜，我就差没哭了。”

在这个城市，蓝颜本是苏苏唯一的依靠，唯一的倾听对象，唯一可以不高兴时言语犯罪还不必负法律责任的人。

回忆种种浮上心头。

这段时间，苏苏过得一直很压抑，从失恋到失业，从辗转找工作、流浪街头找旅馆、找房子，每一件事都那么让人不堪。虽说这些都是生活中极有可能会碰到的问题，但是在短短的时间内降落在一个人的身上，还是压得她喘不过气，闷得欲哭无泪，想要诉说都没有倾听的对象。

记得有人说过：回忆是镀金的。记忆的伤口会在岁月的流淌中结成疤，这个伤疤好像旗帜一样昭示着过去的一段岁月。不知道是不是时间流淌得不够长久，近段时间的回忆没有形成镀金的效果，反而更沉重。

苏苏这才感觉到现在自己真正是一个人了，真切有失恋的痛了。此前的事都有叶峰，如今每一个夜里孤枕难眠，每一个白天心神焦虑。

蓝颜过来的时候，苏苏正在自己的新窝里粘贴赫本的海报。赫本是像蝴蝶一样美丽的女人，一个真正能够被冠以“完美”的女人，一个苏苏内心追求的典范。不崇拜，不追风，只是在心里默默地把这位“银幕女神”作为自己成长的一个标志和范本，一个努力的方向。

“这个地方太小了吧。”蓝颜看了苏苏新租的小窝发此感慨。

“不奢望有金屋别墅，但求有蜗居之地。”一个不愁衣食住行的人怎么能明白卖火柴的小女孩如何在寒冷冬夜用微弱的火柴之光温暖自己卑微的梦想。苏苏是经历过流落街头之苦的人，深深明白一堵墙在人的心上筑起的温暖和安全。

“颜颜，我知道我这样很犯贱，但是我还是很想他，好多次都冲动地跑到大街小巷找他，我知道不合适，他不够爱我，脾气不好，可是我舍不得，很难过。以前每次分手都是我先提出来，每次熬不过十天我就跑过去找他了，可是这一次就是我想找都不知道去哪找。”

“苏苏，别再想他了，不值得。”蓝颜又想到杨磊，也是一个不值得的男人。

“我控制不住自己，恨自己怎么就是忘不了，放不下。”

叶峰是苏苏的初恋，错爱上的人，可是爱上了就再也舍不下。谁都看得清叶峰并不疼苏苏，只是苏苏看不清，非要拯救自己一样地拯救他人，相信一颗心全意为他就可以改变，改变到最后男人红杏出墙。无论蓝颜还是其他的人从不劝苏苏与叶峰和好，可是苏苏一坚持就是七年。

“杨磊呢？你不是说遇到他了吗？”

“他结婚了，有个三岁的女儿，我已经决定把他忘了，没什么非要记住的理由了。”

“怎么了？”

“没什么。”

说出这句话蓝颜已经泪流满面，她本是不轻易流泪的人。

两个女人互相安慰着，各劝着彼此忘记过去开始新的生活。

蓝颜知道苏苏扔了很多东西，如今的小家空荡荡的，第二天就把自己住处的毛毛熊、靠垫、台灯这些东西带来，在苏苏的小房间一摆，有种温馨的感觉。

四月的天气忽凉忽热，忽晴忽雨。今天偏倒霉，出门的时候看天空没雨，走了没多远却稀里哗啦地下了起来，苏苏没有带伞，回去也是淋雨，不回去也得淋雨，看看时间已经不允许自己折回去取伞了，只能硬着头皮往公司赶。

真晕，明明看了天气预报要下雨的，偏偏执拗地和上天打赌。

到公司的时候外套和鞋子湿了一大半，偏接到陈文栋的电话，说要带她参观家具和采访。

好郁闷啊！一向注重自己形象的柳苏苏无奈地踏上了她的另类采访之路。

一路，苏苏都在犹豫要不要回家换套衣服拿把伞？这样落汤鸡似的出现在采访现场，尤其出现在喜欢奚落人的陈文栋面前，实在让她不甘心。

苏苏的这番犹豫让她想起大学时教授现代文学的李老师。

传说一个清晨，当时还是学生的李老师依稀在睡梦中听到有人喊“地震”，宿舍楼其他人都顾不上穿戴整齐匆匆下楼跑到空旷的地方躲地震了，对面男生宿舍还有个傻孩子，看着涌动的人群阻挡了下楼的路，激动中从三楼跳下去摔断了腿，而李老师却起来洗了脸，擦了霜，穿好了衣服，正准备出门的时候，刚才出去的人三三两两地都回来了。原来地震只是个传说，可怜了跳楼的娃，而李老师从此注重形象的事却不胫而走。

虽说领导看不到自己是出去采访还是回家了，但是总归回公司的时候还是会露馅，再说逃跑可不是苏苏所为。

犹豫中陈文栋打电话催了。

“我一会儿还有个会，时间很紧。”

在这个城市打拼了五年，到如今还是个被人驱使的小人物，犹如风中的秋千，全凭他人的推动才能荡漾起来。既然是个小人物还管什么形象，采访成功，稿子写得出彩，在公司占到一席之位才是要紧事。

苏苏来到陈文栋的家具公司，还未说明来意，前台小姐已经先开口了。

“又来找我们陈总吧？”

“是，麻烦你通报一声，这一次是约好的。”

“约好的？”前台小姐充满了质疑，一双眼睛瞪得大大的，充满了怀疑，还有一丝幸灾乐祸，口气傲慢地说：“我们陈总刚出去了。”

“这是我的名片，我今天过来是陈总打电话约好采访的。”所谓阎王好哄，小鬼难缠，不亮明身份说明来意看来很难完成这次采访。

“哦，采访啊，但是没听陈总提过呀，不好意思，陈总真的出去了。”这次的幸灾乐祸更明显了，嘴角忽隐忽现地出现强忍的笑意。

这样的纠缠实在不是直性子的苏苏能忍受的，她拿出手机拨了陈文栋的号码。

“您拨的电话暂时无法接通。”里面响起机器一样冷冰冰的声音，再打还是如此。

被雨水打湿的衣服此刻纠结着，湿湿的衣物和肌肤紧贴着，脚上的一双高跟鞋由于潮湿似乎发酵了一样难受，苏苏的心情糟糕透了。她真想冲进陈文栋的办公室看看他到底在不在，在的话此刻酝酿了一肚子的话要对他爆炸，堂堂陈氏集团的总经理也和她这个小小编辑开玩笑，之前种种大都是私事引起也就算了，如今以公报私实不是君子所为。

越想越可气，但是为了工作，为了能成功完成这次采访，为了以后，苏苏长长地舒了口气，挤出一个微笑，对前台小姐说：“打扰了，既然陈总不在，我就下次再来，请您转告陈总我来过了。”

转身回去，一刻也不想停留。

出门的时候，雨已经停了，地上仍然有一些积水，在汽车飞驰时溅起一朵朵的浪花，苏苏从大厦出来走到对面等车的时候，不幸被一辆黑色汽车溅起的浪花击中，顾不上什么淑女形象，苏苏冲着那辆车开的方向一路骂过去，骂人的速度绝对赶上黑车奔跑的速度了，却只见那辆车在陈文栋公司前停了下来，苏苏再定睛一看，这不就是那家伙的车吗？

苏苏三步并作两步赶在陈文栋进大厦前喊住了他。

“柳苏苏，你这打扮很前卫啊！”陈文栋注意到苏苏落汤鸡的形象。

“陈总，这还得多谢您不吝馈赠，敢情今天这雨是上天赐予我的厚爱。我说怎么出门的时候天空还万里无云一片大好晴天，半路却阴云密布雨下得稀里哗啦。从我眼前也过了百千辆轿车，偏偏被您的爱车溅了一身泥水。”

“一把年纪了，嘴巴这么不饶人。”陈文栋被苏苏逗乐了。

“言归正传，我们是否能开始采访？”多说无益，奚落一下出口气也就算了，小人物的世界多一件倒霉的事和少一件并不能改变什么，不如把这次来的目的完成，从此和这个自大自私高傲的人各走各的路，各过各的桥，泾渭分明。

这不是一个常规的采访，不需要问太多的问题，不需要对领导人夸大其词，也不需要对产品大加吹捧，关键是了解家具的一些知识和理念，简单加上一些对领导的采访。

陈文栋对工作格外认真，全力配合苏苏的采访，偶尔提出一些建议拓宽苏苏的思路。

家具有不同的风格，家具设计既是一种文化艺术，也是一种应用科学，用文字配合生动的图案，展现不同风格之下家具的魅力。比如，这种草绿色的绿檀原木铺成木地板，配以客厅的浅绿色墙面，再点缀一些精巧别致的古典家具，一派雅致闲适的气蕴，展现了追求优雅和精致的古典家具风格。

陈文栋带苏苏参观的路上都在讲解各种风格的家具，各种材质的家具设计理念，苏苏不得不承认自己功课做得不到位，尽管搜索了大量材料，又到各大家具店参观了一番，在这里，陈文栋的话还是让她学到了另外一些知识，受益匪浅。

结束的时候，苏苏职业地夸奖了陈文栋一番，这里的夸奖有一半是苏苏的真心话。经过今天，原本对此人毫无好感的苏苏不得不承认，能坐上这个位子的陈文栋还是有两把刷子的，今天的他不似平时，很认真和博学，灵感生出之时还动手画出了几幅家具设计图，想法大胆奇特，有西方印象派的风格。

“柳小姐，希望你尽快拿出稿子，如果达不到要求，我随时可能终止这次合作。”

“放心吧，每一份工作我都会认真对待，创作出最好的作品。”

两个人总是忘不了掐对方一下，冤家还是路窄。

最近为了赶稿子，每天熬夜，没有闲暇想一些拼命忘记却还在想的人，忙碌让人暂时忘却了烦恼，忘记了疲劳。苏苏享受这种为了一个目标不分白天黑夜奋斗的过程，成功的时候会有满足感，不成功也有得回味。

苏苏终于把稿子写完，伸了个懒腰，看了看电脑上的时间，已经晚上十点了，桌上为了提神而冲的咖啡已经见底了，这一坐就是几个小时，二十岁的小蛮腰几年坐下来已经成水桶腰了，苏苏起身，左右摇晃自己的身体，从心理上减少堆积的脂肪。

电话响了，是蓝颜，约苏苏去K歌，说今晚死活逃不掉了，上次送玫瑰那个男人极力撺掇大家拉住蓝颜，一个人和一群人奋战很没劲，于是决定拉姐妹一起“抗战”。

过惯夜猫子生活的苏苏，在夜生活刚刚上场的十点，实在没有睡意，加上稿子已经初步完成了，也想放松一下。

苏苏赶到的时候，那些人已经唱起来了，蓝颜拉过苏苏就往包厢里走。大家坐在离屏幕稍远的沙发上，昏暗的灯光看不清各自的脸，只能辨清在大屏幕下唱歌的人是一男一女，好像是陌生人。聒噪的声音，肆意提高嗓音飚歌的男女，使蓝颜的介绍大家根本听不到。几个人在碰杯，几个人在跟着唱歌，苏苏找了个角落坐下来。

众人争先恐后地点歌唱歌，玫瑰男坐在蓝颜边上不知说着什么，蓝颜看向别处，没有理会，玫瑰男依然面不改色地讲啊讲。苏苏觉得这家伙有被虐倾向，喜欢冷漠，如果蓝颜笑脸相迎犹如没见过世面的小姑娘露出一副崇拜的模样，这人说不定还不喜欢。人人都喜欢挑战，没到自己的极限就继续挑战，到了极限或翻脸或转方向。

一曲唱完，那对男女转过身来，苏苏看清了那个男子的脸，是陈文栋。世界真是小，这也会遇到，陈文栋没有看到苏苏，走到茶几旁端起酒杯和大家碰起来。

所有人都端着酒杯碰起来，苏苏也拿起一个看似没被动过的杯子，假意地举起来，好像加入行列和大家举杯共饮，其实谁认识谁，不过出来放松罢了。

刚才和陈文栋唱歌的女子向苏苏走过来，近了才看清楚是蓝颜的同事小文，面容娇好，魔鬼身姿。见过几次面，一起吃过几次饭，喝过几次酒，逛过几次街，算相识。

“苏苏，今天怎么不见你把男朋友带来？”

不提还好，一提泪已涌上，这时有人正唱着巫启贤的《太傻》。

痴痴地想了多少夜
我还是不了解
是什么让我们今天会分别
反正梦都是太匆匆
反正爱只能那么浓
心与感情让它粉碎飘散在风中
只是为何当初你是
不听所有纷纷扰扰流言之中
漫天风雨你会选择了我
只是为何如今我们
不顾一切追求真爱坚持底下
苦尽甘来你会放弃了我
再说你也不会懂
心再痛你能做什么
不再将自己深锁错了又错

守住你的承诺太傻
只怪自己被爱迷惑
说过的话已不重要
可是我从不曾忘掉
守住你的承诺太傻
只怪自己被爱迷惑
醉过的心哪里去找
对着满满空虚回忆怎么逃

想起了七年的前前后后，当初不顾一切地走到一起，经历生活中的坎坷风雨就要沿着红毯走进幸福的殿堂时，那个他突然放弃了她，思来想去这一切来得无声无息，走得莫名其妙。忘记的又再次想起，却是那么悲恸欲绝。苏苏一口气喝完了杯子里的酒，用再平淡不过的语言说“分了”，只是眼泪会出卖内心。

小文没有再说什么，安慰了几句走开了。在这个热闹的场合，谁也不会注意到苏苏的悲伤。

悲痛还是悲痛，化不成力量，却化成了酒量。

过了会儿，蓝颜拉苏苏去唱歌，说专门为她点的，《当爱已成往事》，张国荣版的，大多KTV都是李宗盛和林忆莲的男女对唱版，很少碰上张国荣的独唱。

忘了痛或许可以
忘了你却太不容易
你不曾真的离去
你始终在我心里
我对你仍有爱意
我对自己无能为力

因为我仍有梦
依然将你放在我心中
总是容易被往事打动
总是为了你心痛
别流连岁月中
我无意的柔情万种
不要问我是否再相逢
不要管我是否言不由衷

酒精化为一丝丝的想念，想念叶峰；音乐化成眼泪，浸湿过往的回忆。苏苏缓缓唱着这首悲哀的歌曲，泪水静静地淌下来，在屏幕的照耀下，泛着荧光。

为何你不懂
只要有爱就有痛
有一天你会知道
人生没有我并不会不同
人生已经太匆匆
我好害怕总是泪眼朦胧
忘了我就没有痛
将往事留在风中

有人拿起另外一支麦克风，双眸深情地看着苏苏，无奈苏苏的眼睛已经被泪水挡住视线，看不清对方的眼神。苏苏没有再继续唱下去，回到刚才的角落，继续喝着酒，只有酒精才能麻醉思想。

那人也跟着过来，夺过苏苏手中的酒，重重地掷在茶几上。

“失恋就那么痛苦吗？为了那样一个背信弃义、见异思迁的男人值得吗？”

“我不用你管。”苏苏惊讶于自己的平静，平静得近乎冷漠地说完这句话，拿起酒杯准备要喝。

陈文栋又一次夺过来，苏苏不再理会，拿着酒瓶灌起来。

这时，其他的人都看了过来。蓝颜把纸巾递到苏苏面前，安慰自己的闺蜜，小文则拉着陈文栋走开，不要他管这档子闲事。

酒精在胃里翻滚，一股呛鼻的气味泛上来，苏苏站起来就往卫生间跑，腿一软，倒在一旁的陈文栋身上，西装革履转眼就成丐帮的模样了。

苏苏硬撑着爬起来，对陈文栋说：“我知道你，你是陈……陈总，衣服……衣……服脱下来洗好了还给你。”边说边扒陈文栋的外套。

“啪”，一个清脆的声音冲破音乐的响声，苏苏脸上留下一个巴掌大的红印。

“你醒醒，就算你把自己灌死在这儿，他都不会要你。”

苏苏抬头看了看眼前的这个人，右脸颊子发烫，烫出一个“恨”的模样，擦了眼泪，怨念地瞪了他一眼，默不作声地走了出去。

蓝颜不放心跟着过去，拉着她，她挣脱跑了，留下一句“让我安静会儿”。

午夜的钟声敲了十二下，比不上苏苏心脏跳动的频率。

外套忘在KTV了，出来才觉得夜里真冷，风吹醒了酒醉的苏苏。她抱紧自己的双肩，漫无目的地走着，身边有车呼啸而过，时不时看到一对对的情侣牵着手走过。

“柳苏苏呢？”陈文栋看见蓝颜一个人回来了。

“她说想一个人静静。”

“怎么静，她喝了那么多酒，很容易出事的。”他的紧张让所有人疑惑，这些疑惑都投向了小文的方向。陈文栋是小文宣称的男朋友，也曾经是小文的客户。

“她是千杯不醉，不用担心。”蓝颜没说话，小文说话了。

陈文栋没说什么，丢下小文一个人发动了车子满大街去找苏苏。

大家三三两两地散场了，小文愣在原地，追问蓝颜，陈文栋和柳苏苏是什么关系。

蓝颜比小文更莫名其妙，从来没听苏苏提到叶峰之外还有这样一个男人和她关系暧昧。

“他们会去哪里？不行，我要去找他们，我才是陈文栋的女朋友。”小文的眼泪快出来了，生生被自认为是男朋友的男人扔下去找别的女人，任谁也受不了。

蓝颜知道陈文栋这样的男人是不会和小文长久的，终于抓到金龟婿的小文像抓救命草一样紧紧抓着陈文栋，但是除了这种夜生活，陈文栋还从没有在公众场合和小文出双入对。

只是蓝颜不希望他们之间的阻碍是苏苏。

陈文栋的车没开多远，就看见苏苏一个人坐在路边，眼泪哗啦啦直流，没有表情。

“外面冷，到车里哭吧，都一把年纪了。”陈文栋拉起苏苏，递过去一张纸巾。

分手也有段时间了，而且还亲眼见证了这段恋情的毁灭，怎么还会牵肠挂肚，怎么还会在别人提起他名字的时候心痛，怎么还会念念不忘？

苏苏被拉到车里，竟没有反抗。夜里的风格外刺激皮肤，尽管心情低落，还能深切地感受到夜的凉，不想因为自己的倔强坚持挨冻，哭得累了，只想快快回家，什么也不想，睡上一觉。

“麻烦你，送我回去，采访稿初步写出来了，明天修改一下就拿给你看。”

“这个时候还想稿子，你也够冷静的，比我当年强多了。”

“伤心归伤心，难过归难过，我还得吃，还得喝，还要工作。一个人打拼的时候才能体会到世界都抛弃了你，你也不能抛弃自己。”前段时间失去工作再露宿街头，已经让苏苏体会到“笑的时候全世界都可以陪你笑，而哭的时候永远只有自己舔舐悲伤的泪”。

“本来还准备劝你，看来我多管闲事了。”

爱情也只是爱情，英雄尚难过美人关，自己一乡村小妞怎么能抵挡得了失恋的打击，何况七年相濡以沫。但是现实更冷漠，下了雪还要加层霜，不想被抛弃，只有自己爱惜自己。

出来的这点时间，苏苏已经想明白了，与其纠结不如表现大气一些，要哭也要躲在自己的小窝里流眼泪。众人面前她还要维持表面的坚强。

“谢谢你了，非亲非故的，总算有点温暖。”

“知道第一次你吐了我的车一身，我为什么还要载你一程吗？”

“为什么？”

陈文栋讲起了他前妻的事，那是一个很漂亮、颇有气质但也很自我的女人，追求者众多，他独占鳌头赢得美人归。结婚一年后她因为进修家具设计专业去留学了，在地球的那边背着他跟另一个男人好上了。那次他本来要飞过去给她一个惊喜的，结果却撞上不堪入目的一幕。那天他喝了好多酒，因为吐了别人一身被几个男人打了一顿。

“看，这里还有个疤。”他伸出手腕，有一块指甲大小的刀伤。那时他还年轻，伤疤已经愈合，但是心疤难愈。那天遇见苏苏有种回忆重现的感觉，同病相怜，所以在虎丘他仍然帮了她一把。

同是天涯沦落人！

“既然已经过去了，就不要再想了，人要向前看。”

“这句话也是我想对你说的。”

如果不能执子之手，就放开子的手吧！

残留的酒精刺激着苏苏的大脑，被阳光刺醒的她揉揉惺忪的睡眼，七点半的闹钟不知道是没响还是根本没听到，当她拿着闹钟看到指针指向九点三十五分的时候，严重怀疑闹钟坏了，打开手机，时间确实是九点三十五分。

她噌地从床上跳起来，脑子里出现两个字“迟到”。手机无数个未接来电和数十条短信占满整个屏幕，蓝颜一直追问她在哪里，和陈文栋什么关系，心情怎么样了……

平时苏苏七点半被闹钟闹醒，磨磨蹭蹭八点去等公交，不堵车的话，八点四十基本可以到公司了，九点开始上班。九点三十五分，是个很严重的数字。公司在这方面有严格的规定，迟到十分钟扣十分，半小时扣三十分，一个小时扣五十分，一分就是一块钱，一小时以上就是旷工处分了，轻则扣除当天工资，重则直接走人。

“醒了吗？”陈文栋打电话过来。

“稿子下午给你送过去，已经要迟到了，我得先去报到。”苏苏急匆匆结束通话。

刚挂了电话，陈文栋又打过来：“这个时候不好打车，我送你吧。”

苏苏出门的时候，看到他的车停在自家楼下。当务之急是赶到公司，苏苏顾不了太多，说了声“谢谢”便上了车。

“快点，快点。”

“已经很快了，再快会把交警招来。”

“天啊，怎么是红灯，坏了。”

你越想赶时间，越会碰上红灯、堵车这些破事。这里本来就是交通要道，红灯一闪，车辆排成长龙。

苏苏时刻拿着手机盯着看，时间一分一秒地呼呼啦啦而过。

“已经迟到了，着急也没用。”

“你当然不急，从来迟到的规定都是定给员工的。”

终于在九点五十八分到达公司楼下，苏苏急匆匆蹿出车来一口气爬到楼上。看看时间应该还有几十秒。

“苏苏，赵主编让你来了到他办公室一趟。”文员小李朝苏苏使了个眼色，示意赵主编很生气，后果很严重。

“柳苏苏，作为公司新任的领导层，在上班的第一个月，确切地说是第二个星期，就迟到了，这是非常严重的事情。”赵主编一向看不惯懒散的员工，对于这些小细节尤其重视。

“赵主编，迟到是我的错，保证以后绝对不会发生这些事。”

这时候小李敲门说：“陈氏集团的陈总来了。”

赵主编示意苏苏先回到位子工作，苏苏出去的时候碰到了陈文栋，她疑惑地看着他，不清楚他前来的目的。

片刻后，赵主编恭送陈文栋出门，握手送别时大言“感谢陈总对我们杂志大力支持”之语。

之后苏苏又一次被“请”进赵主编办公室，赵主编亲切地说：“苏苏啊，你做了这么多事怎么不早点说呢！能拉到陈总这么大的客户，对我们杂志的帮助很大。委屈了吧，公司决定提前结束你的试用期，现在开始，我们要并肩作战共同办好杂志了。”

原本迟到被罚的苏苏意外地接到天上掉下的馅饼，原来有时候，真有馅饼产自天上。

陈文栋说苏苏的迟到完全是因为要给他送稿子，也是在看了苏苏的稿子之后让他决定拿出一部分资金赞助《都市杂志》，免不了又对苏苏的专业水平和敬业精神做了一番深刻的陈述。

萍水相逢是路人，说朋友不是朋友，又谈不上工作关系，这样的热情未免让人胆寒了。

陈文栋前脚刚走，苏苏沏了一杯绿茶坐在办公桌前整理稿件。

“苏苏，昨天没事吧，担心死了！”蓝颜打来电话。

“没事。还没来得及给你回电呢，睡得太沉迟到了。”

“你和陈文栋算怎么个关系啊，小文拉着我非要问个明白。”

他们之间算怎样的关系，说朋友吧，根本互不了解；说工作关系吧，也牵强；说情人吧，离谱；说仇人吧，又没有深仇大恨。

“比陌生人熟一点，有点工作关系的关系。”苏苏实在不知道如何对蓝颜描述她和陈文栋的关系。

“有点暧昧？”

“发誓绝对没有，有也是冤家路窄的缘分。”

他就是曾经把醉酒的苏苏带回家在警方面前骂她神经病，又把她扔下任她独自被雨淋湿，然后因为工作有点业务关系的男人。虽说不上不共戴天也是小有仇怨，只是曾经的他和现在的她同病相怜过，所以有一点常人以为的暧昧，实际什么也没有。

苏苏把他和陈文栋的纠结关系给蓝颜理了一遍。

太能扯了，不得不佩服现在人的想象力，故事看多了还是伤害受多了，总觉得丑小鸭会变成白天鹅，灰姑娘会遇上白马王子，编故事未必有这精彩。苏苏想着陈文栋，一副爱作弄人的样子，与自己心目中成熟、大气的男人实在搭不上，怎么能把她和他扯一块?

“柳苏苏，你到底和文栋什么关系？”刚挂了蓝颜电话没多久，小文居然又打过来。

“没关系啊。”

“没关系他干吗那天非满大街找你？”

“这事你得问他啊！”

“你不能自己的男朋友跑了就勾引我男朋友。”

“小文，咱俩虽然不是知交，我的为人你应该清楚，别说陈文栋不是我那盘菜，是，我也不会抢朋友的男人。”

“不管你怎么想的，你都不能把他从我身边抢走。”

小文狠狠地挂上电话，苏苏愣在原地，这是怎么了，不就是伤心了被一个男人护送了一次，有这么严重吗？这些人真是莫名其妙。

第五章

爱情的傻子，虚假的愧子

晚上依然在改稿子，有些地方苏苏始终不满意，如果是别人的稿子她又要唠叨怎么改怎么写了，自己的更较真，不改到自认为完美绝不罢休，怪不得以前那帮罗刹给她起了个“更年期”的称号。又是一个熬夜的晚上，长时间坐着打字，脊背和颈椎酸痛，时不时得起来扭几下，文字工作者的通病。

第二日上班路过报亭，看到前公司所做的杂志刊登着自己亲力亲为的专题“夜生活”，但是署名却被新主编取代了。

“岂有此理，什么都能，就是文字不行！”苏苏立刻拨了电话问老朱怎么回事，这不是欺负人嘛!

“朱总，‘夜生活’的专题，您和部里的人都知道是我一手策划辞职前已经完成的，这会儿怎么成了小曹的囊中物？”

“苏苏啊，我还以为谁呢！这个嘛，你应该看清了我们没把名字署在文章下，写的是专题负责人曹文辉，还有摄影××、插图××。”

“是吗？变相窃取。”

“你已经不是我们公司的员工了，再说这个专题本来就是主编负责的重头戏，你走了，自然会署上主编的名字，即使你不走，也顶多是个参与人员。”

“感谢您提醒，那我祝你们杂志越办越好，下期能拿出更好的水平。”

“看娱乐新闻吗？风流富少的新闻。”报亭的老板色迷迷地看着苏苏，拿出一本娱乐杂志介绍着。

苏苏看着那个老男人哈喇子快掉地上了，匆匆离开这个是非地。

到了公司，办公室的人都在偷偷看她，苏苏不自在地快走了两步到洗手间看了看镜子中的自己，并没有穿反衣服，也没化错妆，这是怎么了。

小李刚好从洗手间出来，苏苏拉着她就问：“小李，我怎么觉得今天大家怪怪的，有什么事？”

“苏苏姐，你不知道吗？”

苏苏茫然地说：“不知道。”

“你看娱乐杂志了吗？”

“这段时间自己的杂志都忙疯了，哪有时间关注娱乐圈的事？”

“可你上了头条。”

“什么？！”

一帮八卦记者拍到了那天晚上陈文栋拉苏苏上车的照片，一路护送到家，昨天又护送上班。文章标题扎眼——“陈氏集团掌门人又结新欢，审美取向的大转型”，有鼻子有眼地给苏苏安了个不真实的身份，说她如何死缠烂打傍上大款，在某地有人看到二人出双入对，作为同行，这些无边无影的事苏苏倒是看完笑了笑，最不能忍受的是拿她二尺的腰围和一副大龄女青年的模样说事，杂志上贴了曾经和陈文栋传出绯闻的一些模特和影星的照片与她PK，所有“钻石”们都不会为之睁眼侧目，在大街上一抓一大把的女人，居然被陈氏集团的陈总细心呵护，滑天下之大稽。

什么绯闻？简直是丑闻！娱乐还真没有圈，都圈到柳苏苏了。

二十九岁被人如此糟践形象，怎能不气？晚节不保！

“看杂志了吗？”苏苏一个电话打到陈文栋那里。

“看了。”

“没有什么反应？”

“应该有什么反应，这种事太多了。”

“你没什么，我可还要嫁人，二十九岁，本来已经剩下来了，现在看来要永远剩下去了。”

“这么想嫁人，嫁给我吧。”

“变态。”

这个忽冷忽热精神不正常的男人。

之后蓝颜、陆建国、叶峰也陆陆续续打来电话慰问。

蓝颜质疑苏苏和陈文栋的关系，苏苏百口莫辩，大喊冤枉。

陆建国不说了，有家室的男人了，保持距离，谢了关心客气几句，佯装坚强且毫不在意这些娱乐圈惯用的八卦伎俩。

叶峰这个时候慰问不知道是吃醋还是喝了酱油。

“苏苏，他是个花花公子，不适合你。”

“好像我们不熟吧，我觉得挺合适，我可能马上就要结婚了，到时候带着你的女朋友参加我们的婚礼吧。”苏苏惊讶自己怎么能说出这样的话，难道在前男友面前她就没有理智了吗？

“你会后悔的。”

“认识你我才后悔。”

事情一团糟的时候，赵主编过来要苏苏的稿子。

“这个，这个，陈总说还要改一点儿，他有一些意见想要我加进去，等我整理好了再给您过目吧。”

“也好，明天拿过来吧，我看看定稿。”

苏苏所写的稿子根本还没让陈文栋看，既然他已经出资打广告了，自己的这篇稿子一定得有锦上添花的作用。时间紧迫，领导要看，只能抓紧时间修改。

苏苏把稿子重新整改一下，已经接近下班的时间了。

“陈总，您好，您有时间吗？”

“怎么了，是要和我谈婚论嫁吗？”

“不好意思，是稿子的事，我已经写好了，请您看一下。”

“到我办公室来吧。”

发生了绯闻，苏苏不得不和陈文栋保持一定距离，她毕恭毕敬地递上稿子说：“陈总，这是稿子。”

陈文栋接过放在桌子上，看看时间已经到吃晚饭的时候了，拿起外套，说：“我看完，明天给你，先去吃饭。”

苏苏还站在两米之外的地方，说：“麻烦您现在就看看，明天我必须交定稿给领导。”

陈文栋看着这段凭空生出来的距离不禁好笑，故意说：“可是我现在饿了。”

苏苏压着怒火，看着挑衅的陈文栋，说道：“如果你愿意先帮我看，我可以替你买饭。”

陈文栋还执拗上了：“一起去吃饭吧，吃完我再看。”

这种年轻帅气地位高的老板就是难伺候，姑奶奶我先忍着，苏苏压着火挤出微笑，说：“现在是风口浪尖，和你一起吃饭不知道明天的杂志报纸会写出什么来。”

陈文栋说：“你也会害怕啊？”

“为什么不怕？我单身，失恋不久，到了适婚年龄，与赫赫有名的陈氏集团陈总传出绯闻，加上人长得这么朴素，最有噱头可捕捉了，那帮八卦记者会放过这些难得的好机会吗？”

“那我还真要挑战一下，正好最近我闲着。”

“恕我奉陪不起，如果您觉得这样耍人好玩的话，好啊，可以！但是请不要把自己的快乐建立在别人的痛苦之上，我一个无名小卒无所谓，您可是有身份的人。”

“可是我偏偏对你感兴趣。”陈文栋突然眼神魅惑地看着她，用极尽温柔的语气说出这番话。

“看，还是不看？”是可忍孰不能忍，苏苏扬起稿子在陈文栋眼前晃了晃。

“一会儿看。”

“现在。”

“一会儿。”

“再见。”

没有必要因为一件工作放弃了尊严，前些年采访某些老板的时候，那群老色狼总是趁机摸苏苏的手，要么就凑近一点儿，当时苏苏只知道尽量保持距离不敢声张，现在可是老姜了，遇到暧昧的举动能刹车就刹车绝不妥协。

转身再见的时候，被一只有力的手狠狠地抓住了。

“算了，我看还不行吗？”

两个人在办公室里针对这篇稿子争论着，不断修改，最终结束的时候已经九点多，肚子早已提出抗议。

“饿了吗？”苏苏有点歉疚。

“早饿了！”

“我请你吃饭吧。”

“你不是怕记者拍到乱写吗？”

“买过来在这边吃。”

“没兴趣，要不回家做饭吧，今天张妈不在，没人做饭。”

“好。”苏苏内疚地答道。

她并不是一个胆小怕事、为了某些莫须有的东西把自己搞得神经兮兮的女人。外国老头说了：“走自己的路，让别人说去吧。”

两人小心地回到陈文栋的郊外别墅捣腾起做饭的家什。

苏苏算是一个贤惠的女子，和叶峰相处的七年，练就了一手的好厨艺，虽做不了山珍海味，几道家常小菜还是难不倒的。

一切准备就绪，三菜一汤。

“我想郑重地和你谈谈。”刚坐下还没开始吃，陈文栋就先说话了。

“刚才不是在办公室都说了吗，也定稿了，我准备明天交给领导看的，又有改动？”

“不是稿子的事。”

“那是什么事？”

“我和你的事。”

“你和我？好像没什么事可谈吧！”

“我们结婚吧。”他一脸认真地说。

“别逗我了。”

“我是认真的。”

苏苏瞬间愣了，脑子短路。她做记者的这些年，遇到过许多人许多事，可以说对任何事都能从容应对面不改色了，只是这件事，她无法从容镇定！

他接着说：“我经历过一段失败的婚姻，交过几个不咸不淡的女朋友，到这个年纪，我只想找个贤惠的女人一起生活。”

原来，这顿饭也属于考察范围。

从菜色上看，她很贤惠。她不知道自己应该庆幸还是可悲，她在男人的眼里只有贤惠了。

“我不漂亮。”

“漂亮的女人我身边太多，她们抓我像抓金钱，在她们眼里我就是赚钱的机器和撑面子的工具，总是让我觉得不真实。生活太浮夸，感情太飘忽，而你让我觉得很安定，很真实。你的气质压倒你的漂亮，我妈说漂亮女人都不可靠。”

又是一个张无忌，苏苏心里想。

“别跟我玩暧昧，我二十九岁了，谈过恋爱，务实，没想过长出翅膀就能变成白天鹅，我已经过了瞎折腾的年纪。”

“就是因为务实才更应该结婚。”

“可是你条件好，有大把年轻漂亮的姑娘可以选择。”

“她们不懂我。”

“我也不懂你。”

“我懂你。”

就像苏苏的铃声——“内心的渴望比表面来得多”。

“那天你在我家披着被子探头探脑的样子，发现你有点可爱；那次你被淋湿了还雨中高歌，发现你的坚强；那次你想到递纸条，发现你的聪明；那次你和我辩论你的创意，发现你的才华；那次发现你被赶出来住了旅馆还不敢告诉我，觉得你倔强；那次唱歌你哭了，心疼你的脆弱；刚才你围着围裙做饭的时候，觉得这里因为你的贤惠有点像个家……你不需要很多很多的钱，其实只要满满的幸福，你是一个很容易知足的女人，不像你表现出来的要强；你不会像其他女孩子一样蜜蜂似的围着我，虽然你说我是你不太熟的朋友，但是你真正把我当朋友。”

陈文栋说了很多话，苏苏小姑娘一样羞红了脸，这么大了，还头一次面对一个大男人的表白。

被人剖析了内心，一眼看穿。

“时间不早了，我要回去。”苏苏逃也似的跑了出去。

就在这个晚上，苏苏在陈文栋的小别墅里遭遇一个大男人的表白，那厢蓝颜又接到杨磊的电话说专程来苏州看她。蓝颜接到电话情绪波动，真想狠狠地骂这个男人一顿，或者电话挂断关机与他断清关系，可是看到手机上他的电话号码竟然内心有一丝的喜悦。

“颜颜，不管是什么原因让我错过了，你都是我心里的最爱，曾经让我不顾一切爱得无法自拔的女人，我不想你误会我，从此不理我。”

“爱有什么用，你不还是结婚了？”

“那段时间我父母一直逼我结婚，你又不是不知道他们一直想让我早点结婚。”这个蓝颜当然知道，上大学那会儿，他们自打知道杨磊有了女朋友就开始商量婚事了，说是杨磊奶奶八十多岁了特希望抱上重孙，奶奶打小就疼杨磊。

“既然错过了，就错过好了，你又找来干吗？”

“我控制不住地想你，尤其上次看到你之后。”

“你不要再这样说了，我不想听。”

“我知道你也想我，你在哪里，我想见你，单纯地看看你。”

蓝颜确实无法忘记这段有缘没分的感情。有多少爱就有多少的怨，明知道没有结果还是控制不住去想，每一次拒绝之后都希望他能追上来，甚至幻想他没有结婚，她也不会再向父母低头，可现实是他已经不是一个人了。

“不要来，我不想见你。”嘴上这样说，可是内心却希望他过来。

杨磊的纠缠得到了蓝颜的允许，他们在阔别四年后第二次见面了，蓝颜没有躲开杨磊伸出来的手，又一次溺在他的怀抱里。

明知不能相见，还是忍不住，这个想了千百遍的男人每一次出现都会搅乱蓝颜的心绪。

“我们谁也不要问彼此的生活，就这样在一起。”

蓝颜听着这个男人辩解：“我不是一个无情的人，生活了三年多不可能对她没有感情，真要是孩子都有了还没有感情，那种男人也不值得你去爱。”爱情会让无情铁血的人流泪伤心，蓝颜把这个不是理由的理由拿来劝说自己原谅杨磊，什么也不再去想，享受着杨磊给她的短短的爱。

这是个极不平静的夜晚，二十九岁失去谈了七年的男友，这个年纪再想谈一场恋爱已是奢侈，有一个人人羡慕的男子向她求婚，能说出最懂她的话，她却恐慌，不敢接受。

耳边一遍遍放着张韶涵《看得最远的地方》：

你是第一个发现我
越面无表情越是心里难过
所以当我不肯落泪地颤抖
你会心疼地抱我在胸口
你比谁都还了解我
内心的渴望比表面来得多
所以当我跌断翅膀的时候
你不扶我但陪我学忍痛

梦想中有一个懂她的人会疼她、爱她，和她去看最远的地方，手舞足蹈聊梦想。

如果陈文栋没有那么显赫的地位，没有那么多的钱，也许自己会考虑两人的关系，只要关心她、关心她的家人就够了。多少有情人终成不了眷属，能厮守在一起的又有多少当初并不登对。拿苏苏的父母说，当年结婚的时候根本没见过对方，还不是恩恩爱爱生活了大半辈子，记得那个时候宿舍讨论嫁个自己爱的人还是爱自己的人，苏苏毫不犹豫地说一定要嫁给自己所爱的人，宋远景说肯定嫁给爱自己的人这样才不会受伤。现在的苏苏并不再坚持要找个自己爱的人才结婚了，那是大学那个年纪的事。只是两人差距太大，门不当户不对。

有时候觉得我们很不一样

你能看见我看不到的地方

有时候又觉得我们很像

都爱仰起头不听命运的话

音乐悠扬地响起，张韶涵的声音抑扬坚毅地传来，苏苏快被这件事闹得头痛了。

音乐一次次地重复，以至于苏苏根本没有注意到有人一遍一遍地打来电话。靠在她的小床上，抱着蓝颜拿来的抱枕，她思来想去。

最羡慕的还是普通人的小幸福，像父母的相濡以沫。想起陈文栋那栋别墅，像极了皇宫大院，深宅侯府一入深似海，即便装修如何豪华，家具如何精致，饭菜如何山珍海味，衣橱有多少穿不完的衣服，都只有两个字——冷清，终日与无生命的东西陪伴，再奢华的生活也掩盖不住内心的寂寞与无聊。

以前那个小家，没有那么大，甚至像冰箱、空调、洗衣机这样的家电都没有，她和他的小日子过得却舒适幸福，不管当时谁是不是真心，却让人觉得温暖。

叶峰到底走了，苏苏更加糊涂，到底什么样的感情才能长久，什么样的男人才可靠?

这些天心烦意乱，不想再纠缠这档子破事，安静一阵再说。

专心工作的苏苏暂时把陈文栋从自己的世界删除了，不看短信不听电话。

又是一个夜晚，苏苏躲在家里，手机往床上一扔，打开电脑看看有什么新闻没有，顺便想想下期专题。这个时候蓝颜来了。

“颜颜？”

“看到我，这么惊讶，你这儿没藏男人吧？”

“藏了。”

“我去找找？”

“等等，我让他藏好了。”

“真的呀？那我要回避吧？”

“别假不正经了，这么晚来，不会是想我了吧？”

“杨磊前几天又来找我了。”蓝颜神情忽然暗淡了。

“和已婚男人保持距离，这可是你以前天天挂嘴上的。”

“可是我受不了他的甜言蜜语，又把自己出卖了，只要看到他，我就控制不住自己想扑到他怀里。我知道我犯贱，我傻，我也劝过自己，可就是没办法让自己理智。”

“早点离开，小心玩火自焚。”

“我知道，可是就是分不开。”苏苏理解这种藕断丝连难以割舍的心情，自己多次和叶峰分手，也曾经无数次舰着脸再回头祈求爱情。现在是有人觍着脸给你爱，还是自己曾经朝思暮想的人，谁有勇气和毅力拒绝？女人在爱情里永远都是傻子，挣扎着也要活在虚假的谎言里，相信男人不经意间错将谎言说成的誓言。

“我的建议是，既然你四年都忍过来了，咬咬牙，扔了他。”

“扔不了！！！”蓝颜痛苦地躺在苏苏的小床上，烦躁地胡乱踢腿。

“你呢？陈文栋不适合你。”

“你不是说没有爱就要有钱吗？他可是非常适合结婚的人选。”

“你又不爱他。”

“杨磊一回来你的整个世界观都变了。以前你对感情不屑一顾，还劝我现实一点。”

“结婚倒是合适，而且你现在正处在感情的旋涡不能自拔，刚好可以抓住他这根稻草。”

叶峰背弃了苏苏，以她的性子很有可能痴情地守着曾经的诺言过一辈子，即使不这样也会失去爱人的能力。当你竭尽所能爱过一个人，余生便没有力气接受另一段深情。

蓝颜说：“只有爱上一个人才能忘记一个人。”在这点上她是赞成苏苏和陈文栋在一起的。

苏苏笑笑，不是鱼离开水就会没有呼吸，没有谁离不开谁，只是离开的过程痛苦罢了，允许自己深切地痛苦，允许自己颓靡一段时间，允许自己爱上一个人试着忘记一段情，允许自己尽力地回忆直到再也想不起，这样就不会死心眼地吊在一棵树上，但是她也没准备吊在陈文栋这棵树上。

“难道你觉得对不起小文？感情没有谁对谁错。”

这倒提醒了苏苏，他身边有个小文，宁拆十座庙，不拆一对鸳鸯，这种缺德事自己可不能做，甭管他们是不是真心。

“都是八卦杂志没事捕风捉影瞎写的，我们八竿子打不着的人，怎么可能。我肯人家还不一定同意呢。”苏苏没有把陈文栋求婚的事告诉蓝颜。

“可是叶峰给我打电话说你要结婚了，还说是你告诉他你和陈文栋很合适。”

“那是刺激他的。”

“小文说，陈文栋要和她分手，说他要娶你。”

“这点我们倒是很有默契，估计和我一样借八卦绯闻解决不必要的麻烦吧。”

见苏苏不肯说，蓝颜也就不再追问了，只是第六感告诉她，这里面有事。

蓝颜的到来更让苏苏坚定：两个世界的人，是不可能走在一起的。苏苏摇了摇头，做出了决定。

第二天下楼的时候，陈文栋的车已停在楼下。苏苏绕道而走，被陈文栋抓了回来。

“为什么不接电话？”

“为什么要接？”

“大家都不是小孩子了，这种事好歹你出个声啊，这几天也考虑得差不多了吧？”

“好，我把结果告诉你，竖起耳朵听好了。”苏苏顿了顿，清了清喉咙，“你和我是两个不同世界的人，我们是不可能的。说完了，你可以走了。”

“男未婚，女未嫁，一切皆有可能。”

苏苏无奈：“我不喜欢，这行了吧。”

“喜不喜欢都不是理由，难道你不知道古代的人结婚前连面都没见过？”

“那你娶古代的僵尸算了，再见！”

陈文栋坚持要送她，苏苏没理会，自己挤公交去了。

苏州的2010年是个多雨的年头，一周七天基本不是下雨就是阴天，最近这段时间所有的人被阴雨天气压抑着，一有点小绯闻全公司都当大事宣扬。

苏苏刚踏进办公室就觉得气氛不对，所有的人都斜着眼偷偷打量她，这些天她简直成了焦点。

是又出什么事了？还是今天衣服穿反了，眼影画重了？苏苏浑身不自在。

“苏苏姐，昨天的八卦杂志又说你和陈总……”年少的小李没有大人的城府，一向有什么说什么，好多事情大家为了自保不便出头的都撺掇小李，见小李问苏苏，一窝蜂似的全围了过来。

“这杂志怎么专挖没有价值的新闻，都成旧闻了，还在讨论，难不成连载啊。”这段时间为了赶稿子，这帮做杂志的小编辑没日没夜无聊地码着字，一旦发现什么八卦新闻便勾起了所有的好奇心，非要探个明白，堪比狗仔队。

“讲讲嘛！有没有？”

“绯闻，绝对的绯闻。别人不知道你们还不知道吗，我和他只有工作关系。”

“但是陈总怎么那么轻易地就选择了我们杂志呢，要知道多少大杂志他都看不上眼。”不知道谁说了这么一句，言下之意是不是说苏苏用了卑劣的手段迷惑了陈文栋，或者以身相许做了交易，不然凭她一个女子怎么争得了这块肥肉？

苏苏摇摇头，叹道：“你觉得卖火柴的小女孩能和美人鱼的王子结婚吗？根本不是一个故事，穿越不过去。”

“但是灰姑娘穿上了水晶鞋。”

“哪儿有，我也买一双穿。”

“真没有？”

“我倒是想有，嫁入豪门不用天天码字写稿。”苏苏做出一个无奈的表情。

“没劲。”所有被吊起来的胃口都没有得到满足，好奇心像打了霜的茄子，一个个都蔫了。

大家刚散场，一个男生抱着一大束玫瑰花走过来，问谁是柳苏苏，所有蔫了的表情一下子又鲜活起来。

“我是。”

“这是一位姓陈的先生送您的花。”

“哇，陈先生？”平时死气沉沉的办公室又沸腾起来。

谈了七年的恋爱，还没有享受过这样的浪漫，大男子主义的叶峰从来不屑于做这种事，总说太俗了。岂不知女人热恋的时候智商为零，常常喜欢过俗的事。真有人送花来了，那样灿烂红火地盛开着的玫瑰，像一股热情盲目地扑来。苏苏手足无措，不知道该如何收拾这个局面，刚刚澄清的绯闻，又因为这束花兴风作浪起来。

无奈之下，苏苏把送花的小子拉到办公室外，告诉他出去把花扔了，就当她收下了。小伙子说顾客千叮咛万交代一定要亲手送到她手上，不然自己工作能不能保得住都难说。

提起工作，难免想起那段艰辛的求职历程，不就是一束花吗？收就收了。

路过垃圾箱的时候，苏苏把那束花扔了进去，有点可惜，如此娇艳无辜的鲜花，再回头看一眼，花各有命，再鲜艳也逃不了被扔垃圾桶的结局，所以人更应该掌握自己的命运。

回去的时候，办公室的人满脸疑惑，越描越黑，干脆就不解释了，随便大家怎么发问，苏苏闭口不谈。

陈文栋特地问了送花的小伙子，有没有送到，她什么表情，有没有收下？小伙子说她让他把花扔了，虽然最后在自己的游说下收了，但他看到她扔到垃圾桶了。陈文栋让小伙子每天送一束花，次次都被苏苏扔进了垃圾桶，终于有一天陈文栋忍不住去质问，一个个电话打过去都是拒接，再打关机。

这让他觉得很受伤，从来没像现在这样觉得不能俘获女人芳心，纵然有千金万银也不能打动一个女子的心。曾经多少人看上他的潇洒浪漫和万贯家财，曾经多少女人迷恋他成熟的外表和雷厉风行的做事风格。苏苏越是拒绝得干脆，他越是觉得苏苏是那样与众不同，用这样滥俗的伎俩根本配不上她的清高脱俗。

原本是开了一瓶红酒，不想喝着喝着喝多了，陈文栋疯子一样在自己的别墅里买醉，对一个三十几岁的男人不要提“曾经沧海难为水”，过去的就是过去了，最痛苦的是不能迈过去的情劫，本是潇洒地一掷，不想已深深陷进去，无法还原。从来得不到的最珍贵，记得一个台湾散文家说过一句话，“一旦得到，是不是等于一种永远的失去”，人们耿耿于怀于那些看得到却无法拥有的东西，因为纠结过，所以彼时的心痛刻骨铭心，那些本不完美的东西就在努力得到却苦苦得不到的时候变得异常美丽和耀眼。并不亮丽的苏苏在陈文栋的眼里俨然充满了魅力。

最是那一低头的温柔，
像一朵水莲花不胜凉风的娇羞，
道一声珍重，道一声珍重，
那一声珍重里有蜜甜的忧愁

音乐悲沉地缭绕而起，酒精就有那种作用，无限挥发了阴郁的气氛。陈文栋念起徐志摩的《沙扬娜拉》，这是一首蕴含了小甜蜜的诗，忧愁地离开，离开里有甜蜜，此刻的他没有甜蜜只有忧愁。这首本是甜蜜的诗，让他念出了无限浓愁。

香烟也在不知不觉中一根接一根地抽了起来，烟雾缭绕，桌子上下散乱的酒瓶让他自己都忍不住质问自己，有那么难过吗？有那么在乎她吗？不是只想单纯地结婚过日子吗，干吗弄得这么悲壮？

他有点不齿自己所为，一个大男人，何必？

把事情说个明白，爱就爱，不爱就不爱，接受就接受，不接受就放开。

打定主意，陈文栋开车去找苏苏。

醉酒的陈文栋没有看清路灯，红灯的时候闯了过去，被交警追上，发现他饮了大量的酒。近期正在严厉查处酒后驾车，此时陈文栋正好撞了枪口。驾照吊销三个月，拘留十天，处罚2000元，手机也暂时扣留。

第二日陈文栋清醒的时候，记起昨天的事，理智地找来警局局长，低调处理了此事，当天交了罚款就被放了出来，在商界混了这么多年，这点交情还是有的。只是驾照被扣，暂时不能开车了。从拘留所出来后，陈文栋让司机把他送到苏苏家。

那天周六，刚好苏苏休息在家。

被敲门声惊醒，苏苏穿着睡衣跑出去开门，看到陈文栋一脸憔悴地站在外面，满身的酒气。

“怎么了？”

“昨天喝酒了，开车去找你，结果被交警抓到，酒后驾车给拘了，以后不能开车送你上班了。”

他平静又带点顽皮地叙述着昨晚发生的一切，苏苏看看眼前的这个男人，没什么不好，除去身份上的悬殊，应该算个好男人，虽然走马观花地换过不少女人，却是个极度空虚的男人。这样憔悴地站在苏苏面前，让人心疼。如果是叶峰估计该骂自己了，按照他的思维这一切都是因为她造成的，被警察抓到、吊销驾照、被罚款、被拘留……两个人还会大吵一架。也许分开真的是一件幸事，只是苏苏从来看不清。

“你是不是觉得我很没出息，一把年纪了还这么冲动？”

苏苏想再次拒绝，断了他的念头，也斩断自己异想天开的美梦，心却不由自主地纠结着、疼痛着。没有谁必须为谁受苦，为谁憔悴，有这样一个人为你甘愿受罪的时候就不应该放弃，每个人都要懂得珍惜，也要珍惜身边每一份来之不易的感情。

“是，太不成熟了，一把年纪做事这么冲动，即使我和你在一起也不会有安全感，何况我们之间没有爱。”

“如果我说我有呢？”有一些情感总是不知不觉潜滋暗长，谁也说不清从什么时候开始就对谁念念不忘了。

“可是我没有，没有爱的婚姻我是不会要的，你死心吧，我们不可能。”

“你看着我。”陈文栋抬起苏苏的下颌，眼神不断搜索着对方眼神中传达出来的信息。

“够了，陈总，请您自重。我们之间除了工作不可能有其他关系，我也高攀不起您这样的贵人，您请吧！”苏苏打开门，做出一个送别的动作。

他走了，脚步那样迟疑。

她望着他的背影，在关上房门的那一刹那泪如泉涌，是什么让她如此难过，不能爱一个人会比失去一个人更难过吗？

她不相信梦是真的，阻断了梦想前进的行程。

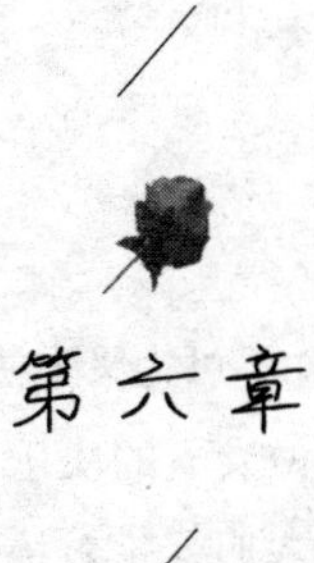

第六章

人在江湖漂，多少挨几刀

总是有些事情不能如人所料地发展。宋远景说自己流产了，她觉得这个时候她应该是最需要照顾的时候，丈夫却天天闷着一张脸埋怨自己，好像她故意滑倒把孩子流掉了，反倒是婆婆小心翼翼地照顾着自己。

“据说打个喷嚏都能流产，滑倒流产很正常，非说我不注意，在医院就一直唠叨，回到家还是，简直受不了他。怀孕时对我百般呵护，现在……我又不是生育机器，也不知道关心一下。都说流产等于坐小月子，他那张脸阴得能勾出地府的阎王。”

“不还有你婆婆吗？”

“到底是跟那个男人过日子，天天看他脸色难受。”

“那你干脆搬回娘家住一阵，反正离得不远。”

“我不想让我妈知道我们闹矛盾。”

家庭是一本难读的书，就算因为相爱两个人结婚了，也不见得婚后是两个人的世界，牵扯出的社会关系、家庭背景已经不能单纯地靠爱生存了,何况是两个不爱的人结婚了。

“没事的，一切都会好起来的。”除此之外苏苏不知道怎么安慰这位朋友，自己的感情生活也乱糟糟的，怎么给别人意见？何况结婚了，不像谈恋爱分手，说分就分。

蓝颜又和杨磊私会去了，明知不可为又无法自拔。

再遇杨磊之后，蓝颜反而有做女人的快乐了，偶尔告诉苏苏哪天杨磊送给她一串链子，哪天给她买了一套衣服，带着掩藏不住的喜悦。苏苏狠狠地说过她几句，对蓝颜丝毫不起作用，她说“就是悬崖她都跳了”，苏苏拿这个朋友没有办法，感情这东西没有人搞得懂，也没人玩得明白。

杨磊又过来了，蓝颜像打了吗啡一样从委靡的状态脱胎换骨，兴奋地赶赴车站等杨磊的到来。

见到杨磊出了检票口，她高兴地扑过去搂着，忘记了这是别人的丈夫，别人的父亲，完全当作自己的私有财产接受过来。

在蓝颜的小房间里尽情释放着两人的多余精力，蓝颜躺在杨磊的胸口，又一次傻傻地问：“你爱我吗？”这个男人说：“爱。”在洗手间里蓝颜眼泪刷刷流下来，一个正牌女友多年后成了“小三”，在身体赤裸相对时这个男人说着“爱”的谎话，可是终究不可能也不会再为她转过身来，她终究是个人们眼中的“第三者”，与爱无关。

这样的感情蓝颜近乎奢侈地享受着，小心翼翼地不去碰触他的生活，可还是在夜晚听到他和妻子讲电话。那个时候杨磊做出一个“嘘”的动作示意蓝颜默不作声，然后叫着妻子女儿“宝贝”。

杨磊回去之后，蓝颜再一次告诉自己“忘了他，忘了他”，可是每一次杨磊过来，她还是不由自主迈开了走向他的脚步。

“苏苏，我要疯了，我该怎么办？”

“忘了他。”

“可是我就是忘不了，越是想忘越是忘不了。”

于是苏苏接到蓝颜一次又一次的电话。

“我去北京了。”

“我们吵架了。”

“他答应给我买瓶香水。”

“我以后和他彻底断了。”

“他又来了。”

……

年纪越大思想越单纯了，蓝颜图什么？身体还是爱？苏苏自己也想不清楚，她们这个年纪的人怎么这么容易犯错误？

苏苏拒绝了陈文栋之后莫名其妙地伤心，比叶峰走的时候还邪门，几次晚上做梦惊醒。总是梦见陈文栋临走时那张憔悴的脸，夜里醒来忍不住想，他在干吗？睡了吗？会不会失眠？

没有人明白像苏苏和蓝颜这种大龄女青年为何对自己的感情忧心忡忡。想结婚生个孩子平静地过着普通的生活，可是因为爱情不想凑合。不凑巧的是不凑合的那个人偏偏不想凑合下去了，就在跨进婚姻的节骨眼儿上出了岔子。

陈文栋每个晚上都会发来短信说：“熬夜对身体不好，早点休息。”

苏苏更加睡不着了。

“颜颜，我要相亲。”苏苏宣布三十岁之前把自己嫁出去。

“你要相亲？被谁刺激了，你不是主张自由恋爱讨厌这种为结婚而见面的封建模式吗？”蓝颜惊讶这个“爱情至上”的女子是怎么想到要通过相亲这种有目的的方式寻找自己的另一半的。

苏苏要相亲，在最短的时间找个男朋友，然后公布于众让陈文栋死心。

她打定主意，只要人还说得过去，能顺利解决自己这桩混乱的感情纠葛就好。苏苏和蓝颜在QQ好友里锁定了目标，一个名叫“会飞的鱼”的家伙，苏苏加了三年，没怎么深入聊过，只知道三十二岁，未婚，有房无车，房产公司项目副经理。

约好了在观前的日料店门前见面，苏苏提前五分钟到了，打了个电话，对方还没到，说三五分钟过去。十分钟已过仍然没见到人，苏苏再打电话过去，说就到了。再次等待仍然落空。

“您确定要过来了吗？如果时间不方便就改天好了。”

“马上到了，刚才有点事，等我一下马上就到。”

终于见到传说中“会飞的鱼”了，苏苏焦急等待的心早已打消了对此人的兴趣，但是想想自己目的也不单纯，忍了下来。

174厘米的个头，偏瘦，带着一副黑框眼镜，有书生的面相。

“你好，握个手吧。”

出于礼貌，苏苏和“会飞的鱼”握了手，但是对方一手心攥的全是汗，他还解释说是“天太热，出汗”，虽然已经四五月份了但是也不至于热到出汗，何况对方也不是大胖子走两步就气喘吁吁。

苏苏暗想，肯定是紧张。

日料店是“会飞的鱼”点的地方，名曰“代官山”。“会飞的鱼”直接拿菜单点菜，杏仁三文鱼、青鱼头火锅、法式田螺，加两杯饮料。没有征求一下苏苏的意见，看不出外表柔弱的男生内心也是如此大男子主义。

“刚才真不好意思，路过海澜之家的时候想到要买条领带，觉得时间应该不长，去了一小会儿。”

是道歉吗？初次见面为一条领带迟到二十分钟，还号称“一小会儿”，时间观念也忽略得太大了。

“没事，谁还没点儿事？”

“你觉得这条领带怎么样，配我这套西装？”他指了指自己藏蓝色的西服。

领带是红色斜条文状。

“说实话，我觉得您这个年纪还是比较适合蓝色，红色太艳丽太张扬了，和您不太搭调。”

“可是我妈说红色适合我，因为我肤色比较白。

“我是独生子，我比较喜欢苏州本地人，你是吗？杭州的也行，最好不要是上海的。你是哪儿的？还有如果我们结婚了父母肯定要和我们住在一起，我妈说女孩子只要贤惠就行，你会做菜吗？”

整个一个没断奶的孩子。

看《非诚勿扰》以为里面的男嘉宾台词都是编好的，不太相信现实中有这样的人，今天果然见识了，真是“鸟大了，什么林子都有”。

从头到尾让人不舒服。苏苏找了个借口匆匆结束了这场相亲。

第二个是蓝颜的同事的二舅妈的外甥，据说从美国留学回来的，在某个培训学校做培训老师，年薪二十万，就是人太open。

见了才知道什么是open。

“柳小姐你好，您谈过恋爱吗？”

“谈过。”

“那你是处女吗？”

苏苏很惊讶有人第一次见面就这样问的。也许这是个有处女情结的人？苏苏决定尊重别人的嗜好。

“您觉得一个二十九岁谈过七年恋爱的女人会是处女吗？”

“你和几个男人有过性接触？”

苏苏实在忍无可忍了，从进咖啡厅就看到这个男人一直盯着她的胸部看，完全不是相亲而像性骚扰，“我觉得您有点无聊，有些东西不适合摆在桌面讨论的，您没这个常识吗？”

“您别激动，我现在正创作一本书，是写女人的第一次，您能给我讲讲第一次的感觉吗？”

“不好意思，我觉得我不是你想找的那盘菜，再见，不，是再也不要见面了。”

“柳小姐，我觉得我们很有必要谈谈，你的思想太守旧了,柳小姐……”

自从见了这个open的海龟，苏苏再也不想相亲了。

公司的各项工作有条不紊地进行着，五月份的杂志样本已经印出来了，先发给各投资商和投稿人看，赵主编让苏苏给陈文栋送过去。

“小李，帮姐把这本杂志送到陈总那边。”

“苏姐，你又不是不知道我的工作性质不能出去乱跑的，何况陈总那边离我们这么远，让赵主编知道了又说我玩忽职守了。”

“摄影小弟，麻烦你帮姐个忙吧？”

“姐，您别难为我了，今天我得修照片，赵主编马上要呢！”

平时聚会喝酒时大家亲得跟亲兄弟一样，能为你上刀山下火海，这阵子真有事了，各有各的理由推托。

苏苏来到陈氏集团的大厦，把书给前台小姐并说明了是样刊，正刊会在5月中旬正式印出，20号出现在各大报摊，请她把杂志转交给陈总。

陈文栋接到杂志的那一刹那，翻到家具专栏，苏苏的文章。都说文如其人，怎样的七窍玲珑才能写出这样灵性深邃的文章？陈文栋欲拨电话，最后一个数字没有按下手已停顿，刻意的回避，自己又何必执着地抓住不放？

晚上又是一场相亲，交友网站上找的。

世纪佳缘，刚注册了号码，就有一封站内信，是一个叫欧阳的人，资料显示对方是一家广告公司的设计师，178厘米，中等身材，照片是张证件照，不能清晰地验证个头和身材。

相亲的地方是一家干锅餐馆，听说这里的鱿鱼虾干锅挺出名。

有了上次的经验，苏苏踩着点过去了，太早要等，太晚不礼貌。

看到真人的时候苏苏眼前一亮，眼前的男孩子有点偶像男星的感觉，很帅气。苏苏虽然奔三了，却还喜欢泡在偶像剧里看灰姑娘的故事，顿时欢喜羞涩起来。

“看起来我比你年纪大。”

“看了你的个人描述，很有意思。可能是职业敏感，对能吸引眼球的东西都特别有兴趣，所以没注意年龄。”

“我学中文的，修炼过遣词造句方面的知识。”

“你审美感不错，空间里的几张照片很有艺术性。”

“是吗？可能是职业病，以前上学的时候，教美学的老师经常拿莫奈的《睡莲》、梵·高的《星空》对我们进行训练，还要求我们鉴赏于坚和海子的诗，搞得我们一下笔，就有一种出土的感觉。”

欧阳觉得苏苏挺幽默的。

“我们上学那会儿，老师也拿《睡莲》教我们光、影和谐。看来天下老师是一家，都是土特产艺术品。”

两人谈起了创意和设计，从摄影到杂志，从莫奈到梵·高，从中方到西方，从古代到后现代。虽然年龄就相差一岁，但苏苏还是不能接受，但作为朋友是可以而且值得深交的。

正说着，进来一群人，其中一个中年男子说：“陈总，楼上仙福居雅间人都齐了，就等您了。”

苏苏只是不经意地回头看了一眼，便看到一个熟悉的身影，那人也看见了她，四目相交，苏苏仓皇地转过脸，和欧阳继续谈论。

他停下来，和中年男子说了句话，朝苏苏这边走过来了。

“柳小姐，我今天已经关照财务把那笔款汇到你们公司账上了。”

“谢谢陈总。”

忽然都不知道说什么了，陈文栋尴尬地站在那里。

“还有事吗？”

“这个给你，上次你落我家了。”他微微一笑，自信的神情再次浮现在脸上。他从口袋掏出一只廉价的戒指，苏苏平时把它戴在小指上，那次洗菜的时候摘了下来，之后走得匆忙忘记了。“这是你男朋友吧，别误会啊，千万别误会。”

“陈总，这点小事不劳烦您费心，这个东西不是我的，可能是您哪位红颜知己的吧。”自己的计划没有得逞却被人算计了。

“我的女人从来不戴这种廉价货。”他把戒指随手扔在了苏苏的餐桌上，继而又说，“对了苏小姐，我还有个饭局，不打扰你们约会了。”

他边走边扬声喊着：“老板，3号桌的费用记在我名下。”

陈文栋走后，苏苏脸色特别不好，刚才谈论创意设计的雅兴荡然无存。欧阳看出两人关系不一般，但是苏苏这样相貌平平的小白领和陈文栋这样气质霸道的老板显然不能让人联想在一起。

“你们？”

“我和他不熟。”

傻子都看得出两个人在赌气，工作关系身份悬殊，用得着这样吗？

“虽然我们是在相亲，但是你我都明白我们不适合对方，如果你相信我，把我当朋友。”

苏苏告诉了欧阳自己和陈文栋的前前后后，这次相亲只是想找个“男朋友”好让他死了那条心，以后不要再做傻事。

欧阳说：“像我们这行，本来女人多男人少，再说三十几岁的好男人多数都结婚生孩子了，剩下那些不是愤青就是伪娘，我看早晚你都要相亲解决自己的终身大事，如果是这样，何不跟他谈一下试试？”

“他让我有压力，自卑。”

“女人都巴不得找个好男人嫁了，现在相亲，条件好的男人挑条件好的女人，条件好不好的女人都挑条件好的男人，怎么你偏偏相反？”

“可能跟我个人和家庭给我的压力有关吧，我不想找个背景悬殊太大的。”

“勇敢一点，我觉得爱情是可以跨越所有鸿沟的，年龄、距离、空间、物质都不是问题。”

“我以前也是这么想的，但是现在可能是老了，没有做梦的权利了。”

“每一个人任何时候都有做梦的权利，童话不是只有儿童才可以看。”

苏苏不相信陈文栋对自己有爱，那一点点的好感并不能让人心甘情愿地当作爱来托付自己的下半生，何况他明确说她适合做妻子，仅仅是“适合”而已。男人可以有情人、有知己，这个妻子又能拥有多少的爱？

谈话接近尾声的时候，苏苏趁上洗手间的时候去付账，被欧阳看到了，执意自己付账，哪有相亲还让女方掏钱的道理？两人争执的时候老板说楼上的陈总已经结过了。

苏苏看了一下菜单，一共一百六十八元。

“老板，那个陈总是不是在楼上仙福居？”她记得跟陈文栋同行的中年男人说过这么一句。

“是啊。”

苏苏上到二楼雅间，礼貌性地敲了下门。

“不好意思，打扰你们了，我找陈总有点事。”

“我现在没空，有事明天到公司谈吧。”他据实说。

“希望陈总能给我三十秒时间。”

“今天晚上我去找你。”

那么多人看着，陈文栋这话暧昧地印证了前段时间的八卦，苏苏见众人都停了推杯换盏、谈笑风声，奇怪地看着她。她径直走过去，从钱包里拿出两张一百的，往陈文栋面前一放。

“陈总，这是我今天的饭钱，不劳您费心，这是两百，不用找了。谢谢！”“谢谢”两字说得冷漠，然后径直走出去。

“你什么意思？”陈文栋对着一帮朋友疑惑的脸尴尬地杵在那。

“陈总，不就是女人吗？待会儿吃完饭我们去KTV逍遥。”还是那个中年男人打了圆场。

人在江湖飘，必须学会怎么接飞镖。

苏苏回到家，看着冷清的小屋，安静的电脑，安静的抱枕，在这个安静的夜里，内心不安静地翻腾。

心情不好，想出去走走。刚准备出门，接到蓝颜打过来的电话，说她在KTV喝了好多的酒，苏苏一定得过去救场，不然那帮男人准把她灌醉了。

助理就是不好做，不但得帮着经理搞定合同，还要搞定一帮酒量和色胆成正比的中老年男人。

苏苏到KTV的时候，蓝颜正在厕所吐，虽然这几年酒量也长了不少，还是不够对付那帮男人。

“妹，你不知道自己心脏不好啊，医生说随时可能病发的。”苏苏到场就把戏演上了，排练了N次使用了N次，绝对没问题。

“各位大哥，如果不嫌弃我替我妹喝了。”

她可是有名的千杯不醉，这酒量有遗传的份儿，从苏苏太爷爷开始，她爷爷，爸爸、叔叔、堂哥都特能喝酒。

喝酒的时候，苏苏是很豪放的，不但把合同签了还把那些男人喝趴下了，留下一个驾驶员照顾一帮醉鬼。

“苏苏，等等我，胃很难受。”太多的酒在新陈代谢之后都储存在膀胱，憋得人难受。

苏苏在包厢外的走廊上等蓝颜，隔壁包厢传来刀郎的《情人》，声音极其难听。苏苏不经意朝那边看了看，刚好有人开门出来，她透过门缝看到了干锅店里和陈文栋吃饭的那个中年男人，锃亮的脑门稀疏地散落着一些发丝，而他的胳膊搭在一个穿着暴露的女人肩膀上，直觉应该是小姐。苏苏再往里看的时候门关上了，不知道陈文栋在不在里面。

苏苏想起自己刚毕业那一年，公司和合作单位一起去聚餐，原本以为会是单纯的吃饭唱歌，结果吃饭后去了一家高档KTV，一进门左右两侧的服务员用甜美的声音齐刷刷地问候“欢迎光临”。她和另一个小姑娘专注于音响效果，点了歌就唱，结果唱着唱着音乐戛然而止，进来一排美女，苏苏惊呆了。

对方公司的负责人杨总点了一个黄色爆炸头穿白裙子的女孩子，其他男人看杨总点了，也都毫不客气地拉过一个女人搂搂抱抱。苏苏和那个小姑娘看到这种架势不知所措，躲到公司主任薛阿姨身后。

苏苏和薛阿姨还有小姑娘看此情形，找了个借口回去了。

自此苏苏很鄙视男人。都是假君子，到了风花雪月的场合就原形毕露，一个个色迷迷地看着那些恨不得扒光了自己让男人用钱穿起来的女人。要知道这些人平时在苏苏眼里形象还算光鲜。

苏苏脑海里浮现出陈文栋搂着小姐又是掷骰子又是灌酒的画面，衣冠模样做出这等下流之事实在让人鄙夷。也许他不会，只是其他人找小姐，他还是一副正人君子模样坐着唱歌或者喝酒，苏苏马上否定了自己这个想法，陈文栋才是整场的重头戏，那些想着法巴结他的人会把他闪下自己搂着小妞亲热让他看吗？

三十出头在商界混，谁不是夜总会KTV浴室的霸主？这样想着，苏苏不屑地朝着那间包厢斜了一眼，心里仍不痛快，想知道陈文栋在不在里面的念头异常强烈。

灵机一动。

苏苏装作喝醉酒的模样跌跌撞撞推门就进，低着头说一句“对不起，进错房间了”，转身的刹那看见了陈文栋，真的有他，和一个小姐拉着手玩骰子。

道貌岸然、人面兽心、衣冠禽兽……这些词都跑出来了。原本要走的她突然回头拿起桌上的酒泼向了陈文栋，骂道：“衣冠禽兽！！！”

正要发火的陈文栋看到是苏苏，忙放开握着小姐的手，追了出去。

他和她面对面站着，半米远的距离，苏苏咬牙噙着泪。

“用得着这么关心我吗？”

“我对你没有一丁点儿的关心，只是不齿你的行为。”

“不齿我的行为，我是你什么人，用得着你不齿？”

“我，我，我不是你什么人，你怎样和我无关，算我多管闲事……”看着她眼泪在眼眶里徘徊逗留突然夺眶而出，他温热的唇压过去印着她的唇，不要她把话讲完。她拼命挣扎，双手被一股力量紧紧压着，眼睛里的泪水流下来，咸咸的。她愤怒地看着他，眼睛睁得大大的。

她看见蓝颜、中年男人和其他那些男人站在身后。她挣脱，扬起手，又放下。

“我不是小姐，不是你手中随意捡来随意丢弃的玩偶，从此以后不要出现在我面前，不要让我听见你说任何一句话，不要让我知道关于你的一切消息，我和你没有任何关系。”

“陈总，陈总，您消消气，这边什么漂亮的姑娘都有。”中年男人把陈文栋安抚坐下，招呼KTV的妈咪把这里最好看的小姐叫来。

包厢里一时间又进来一排姑娘，大约十几个，站在大屏幕前面，音乐声暂时停止，中年男人笑脸迎着陈文栋。

“陈总，您看喜欢哪个姑娘，我让她好好伺候您。”

陈文栋不说话。

“小姐们主动一点儿，把陈总招呼好了，自然有你们的好处，谁主动一点？”

忸忸怩怩站出来一女孩，穿一袭白色碎花裙子，如果不是在这样的场合，谁也看不出她是干这行的。女孩一屁股坐在陈总旁边，抽出一支烟，给陈文栋点上，自己也抽上一根。

“陈总，您要唱歌我给您点，您要玩骰子我陪您玩。”

陈文栋推开小姐，站起来整理了一下衣服，说道：“老李，你们玩，刚想起来公司还有点事，你们的事后天到我公司谈。”

“陈总，今天没让您尽兴，下次您挑地方，我来安排。”

“陈总，别啊，是不是小姐不合您口味，我先干了这杯代她们道歉，这就给您再叫来几位，您慢慢挑，小翠，去把梅兰竹菊四位姑娘叫来。”妈咪看情况不对马上又叫来几位。

“不用了。”

司机一直在楼下等着，中年男人恭送陈文栋出来，说了一堆赔罪的话，这本不是他的错，出来做事连他人的黑锅也得背着，一把年纪卑躬屈膝。陈文栋也实在没那个心思继续玩下去。

苏苏和蓝颜回去的路上，蓝颜奇怪苏苏为何发那么大的火，当着那么多人的面，也太不给陈文栋面子了，好歹人家也是个总。

“死丫头，你和他到底什么关系？发那么大火干吗？”

“白天一表人才晚上衣冠禽兽，看不过去，替天行道。”

“很正常的事啊，男人去这种地方你以为是谈工作啊？不会是吃醋了吧？”

“我吃那帮小姐的醋啊？可笑。”

“你我还不了解，死不承认，早看出来你对他有意思了，你们就是一对欢喜冤家。”

“我和他没关系。”

“那他找小姐你那么激动，现在这个社会，男人有钱就变坏，不变坏别人还非拉你下水。再说他一个正常成年男人，来这里也是可以理解的。”

“你什么时候对男人这么宽容了？”

“我早对你说过男人不可靠，这是他们的本性。听过没有，男人是一帮只会用下半身思考的动物。”

“算了，关我何事，回家，回家。”

苏苏不是没见过小姐，在对蓝颜的救场行动中也遇到过这种场合，那些男人当着女人的面叫小姐，明目张胆地玩。她理解那些空虚的心灵，但是亲眼看到自己身边的人这样，还是无法忍受。

“所以我根本不找男朋友，随便他们花多少钱，动用多少心思，表现得都像贞洁烈男，一旦追上你，背地里不知道动多少歪心思。”

“杨磊呢？”

一句话问得蓝颜无话可说，已婚男人与前女友藕断丝连还定期约会比嫖客还不如。蓝颜心里清楚，只是因为曾经爱过，跳进去无法抽身。

这些天家里又来电话催苏苏结婚了，苏桂枝和柳寒山已经发最后通牒了，不管叶峰买不买得起房子都要先把婚结了，陆妈妈天天到他们家串门说陆建国已经准备结婚了，苏苏不耐烦地说：“知道了，知道了。”她一直不敢把和叶峰分手的事告诉父母。父母对叶峰很满意，一旦知道他们分手了，真不知道要出什么乱子。

上班的时候陈文栋过来了，大家本能地看着苏苏办公室的方向，苏苏低着头倔强地工作着，经过上次的事，她发誓不再理他，他根本没有资格接受自己的关心，自己也承受不起这样微薄的感情。她认定了她只是他手中的玩偶，是他的世界里不经意间掠过的浮云，是他闲暇时间的调味剂。

二十九岁该正视自己的身份与年龄，放弃做不切实际的梦的权利。

“赵主编在吗？”他并没有看她一眼。

“在。”小李惶恐地答着，前段时间还频频送花，怎么今天两人如此反常，莫不是陈总把苏苏姐甩了吧？小李朝苏苏的办公室望去，玻璃隔开了空间，没有隔开视线，苏苏仍然没有抬头，也许她压根就不知道他来。

小李看到陈文栋走的时候不经意看了看那个方向，不做表情地走了。

第二天，苏苏在家门口的公交站等公交车，公交车驶来的时候，一辆黑色奔驰也朝附近的四星饭店驶来，她走上公交的时候他刚好打开车门准备下车。

第三天，他的车就在楼下等她，她绕过去，他没有再把她追回来。

第四天，他躲在她家楼下看她上班，在她公司外等她下班，然后安然地离开。

第五天，他看着她和欧阳进了她的家。

从此没有了第六天、第七天和以后每一天的等待……

第一天，她看到他来了自己的公司，不是来找她的，她不敢抬头，害怕碰上那双眼睛会让自己迷失。

第二天，她在公交车上看见后面来了一辆黑色奔驰，和他的一样，只是还没看清下来的人是不是他，公交车已经走远。

第三天，她看到他的车停在自家楼下，不敢过去打招呼，绕道而走，他没有追上来，她有点失落。

第四天，她没有看见他的车，不知道是不是已经不再等她。

第五天，电脑坏了，正好遇到欧阳，欧阳来帮她解决了不能打字的问题。

从此以后的第六天第七天和每一天，她都没有再看到他……

就算沧海变了桑田，有些感情依旧放在心里慢慢发酵，等待着没有结果的结果。生活依旧回到她和他不认识之前，依旧照常过着自己的日子，但是黑夜会让某个时间空出来不停地想念。再看不到他开车过来说“堵车，我送你一程”，再也听不到他夸赞自己可爱，再也没有以前激烈的争论，日子平静得不能再平静，平淡得除了电脑，生活中没有任何可以倾诉可以娱乐可以消磨时间的伴儿，她把自己封闭起来，常常忘记了吃饭。他让自己忙碌起来，常常忘记还有空闲，再也没有一个女孩递过来纸条请他见面，再也看不到有一个女孩在雨里倔强地唱歌，再也没有一个女孩在他的家围着围裙做饭。

蓝颜和杨磊闹别扭了，源于杨磊和妻子讲电话冷落了蓝颜，她受不了正牌女友沦落为小三的下场，即使一次两次劝服自己接受，时间长了，自私的荒草长满了心院，再面对杨磊当着自己的面与妻子亲昵时，她的心在疼痛。

那天杨磊过来和蓝颜在床上翻云覆雨的时候接到了妻子的电话，压抑着由于运动喘着的粗气，他叫着“宝贝，亲爱的”，这边蓝颜的手抚过他坚毅的脸庞，挑逗着他，杨磊起来躲到洗手间关起门来讲电话。

所有正牌老婆都是扫黄组的精英，无时无刻不在查岗。

“杨磊，你能不能顾及一下我的感受？”

“又怎么了，你又不是不知道我们现在的情况不能让她发现？”

“那你打算把我怎么办，一直做你的情人吗？这就是你对我的爱？”

“我知道你受了很多苦，只要我们能在一起还计较那些干什么？”

“计较？”蓝颜冷冷地回了杨磊一句，“是我计较？”

她删了杨磊的电话以及QQ号码、邮箱、MSN这些联系方式，试着要忘记这个人。

端午假期就快来临了，办公室里的人都在讨论去哪里玩，买什么，只是苏苏没做任何旅游的计划，兴致不高。

中午的时候欧阳来电话了，想约苏苏一起到处转转，看看同里和周庄。

忘记一个人最好的办法就是爱上另一个人。真的忘记了也爱上了，却还是没有逃过受伤的结果。假期何不让自己潇洒一些，不必躲在小屋里黯然伤神，要找回以前天不怕地不怕的苏苏。

苏苏不想看那些有着悠久历史的旅游胜地，周庄和沈园一样有着勾人回忆的无限空间美景，同里和虎丘一样蕴含了流年过往的山清水秀。

做一次儿童，去苏州乐园释放一下压抑的心情。

假日，乐园的人特别多，从威尼斯水城到马场道、荷兰街、德国街，听场中央鼓动的声响，看喷泉溅起的水花，在急速风车上感受生命飞跃的尖叫，在旋转木马上体味滴答的人生。

走过瀑布来到过山车前，买了票，排长长的队，抢在第一排的位置，感受过山车倏忽急上和急下的速度，惊恐的尖叫声被他人的尖叫声淹没，谁也没有听到她喊了他的名字，旁边的欧阳紧紧抓住安全带，闭紧双眼。

很短的时间走过了长长的路，从这边盘旋到那边，从高空落到低处，从平途越到蜿蜒。走出来的时候依稀有点晕眩，苏苏镇定了一下，看了一眼旁边的欧阳，他紧张地站在一边，一个有恐高症的孩子，陪着她坐了过山车。

“你怎么样了？”

“没事，男子汉这点算不得什么。”

“我还想再坐一回。”

“不要命了？”

“不怕。”

“去排队。”

“不要了，说说而已。”

“我好像听见你喊什么人的名字。”

“没有。”

“是他吧？”

“不是。”

“那就是喊了。”

“套我话。”

“把他追回来，有什么不可以摊开说的？”

“你不懂。”

“他估计看上的就是你的倔强，因为你身上就这点突出。”欧阳笑笑，这个姐姐总是把自己逼在边缘，好像怕受伤。哪个女孩子能因为玫瑰有刺而拒绝玫瑰呢？

“那我看上他哪一点？”

“也是倔强，因为你不在乎其他的。”

难不成真的是一对冤家？

从苏州乐园出来，天色已接近傍晚，太阳落在西山，最后的光芒镶嵌在西边的天际。匆忙赶路的人群，一张张麻木没有表情的脸，一声声嘈杂的叫卖声，一辆辆驶过不留痕迹的汽车，都在天色慢慢暗下来的时候躲在了夜的保护层里。

“看你最近心情不好，做兄弟的请你吃大餐。”

“我想去‘碧海蓝天’。”

“OK。”

如果真要放弃，就不必再逃避曾经熟悉的场合和曾经熟悉的事物；如果没有决定要放弃，也不必再流连曾经熟悉的场合和曾经熟悉的事物。这样折磨自己究竟是为什么？明明不想再踏进那些回忆，明明遇见的是个浪子，偏偏回忆，偏偏觉得他是贞洁烈男。如果爱上了就勇敢地追过去，告诉他，哪怕他再坏，也爱一次；如果不爱他，就彻底放松心情，过自己的碧海蓝天。

苏苏和欧阳来到“碧海蓝天”，二楼的咖啡专区。

径直朝那个位置走去，已经有人，竟是他。时隔许久再次看到他的刹那，本不平静的心再起狂澜，而他坐在背对着她的位置。

“苏苏，要不要换个地方？”

听到有人喊苏苏，他警觉地回头环顾一下，发现了她。

依旧是那张英俊的脸，依旧是不温不火的表情，依旧是富有磁性的嗓音，曾经那样熟悉，熟悉他眉间传递的信息，如今是那样陌生，以至于恍惚中镇定下来才能判断那是他。地点没变，咖啡味道没变，变的是心情。

他看着她，她看着他。

“苏苏，又交男朋友了，不介绍一下？”和陈文栋坐在一起的是小文，情敌见面分外眼红，虽然曾经算是姐妹，哪壶不开提哪壶。

“这是欧阳，我朋友。”

“我男朋友就不用对你介绍了吧。文栋，让苏苏和我们坐一起吧？”

“啊，不用了，我们去三楼喝茶的。”

“那就可惜了，有好多话要和你说呢，下次和颜颜去找你吧。”

“好。”

如今连句简单的问候也没有了，和他人说话还要字斟句酌地小心，一切都处于不尴不尬的地步。

苏苏和欧阳上了三楼。

“苏苏姐，我看你就别僵持了，幸福是要自己争取的。”

“可是谁能确定那就是幸福呢？”

“如果有人确定就不会有这么多痴男怨女了，生活太幸福了也等于不幸福。”

“没有人愿意从一个伤心的结果过渡到另一个失望的结果，男人太不可靠了，嗯……除了你。”

“现在的你俨然一个怨妇的形象，和第一次见面聊天的感觉差太远了。”

“所以我也很鄙视现在的自己。”

真的要改变一下形象了，这个样子真不像以前的柳苏苏。

晚上回去苏苏打开电脑，为已经逝去的和正在流失的感情写了一首诗，祭奠曾经沧海。

我写下你的名字却不敢让任何人看见
你像夜一样遥远而神秘
你像雨一样匆匆来了又别离
当受惊的叶颤抖着哭泣
我的你
已经远去

我写下你的名字
把你写在夜的黑幕里
你在黑幕里隐去
把你写在雨的哭泣里
你在哭泣中远去
我把你写在掌心
你离我很近
却依然有那么长的距离

一个人不能老活在悲伤里，还是那句话，“开心是大家，不开心只有自己”。如果还那么在乎，就一次说个明白，死也死个痛快。不要像宋远景和夏晓伟好好一对璧人被家庭逼散断绝联系，走的时候连句分手都没有说。现在婚姻又不是很幸福，应了那傻小子的一句话，“这个世界没有人比我对她更好”，估计他到现在还在苦苦等待。

何苦，自己伤心，对方伤心。

第七章

沿着红地毯走向厨房or幸福

苏苏拿着手机几次拨了那个号码，几次挂断。不知道怎么开口，说我错了，还是说你以前的话还算不算数？

拿出一枚硬币，正面打电话，反面找他当面谈，站立起来就死皮赖脸缠他去。苏苏现在也用这样幼稚的游戏决定自己的命运了，恋爱还没有谈上，智商已经降低不少。

硬币是反面，当面去谈，现在已经夜深了，不知道这个时候他会在哪里，是现在去他的别墅，还是明天上班的时候到他办公室找他？

还是硬币做决定，正面明天办公室，反面现在别墅，立着就打电话问到地址然后飙过去，无论如何要把两人之间的事当面讲清楚。

硬币偏偏滚到桌下，斜着倚在桌子上，可能性这么小的概率都能被自己碰上，还真邪门了，连老天都看不过自己的畏畏缩缩。

打电话，谁怕谁，大不了路归路桥归桥，大路朝天各走一边。

“喂，你好。”富有磁性的声音传了过来。

“陈……陈……陈总，我想找你谈谈。”想叫一声陈文栋，陈字出口，后两个字卡在喉咙里憋红了脸也没能说出来。

“公事的话，明天到公司谈吧。”

“是私事。”

“你和我好像没什么私事。”

风水轮流转，本属于她的台词现在都换别人说了，自己处于被动地位。爱情真是一场你追我赶的游戏，追你的时候你不要，转身的时候你惋惜，当你追他的时候，他开始拽了。

“之前是我不好，我想有些事情必须当面说清楚。”

“我想我们之间真的没什么必须说清楚的，我还忙着，暂时就这样了。”

被人挂了电话心里很不舒服，以苏苏倔强的性格一定要找到他，当面问个明白，虽说是自己无理在先，那也是他陈文栋做事不地道。他怎么能去KTV那种地方找小姐？不行，苏苏非要打电话，那边已经不接了，越是这样苏苏偏偏不肯收手了，打了个车去他的别墅理论去。

到了他家门前，苏苏又胆怯了，里面是一个人还是两个人，这样唐突地找来，别是被人当作小三，半辈子的清白就没了。

如果是一个人就找他理论，如果是两个人骂他一顿出口气就出来。

门铃在响。

陈文栋出来开的门，看到苏苏没有表示欢迎也没有赶走的意思。

“你来干什么？”

“我……我……”一肚子的话到了嘴边却说不出来，“我想……我想和你谈谈下次合作的问题。”说得没有底气，声音越来越低，最后简直听不清她在说什么了。

“什么？”

“没什么。”

“和我谈合作？”陈文栋斜靠在门边，傲气地看着她，然后从兜里掏出一支烟和打火机，点上，抽了一口吹向空中。“看见了吗？时间就像这烟，抽完就没了，有事就说。”

“我……我……我就是想来看看你。”

“不是说我们没有关系吗？不是说再也不要看到我，再也不要听到关于我的任何消息吗？我已经尽力做到不出现在你的视线里，不让自己的声音扩散到你的听觉里，还有什么不满意吗？”

“我是想来告诉你，我发现自己很在乎你，不想懦弱地错过一段美好的感情。”

“你是不是后悔没有答应嫁给我，后悔没有抓住进入豪门的机会，后悔放过我这么优秀有头有脸的男人？”

“你浑蛋。”一个清脆响亮的耳光打在陈文栋脸上。

“算我看错人了。”苏苏转身要走。

陈文栋一把揽过苏苏，把她抱在怀里。

“不许走，把话说清楚。”

“就是看上你的钱了，怎么啦，我后悔当时没答应你，嫁入豪门，行了吧，满意了吧？”生生被人如此侮辱，不争气的眼泪再次断线一样流了下来。

“这么长时间了，还这么倔，我说你还当真啦。不许哭了，把眼泪擦干。”陈文栋用手揩了下苏苏脸上划过的泪痕。

苏苏挣脱陈文栋的怀抱，“我是来和你说清楚的。”

“说什么？说你和那个叫欧阳的小子？”本来关系已得到缓和，想到欧阳那小子陈文栋更生气，那次撞到两人吃饭，那次看到他和她进了她家，那次碰到他和她来“碧海蓝天”，好像自己的东西被人霸占了一样，气不打一处来。

“欧阳怎么了？我还要问你那天在KTV干的什么事，一边和小文纠缠不清，一边又要和我结婚，算怎么回事，是不是有钱人都要三房七妾才正常？”

“那天还不是被你气的，要不是看见你和那个欧阳，我怎么会去那种场合，你把我想成什么人了！”

“别找借口，我和欧阳是纯朋友关系，你敢说你和小姐还有小文是单纯朋友关系？”

“纯朋友关系，鬼才相信，我看到他进了你家。”

“进我家怎么了？你把我想成什么人了？”

“我只说我看到的。”

“你看到什么了？”

“难道非要我说出来你才死心，我对你没感觉了，承诺也有有效期的。”他又一次深深吸了一口烟吐在苏苏脸庞边。

苏苏站在他对面，被吐出的烟熏得咳了几声，说道：“是我有病，大半夜跑过来。再见，陈总。”

“打了我十几个电话，专程跑过来就是为了说再见，柳小姐，赚的钱不多就不要浪费，打车到这里很花钱的。”

“不要你管。”苏苏边走边踢脚下的易拉罐，心里多想他刚才说的都是气话，他能跑过来拉住她，说：“我不让你走。”等她走出大门的时候，还是没有感觉到后面有人追来，她拒绝了出租车司机的招手，再往前走了一段路程，感觉到她身后似乎有另外一双脚步声，她心里美滋滋地迈着更大的脚步往前走。那双脚步不远不近地一直跟着她，当走到一个转弯处的时候，苏苏故意制造了一个不经意的回头，这一回头发现来人并不是陈文栋，而是一个眼睛放着猥琐的光，张开双臂扑向她的陌生男人。苏苏惊恐地大叫起来，却被捂住了呼救的嘴，她努力地挣扎着，那个男人一双长满了老茧的粗糙的双手在苏苏的脸上、身上划过，苏苏恶心羞辱惊怕得流下了泪，双手反抗被摁住了双手，于是高跟鞋腾出空来向猥琐男的关键部位一踢，那个男人腾地从苏苏身上翻下来，捂着自己的腿根处直呻吟，这一脚踢偏了，不然准踢个断子绝孙，苏苏趁空爬起来就跑，那男人追过来抓住苏苏扇了几巴掌，骂骂咧咧地说：“我让你反抗……”苏苏使出浑身力气挣脱，本能地冲着陈文栋的房子拼命地跑过去，喊着“救命”。

好在离陈文栋的房子不是很远，苏苏捂着被撕扯的衣服破烂处，在别墅不远处看到了准备发动车子的陈文栋。苏苏“文栋、文栋”地叫着。陈文栋看到苏苏头发散乱，衣服破烂，后面还有个男人追着。他从车厢里拿出用来锻炼臂力的健身器材，把苏苏藏在身后，做出大战一场的架势，陌生男看到有人帮忙转头逃走了。

苏苏捂着已经被撕烂的衣领，露出光洁白皙的锁骨，强烈喘着的气息使锁骨处上下波动着。两只受到惊吓的眼睛惊魂未定地露出惊恐的目光，在对方的眼睛里搜寻着安全的信息。

“别怕，已经安全了。”

陈文栋把苏苏带回房中，让张妈煮了碗姜汤定魂。

张妈拿了套干净的睡衣给苏苏换上，陈文栋坐在床边陪着苏苏。

整个晚上苏苏一句话没说，直到睡去。

“啊……”一阵刺耳的尖叫打破了寂静的深夜，张妈和陈文栋听到声音急急忙忙跑到苏苏的房间，只见苏苏满头大汗。

“怎么了？别怕，我在。”陈文栋坐在床边把苏苏抱在怀里。

“我做了一个很长很长的噩梦。”

“现在没事了，乖。”

“我怎么会在这里，我记得昨天我来找你，你很生气地把我赶走了，后来……”苏苏扭过头看看张妈再看看陈文栋，问道：“后来发生了什么事？我一直走在路上的。”她敲着自己的脑袋想不清楚自己明明走了，怎么又回来了。

“你想不起来了？”

“哎呀，想不起来，到底怎么回事，告诉我！”

“没事，就是你走的时候被一辆车擦了一下，衣服也破了，我把你带回来了。”

“是吗？”她再次看向张妈，向这屋里的第三人求证。

“柳小姐，是这样，陈先生把你带回来的。”

“哦。”听陈文栋这么解释，苏苏松了一口气，又变回以前倔强的柳苏苏了。

苏苏推开陈文栋，到处找自己的衣服。

“你干吗？”

“找衣服回去。”

“就在这里休息一下，吃过饭让张妈给你找一套衣服穿。”

“不，我清楚地记得你和我大吵了一架，你不相信我，我才不会留在你这里，被人笑话觊觎你的钱财。”

哪壶不开提哪壶，陈文栋想起欧阳那张英俊的小白脸气就不打一处来，

"你去找那个小白脸吧。"

"不要蛮不讲理好不好，他是去过我家一次，光天化日之下去修电脑，怎么了？"

"不相信。"

"不信拉倒。"

"就算那样，你也没必要和他三天两头的单独约会吧？"

"哪条法律规定不能和朋友单独约会的，我还没问你呢，你可以嫖娼我就不能找良家少男啊！"

"嘿嘿，"陈文栋笑了一下，说，"我就喜欢你这股蛮不讲理的倔劲。"

"别转移话题，坦白从宽。"

"我和小文已经分手了。"

"不相信，那次看你们亲亲密密的。"苏苏酸酸地说。

"吃醋了。"

"我喝酱油长大的，不吃醋。"

"还说不吃醋，脸都嫉妒得发绿了。"

苏苏摸摸自己的脸，"哪有？"

"真的，那天算是散伙饭，其实不是我甩她，是她自己愿意用10万换取自由身的。"

"真的？"苏苏用极少出现在自己脸上的天真的表情发问，因为自己的到来打破了别人嫁入豪门的美梦，心里一直过意不去，至少有个理由说服自己原谅自己的行为。爱情就是自私的，明明知道男人用钱打发女人可耻，但是如果女人甘愿用价格买断自己的青春，她心里却鄙视为钱而活的女人。

"你是不是打算嫁给我了？"陈文栋用手抬了抬苏苏的下巴，令她的脸上扬，有调戏的嫌疑。

"才不是，平白让我难受了一阵，我是想找个理由折磨你。"

他魅惑地笑着，痞痞地调着情："那就折磨我一辈子吧，我心甘情愿。"

苏苏不知该如何作答，转过被注视的眼神，话锋一转，说道："跟你聊很没劲，我要回去了。”

“是谁让你过来的，死皮赖脸非要和我聊？”

“我这个，那个……”

“理屈词穷了吧？”

“我是看有人想见我又没有勇气憋得不行了。怕你憋出病来，挽救你于水深火热的单相思之中，救死扶伤是白衣天使的使命，虽然我身穿黑衣，也是一天使。”

“你就是天上的乌鸦。”

“呸、呸、呸，你才是乌鸦嘴，不吉利。我可是衔着橄榄枝过来的。”

“你是衔着毒药过来的。”

“少废话，送我。”

“你以为我这里是菜市场，随你进来出去的？”

“没有，你这至少也是超级市场。”

“没见过你这么厚颜无耻的女人，厚着脸皮过来，还好意思厚着脸皮让人送你。”陈文栋很无奈地看着苏苏。

苏苏摸摸自己的脸装作一本正经地说：“没有啊，我皮肤很细腻，很薄的。”

“服了你了。”

“走哇，还不去发动车子，明天上班迟到扣钱算谁的？被开除了我吃什么，住什么，穿什么。要知道一份工作对一个贫下中农有多重要，跟你说你也不懂，你这种吸血的资本家是不会明白的。”苏苏边说边把陈文栋推到庭院里。

“你的小脑袋瓜里都装了些什么，怎么那么多奇奇怪怪的词汇？”

“这里是130的智商和超于常人的情商。”

“让我想起一句话。”

“什么？”

“人至贱则无敌，哈哈哈！”

“别看你人高马大，信不信我使用暴力，小时候我练过武的。”苏苏做出一个黄飞鸿出招的经典动作，扎了个马步，两只手一前一后好像飞翔前的雄鹰，问道：“这个动作怎么样，帅吧？”

“你练的什么武啊，马步都没扎好。”

“练的健美操，大学选修的，得分很高的。”

这个机灵的苏苏真把陈文栋逗笑了。

“看看，有我在你不知道多开心，知道我的重要性了吧？”

“人至贱则无敌。”

“滚……”苏苏追打陈文栋。他则边躲闪边笑，笑疼了肚子，两人你追我跑，煞有小情侣打情骂俏的模样。

“停，跑不动了，都快成老头子了体力还这么充沛。”宽阔的花园草地好像有学校操场那么大，绕着跑了两圈，苏苏实在累得跑不动了。

“服了吧？”

“服了。”

斗嘴的乐趣其乐无穷，陈文栋仿佛又年轻了，好久没有人这样和自己打闹了。他看着有时候成熟稳重，有时候却调皮倔强的苏苏，觉得生活又充满了活力。

这个女人，不和别的女人一样只知美容购物！

陈文栋拗不过苏苏的坚持，何况正如苏苏所说衣服破了晚上回去还好，大白天回去给人看笑话。送她回家，他和她坐在后座上，他的手时不时有意无意地碰一下她的手，被她娇羞地打回去。他时而把手环在她背后，趁和她聊天的时候慢慢搭在她肩上。都说“妻不如妾，妾不如偷，偷不如偷不着”，偷偷摸摸的勇敢有一种欲罢不能的乐趣。

“被司机看见了可不好。”她伏在他耳朵边轻声地说。

“怕什么。”

凌晨两点的晚风轻轻吹着，宽阔的街道两旁还未长大的树木摇摆着绿绿的枝叶，车里放着王菲的音乐，天籁般的声音。

陈文栋不明白苏苏是真的不记得，还是假装忘记了昨晚遭遇歹人的事，他咨询了心理医生，医生说有可能是刺激过度导致的选择性失忆，或者是当事人不敢面对这段往事暗示自己忘记，也会造成片段失忆。

苏苏天真地相信了陈文栋所说的车祸事件，上班之后还给同事说：“昨天晚上差点一命呜呼了，还好我命大，大难不死必有后福，估计我的好运要开花了。”

她每天开开心心上下班，陈文栋担心那种事情再次发生，交代司机小王接送苏苏上下班。苏苏一直把这当作陈文栋对她的宠爱，二十九岁重新温习着十九岁的恋爱感觉，沉溺在爱情的旋涡里。

由于杂志上有一节关于张爱玲的文章，苏苏再次翻阅了《十八春》，也就是后来搬上荧幕的《半生缘》，却不巧看到蔓桢被姐夫强暴的那场戏，脑子里嗡地闪现了一些镜头。她下意识地扔了书，眼光看着小窝的四周，窗外一片黑暗，风吹的声音像一场罪恶般顺着窗户爬过来，一闪一闪的星光投在窗帘上，风声沿着星光越过窗子，让她记起了那天晚上，长满老茧的粗糙的手，挣扎反抗撕扯，她害怕地拉过被子捂着头，躲在里面不敢动，白炽灯晃啊晃地把灯光洒在被子上，浮上身的灯光好像被罪恶的人凌辱了，苏苏躲在墙角，不敢看黑乎乎的床下，更不敢下床。

过了好久，惊魂未定的她发现周围没有什么可以伤害她，才缓过神来。那天，她差点被强奸。想起来后怕，脑门渗出一头汗珠。

他知道这件事，为什么还像个没事人一样？他到底怎么想的，不在乎还是无所谓？想起那双粗糙的老手曾经划过自己的身体，苏苏就觉得一阵恶心，她无法允许自己再出现在陈文栋的视线里，接受他的拥抱亲吻尤其是轻抚。

苏苏不再理会陈文栋的电话和短信，不再乘坐小王开来的车，不再接受陈文栋的约会邀请。她觉得自己身体不再干净了，虽然经历过上段感情，该发生的都发生过，但那时有爱，强奸未遂下贱的手总是出现在她的脑海里让她觉得羞辱。

陈文栋不知道什么原因，苏苏不肯再理他了，而且故意躲着他。

“小王，是不是你惹她生气了？”

“陈总，我每天都是按照您说的时间去接柳小姐上下班的。”

“算了算了，问你也问不出什么。”

陈文栋亲自开车去接苏苏下班，苏苏看到他犹豫了几秒钟，径直走过去告诉他：“以后不要再接我上下班了，有时候我宁愿我是真的出了车祸。”

“你想起来了。”

“不然怎样，能一直忘记吗？”

“我不是故意瞒着你的。”

“谢谢陈总这段时间的照顾，我想我们还是做朋友好一点。”说清了，终于把要说的话说完了，苏苏头也不回地离开了。

有时候想起那个晚上，想起两人甜蜜的光景还是值得回味的，苏苏会幸福地笑笑。岁月就是弄人，总不知道什么时候横生出什么枝节瓦解了好不容易得到的爱。

退一步海阔天空，也许放弃才能更好地回忆。苏苏看清了自己，她也是个自私的人，自私到允许男人用钱打发和自己一样的另一个女人，是自私也是小人心理。

社里刚好有个活动，到北京参加一个小型的会议，苏苏自告奋勇争取了名额。

一个人去北京嫌无聊，蓝颜随口说出她也去，苏苏就鼓动蓝颜一起飞过去。

蓝颜和杨磊的感情出现裂痕之后，冷战了大半个月，但是越是冷战越是想念。没办法，感情这东西跟吸毒是一个样，沾染了就不好戒。

“苏苏，鄙视我吧，我没出息。”

“挑男人就好比挑衣服，穿在别人身上了，再好看我也不会要。”

“这件衣服本来是我的。”

“你扔了别人捡了，难不成你还要抢回来？”

“刻了我的章，谁也别想霸占。”

“颜颜，我要是你，要么放弃，要么抢回来，我是不会甘心做个地下工作者的。”

蓝颜也不是不想抢回来，她试探过，杨磊舍不得孩子，对那个女人也没有过多的厌烦，唯怕纠缠到最后自己连地下也保不住，她无法想象再一次失去他会怎样。

“抢回来？”

“你不觉得委屈自己吗？身边多少单身男人不选，偏偏回到已婚男人的身边，他能为你离婚还是能给你一辈子？你不小了，这个时候不给自己安排好，以后哭都没人可怜。”

“宁为玉碎不为瓦全，我要会一会那个女人。”

“我劝你聪明一点，到时候肯定受伤的是你。你还是找杨磊谈吧，不然连回旋的余地都没有。”

蓝颜心里酝酿了一个计划，为爱已经近乎痴狂的她，偏要赌一次。

两人飞到北京，宋远景接的机，三个姑娘好久没见，一下飞机就聊上了。

宋远景讲述了她不堪想象的婚姻经历。

从怀孕到流产前前后后好长一段时间不能过夫妻生活，尤其是流产后太黄太后明显感觉到丈夫邢刚的变化，第六感觉得他在外面有女人了，几次三番地询问，不但没得到结果，还被冷落和辱骂。当时邢刚正在竞选区财政所所长，几乎天天不回家，还威胁宋远景要离婚。宋远景后来发现丈夫在外有了小三，哭诉着回了娘家，哥哥宋远山武警出身，听妹妹这么说，对邢刚撂下狠话：“如果敢和妹妹离婚，不但当不了所长，还让他在财政所混不下去。”

宋远山高中没上完就参军了，一开始在某省警察局做警卫员，就是这样一个小角色一路摸爬滚打爬了上去，为了调到北京某区警察局还特意到西藏支援边疆三年，为文化上的不足补分，结果一路出任了某地边防政委和北京某区警察局副局长。

宋远山软硬兼施，连哄带威胁，原不过想让邢刚收敛一些，谁知道他被训得服服帖帖，从此再也不敢拈花惹草。

“现在呢？”

“他倒是不敢胡闹了，和小三断了关系，对我也好了，可是我知道这些都是假象。天天生活在这种假象里，我快疯了。”

听宋远景讲述这段故事，真好像看电视剧一样惊奇，现在还有用武力捆住婚姻的。也难怪这次苏苏和蓝颜来北京，邢刚慷慨地腾出一间房子给她们姐妹住。

差点被强奸的事情苏苏不敢对任何人讲，包括蓝颜和远景，只说有个跃入豪门的机会被她放弃了。

“还是找个好男人实在，名啊、利啊，都不当生活。”

“后悔吗？”

“有什么好后悔的，都过去这么久，孩子也差点有了，后悔也回不去了。”

这句话让苏苏想起《半生缘》里多年之后顾蔓桢和沈世钧说“我们回不去了，回不去了”，说得泪流满面。

因为回不去，也就不能再想了。

蓝颜清楚地明白自己所处的位置，想想和杨磊在一起的快乐，她几乎心甘情愿这么隐身下去，可是人毕竟是自私的，既然无法抽身，就逼迫自己选择。

她摸清了杨磊的家门，那是大兴区一处租住的楼房，偏远又不太贵，她知道杨磊的妻子和孩子都在家，因为她来了，杨磊不肯见她，还要哄她回去。

蓝颜镇定了一下情绪，有孤注一掷的感觉，她敲了敲门。

开门的是杨磊的妻子，一个胖胖的女人，或许是生了孩子之后体形一直没有恢复，腹部的赘肉在宽大的睡衣下依然隐隐可辨。

“你找谁？”

“你是杨磊的妻子吗？”

“你是？”

“我找你。”

蓝颜进来了，女人警觉地感到了敌意，让女儿去另一间房子。

那是个可爱的小女孩，在蓝颜进来的时候亲切地叫了声“阿姨”，还拿出桌上的水果给蓝颜吃，有一刻蓝颜有一丝感动。

“有些事情，我觉得有必要让你知道，说出来你不要激动，希望我们能好好谈谈。”

“你是杨磊外面养的情人？”

蓝颜没有想到她会被这么问。

“我是杨磊的初恋情人，我们在大学谈了四年恋爱，后来……”

“你不用说了，我知道因为你父母反对你们分开了，说重点吧。”

“前几个月我们意外相遇，又在一起了。”

“你觉得你很亏，觉得有委屈是吗？”

蓝颜被噎得不知道说什么好，如果说她委屈，那这个无辜的女人和孩子岂不是更委屈。“不是，只是……”

“我希望你离开他，不要再勾引他，请你自重。”

“我才是他的女朋友，是他最爱的人，我没有勾引他，我们本来就是一对。”

“是吗？既然他那么爱你，为什么你们不私奔？他不离婚，你为什么还要和我说这些？我不想说一些不太好听的话，也请你知道什么是羞耻。”

“不离婚是因为他不忍心抛弃你和孩子，他是爱我的。”

“你别这么不要脸了，勾引我的丈夫，还有脸跑到我家撒泼，我告诉你他爱不爱我都不可能离开我。”她像被激怒的狮子，撕开脸皮扯着嗓子大骂。

“我没有，我没有勾引谁……”蓝颜一颗全意为了爱的心被击碎了，那些辱骂让她不堪忍受。

这时孩子听到母亲发怒的声音从小房间跑出来，看到眼前的情景，吓哭了。

蓝颜夺门而出。

当天晚上，杨磊打来电话告诉蓝颜：“我对你没有感情，请你不要再来勾引我，我有老婆和孩子，我们从此一刀两断。”

电话那头还有女人的声音说：“这是你说的，以后……”

蓝颜自此才相信一句话，男人在外面怎么风花雪月还是不会放弃自己的家庭。他宁愿讲出妻子教的话，做一个家庭好男人，也不愿意维护曾经那段纯洁的爱。

第二天，杨磊又打电话过来约她一起吃饭，蓝颜本想骂一顿就此了结，却似乎想起了什么，答应了杨磊，去了他订好的酒店。

一进门杨磊就扑上来搂着蓝颜，把鼻子凑到她的脖颈处，像个委屈的孩子般。

“颜颜，昨天说的那些话都是不得已的，你一定要相信我，为了赔罪，我给你买了一条铂金的项链。”

“铂金的？真舍得花钱？多少钱？”

“一千多块钱。”

“你觉得我们之间的感情就值这一千块钱？”

“这怎么能用金钱衡量？我对你一直都是真心的。”

“那好，你离婚，马上和我登记结婚。”

“我……我也想，但是……”

“你爱她还是爱我？”

“当然是你了，这还用说吗？我从来没给她买过什么礼物。”

“发誓，发誓了我就原谅你。”

“真的要发誓吗？”

“一定要。”

“我发誓我只爱你，不爱她。”

“说否则天打雷劈。”

杨磊无奈地用充满求救的眼神看着蓝颜，似乎在说“不用这么狠吧”，蓝颜头一扭，根本不看他。

“好，我说，如果违背誓言就天打雷劈。”说完抱着蓝颜走向房间中央白色的大床。

一阵云雨之后，杨磊去了洗手间，蓝颜把铂金项链塞在他的衣袋里，然后故意将衣服在地板上蹭了两下子。

“衣服不小心掉地上，又被我不小心踩到了，脏了。”

“反正早晚要洗，只要宝贝没事就好了。”

杨磊回到家，把衣服往洗衣机一扔，朝卧室就是一句“外套洗了，我后天穿”，然后脱了衣服躺在床上摆成一个“大”字，表明“我累了”。

“你就不能自己打开洗衣机洗啊，懒死了，哎，衣服里没东西吧？”

“没，我能有什么东西。”

女人穿着睡衣走到卫生间，拿起衣服搜了搜口袋，摸出那条铂金项链。“男人不犯错吧就知道老实，现在也学会哄人了，死鬼。”女人这样想着，把洗衣机开了之后，回到卧室。

“哎，买了怎么也不说，还会来惊喜了。还好我搜了搜，不然被洗衣机转进去不知道会怎样。”

“这东西……你，你在哪找到的？”

“你外套口袋里啊。”

“哦。”杨磊立刻惊醒，“那个，我本来要给你的，你看……我们也结婚这么多年了，没买过什么东西给你，今天刚好看到有做活动的，打八折。”

“其实你只要对我们母女好，我就已经很知足了。”女人立刻温柔了许多，杨磊倒有些不习惯了。

翌日，蓝颜约了杨磊的妻子见面，对方不肯见面，说：“你死心吧，别再打扰我们的生活了。”

“昨天晚上他还打扰了我的生活。”

“你说什么？”

她答应了蓝颜的见面邀请，两人坐在咖啡厅靠窗的角落。

她刻意打扮了一下，看不出穿着睡衣头发随意扎起来的邋遢，换了一套很清爽的衣裳，但却依然掩盖不了年华的痕迹，腹部的肉也勒起来了，层层叠叠地堆在那儿，宽袖款的短袖装依然看得出生育之后异常发达的肱二头肌。蓝颜看到这些忽然有些不忍心伤害她了，“都是女人，何苦为难女人”，一个人为了家庭操碎了心，生儿育女，操持柴米油盐，还要收拾男人犯的错。

“孩子好吗？”

“不用绕弯了，我知道你今天叫我来不是说这些的。”

“我爱他，不能没有他。”

“如果你爱他，四年前你干吗了？现在又拆散别人的家庭，你怎么这么不要脸。”

“我……”

“你到底想怎样，让我离婚吗？”几句话下来她已经不能保持平静了，怒吼起来，顿时咖啡厅里的其他人看过来。“我劝你不要妄想了，杨磊是我老公，不管你和他做过什么，他都不是你的。”

“他是不是我的都不属于你一个人。”

“这位姑娘别再自欺欺人了，看见了吗，这就是他买给我的。”

她终于拿出那条铂金项链炫耀了，蓝颜一阵窃喜，事情还是顺着她的设计发展了。

“是吗？是他送给你的，还是你从他衣服口袋里自己掏出来的？你不知道这个是我不要的东西吧？”

“你说什么？”

蓝颜递给她一个MP3说：“这儿有段录音，你自己听吧。”

只见女人充满敌意地看了看那个小小的MP3，手几乎是颤抖着拿起来塞上耳机听起来。杨磊对蓝颜的求饶，还有关于铂金项链，关于做爱，都用声音记录了下来。听到杨磊发誓说只爱蓝颜，不爱妻子，女人狠狠地摘下耳机，怒吼道：“无耻！”然后将MP3向桌上猛地一砸，站起来拿着自己的手提包就走了。

其他人一直看着蓝颜，她不知道女人那句“无耻”骂的是她还是杨磊。她趴在桌子上抽噎着哭起来，她也不知道自己到底是要干什么，抢回那个男人，还是不甘心？她觉得自己委屈极了，女人至少有个婚姻和孩子，她什么都没有，还奉献了自己。

蓝颜失魂落魄地回到远景家，躲进房间连吃饭都说没胃口。

“怎么了？”柳苏苏问。

“我觉得自己快要疯了。”

蓝颜忍不住讲述了自己单独会情敌的事情。

苏苏说：“我劝你从现在开始就和杨磊断绝关系，他不值得你那样。”

“你也应该替那个女人想想，她可没错。”宋远景刚经历一场丈夫出轨事件，对小三尤其痛恨，也不由得同情起杨磊的妻子。

“我知道，可是我不知道该怎么办，心里好难受，我想忘了他，哪怕恨他，也还有他的影子。”

宋远景说：“听我的，你们没结果的，他不可能因为你离婚的，家庭不像谈朋友那会儿自由。”

谈恋爱是两个人的事，婚姻是两个社会关系的总和，丝丝缕缕的关系比蜘蛛网还复杂。

苏苏说：“也许没有你他也不属于她一个人，也或者没有她，你也得不到他，你们不该是敌人，两个女人何苦为一个男人伤心难过？”

宋远景说：“你这一闹，估计杨磊也害怕了，不敢再找你了。”

杨磊打来电话说妻子要和自己离婚，他想见蓝颜。

听到自己爱得疯了的男人这么说出来离婚的话，她反而没有惊喜了。离婚了又怎么样，和他结婚，还是继续这场没有结果的游戏？

“我不想去。”

“颜颜，你不是一直都希望我离婚吗？她们已经搬走了，有些话我想对你说。”

面对杨磊的执意纠缠，蓝颜又一次没有抵挡住诱惑，去了杨磊在大兴区的那个租来的家。进门的时候她惊呆了，杨磊在，女人也在。

“说吧，有什么话，我们三个说清楚，不要让某些人自作多情。”

“蓝颜，你以后不要再纠缠我了，从今往后我们一刀两断，我是个有家庭的男人，和你在一起只是想报复你们家当时看不起我，我对你早没感觉了。”说话的时候杨磊不敢看蓝颜，好像背书一样吐出这段话。

“不是的，你骗我，我不相信，你为什么低着头，不敢看我？”

“杨磊！”女人怒喊，一跺脚，一摔手，一扭头。

“都说这么清楚了，拜托你以后不要打扰我们的生活了，我爱我老婆。”他把生气的老婆搂在怀里，女人得意地露出骄傲的表情。

“你是爱我的，我不信，你骗我。”

“我老公虽然犯错了，可他还知道回家，你呢？”

“骗子，骗子，我恨你。”蓝颜夺门而出。

所谓道高一尺魔高一丈，你能录音，她能调教老公，胜负不在各自所用的手段，只在男人。

无声的泪水洗刷着她姣好的容颜，在后海的一家酒吧里她用酒精麻醉着自己。

“小姐，怎么一个人喝酒？很闷吧，我们聊聊。”一个男人端着酒杯走过来，坐在蓝颜身边，有意无意地接触。

“滚！！！”

“呦，脾气还挺大，不过我喜欢。”

蓝颜没理会他，继续喝自己的酒，那个男人的手在蓝颜光滑的胳膊上掠过，露出奸邪的笑容。

“你想干什么？”蓝颜酒醒了一半。

“看你无聊，和你聊聊。”

“我不认识你。”

“介绍一下不就认识了！”

“给我滚，我对你这种人没兴趣。”

“我对你有兴趣。”越说还越来劲，那个男人直接搂着蓝颜的腰就要架出酒吧，蓝颜带着醉意，挣扎着。

“你干什么，放开我的女人！”

“兄弟少管闲事。”

“我还非管定了。”

蓝颜睁大微醉的双眼，原来是Peter，送玫瑰花的男人，她看见Peter好像见到救星，挣脱那个男人躲在了Peter身后。

“兄弟我可提醒你了，不要不知好歹，这可是我的地盘。”

周围围上来看热闹的人，蹦迪的人也停止了high，都看着这场戏。

那个男人和Peter打了起来，蓝颜紧张地看着，瘦弱的Peter显然不是对手，抱着那个男人的腿对蓝颜说："快走！"蓝颜看呆了，脚步像粘在了地板上挪不动，那个男人被Peter抱着不得动弹，拿起桌上的啤酒瓶狠狠往桌子上一摔，朝peter的头砸过去，带着碎渣子的啤酒瓶正好砸在了Peter的头上，顿时血流了下来，Peter倒了下去，那个男人冲人群喊了一句："看什么看，没见过打架啊！"就走了。

蓝颜跑过去把Peter抱起来，"救命救命"地叫着，有人打了120，救护车一会儿就来了，Peter被送往了医院。

蓝颜一直在急救室外等待，她太害怕，只能打电话让苏苏和宋远景过来。

"怎么了？"

"Peter为了我被人打了，现在还在急救室，都好长时间了，还没出来。"蓝颜呜咽的声音让人想起"害怕"两字。

"别担心，医生在抢救呢，别自己吓唬自己。"

蓝颜抱着苏苏，哆嗦的身体总算有了依靠的地方，安静下来。

时间一分一秒地过去，蓝颜一直看着急救室的门。

医生出来了，问谁是O型血，病人流血过多需要紧急输血。

蓝颜伸出胳膊说："我是，医生抽我的，抽多少都没关系。"

几个小时的抢救终于过去了，Peter终于渡过了这次难关，只是一时还没醒过来，蓝颜听到这个消息露出一丝笑容，然后晕了过去。原来是精神高度紧张，加上抽血过多，没有及时补充营养，导致短暂休克。

在情人与妻子的PK中她输了，但是她却赢回了自己的单身，更赢回了一个好男人。醒来后第一句话就问："Peter醒了吗？"被告知还在昏迷之中，她非要过去看Peter。

"苏苏，如果Peter醒过来，我就嫁给他。"

"不会是英雄救美把你感动了吧。"

"我想通了，Peter就是个好男人，不抓住我就是傻。"

"你呀。"

女人的人生观、世界观尤其是爱情观都与她所经历的男人有关，男人让女人成长或退化。先前因为分手不相信男人，觉得男人女人都不可靠，后来纠缠前段感情对男女重新做了评估，这次恐怕又是新的观念了。

蓝颜陪在Peter的病床前，等待他醒来，苏苏让她去吃点饭，她也不肯离去，非说要Peter醒来第一眼能看到她。

“真是傻丫头。”

Peter微动了一下手指，恍惚着睁开眼睛，头上包扎着纱布。

“你醒了。”

“你一直在？”

“嗯，想喝汤还是想吃点东西，饿吗？”

“不想吃，我在想受伤真好，以前你怎么都不理我，现在就在我身边。”

“以前的事以后不准再提。”

蓝颜剥了个橘子给他吃，Peter只需要张张嘴，一切都有了。

“如果受伤有这么好的待遇，我真不想好起来。”

“别说傻话。”

“好肉麻啊！”苏苏和宋远景刚好走进来，做出一副鸡皮疙瘩掉满地的样子，“我们可不是故意偷听的。”

“再说我赶你们出去。”

“呦，这还没过门，就要赶我们了。”宋远景说。

“你们能来看我，我太感激了。”说着Peter就想起来。

蓝颜把枕头垫高让他躺在上面，介绍说：“这是柳苏苏，你应该认识了，那个口无遮拦的是宋远景，都是我好朋友。”

看此情景，苏苏和宋远景放下水果借口先走了，留下他们二人世界。

蓝颜陪Peter养伤，Peter陪蓝颜度过难熬的情伤岁月。当蓝颜告诉苏苏自己要结婚了，苏苏还是有点惊讶，这妮子终于想要走上红地毯了。

“真的想好把自己嫁了？”

“再不嫁就真成剩女了。”

“没想到我们两个还是你先嫁了。”

“通过上次的事，我已经解脱出来了，最难过的那段岁月有他陪我，何况他身体里流着我的血。”

“也许这就是缘分吧。”

“有人说沿着红地毯就走向厨房，我祝福你远离厨房，珍爱纤手。”

蓝颜把Peter带回家，对父母说：“我要结婚了。”父母虽然不满意Peter，尤其是他离过婚，但是蓝颜这些年不肯恋爱不肯相亲已经让二老操碎了心，好容易要走进婚姻的殿堂了，也就不再执着。

婚礼那天苏苏和陈文栋都到了，苏苏是伴娘，伴郎当然不是陈文栋，是Peter的好友。陈文栋看着苏苏和另一个男人站在一起，醋意横生，苦于是别人婚礼，才忍住了。

婚礼上苏苏一直没有理会陈文栋，以至于陈文栋异常失落。

“又不是你结婚，有那么高兴吗？”

“当然。”

“别喝太多，小心醉了吐别人车上。”

“这么久了还记恨，放心，我吐谁的车，也不会再找你的车。”

苏苏好像自己结婚一样，乐呵呵地帮着蓝颜夫妻招呼客人。

婚礼散场的时候，苏苏已经喝了不少的酒，虽然号称千杯不醉，还是颇让人担心，蓝颜拜托陈文栋送苏苏回去。

“我自己可以，不要他送。”

苏苏一个人往前走，蓝颜给陈文栋使了个眼色，他上去拉着苏苏扶她上车。

“为什么一直躲着我？”

“你知道那天我差点被人侵犯，对不对？你知道吗，想起这事我就犯恶心。”或许只有趁着酒精上翻的劲儿，才能说出这番话。

“这不是你的错，再说什么也没发生。”

“可是我在意，我害怕你接触我身体的时候我会觉得恶心。”

“苏苏，根本是没影儿的事，你为什么硬要去想？”

“可是我想起那个人就控制不住地羞愧恶心。”

“你以后再也不用害怕了，他已经从这个地方消失了，而且不会再出现在这个地方，你可以放心了。”

“你……杀人了？”苏苏小心地说出这几个字。

“你想象力也太丰富了，我只是警告他以后不要再踏进这个地方。”

“我……”

“我知道你是只受伤的鸟，需要保护，我会陪在你身边，直到你打开心结。”

第八章

旧情复燃，谁是谁的菜

苏苏和家里通电话的时候偶然说起蓝颜结婚了，苏桂枝和柳寒山更没命地催：“你说人家恋爱都没谈的婚都结了，你谈了这么多年一直拖什么？陆建国的婚房都准备好了，你赶紧和叶峰回家商量婚事。”

“我们都很忙。”苏苏每次都说公司忙，她忙，叶峰也忙。

“别找借口，我已经和亲家说过了，你们要是结婚，我们借钱也要给你们买套房子。”

“我，我……”苏苏听到“亲家”这两个字就开始结巴了，连带紧张，脱口而出，“我和叶峰早就分手了。”

“什么？”

只听见电话那边苏桂枝歇斯底里的怪罪和责骂，柳寒山也着急地凑到话筒前问什么原因，二老一直觉得恋爱结婚是一件顺乎天意顺乎人情的事，苏苏早想到如今出了岔子他们的反应会如此大。

“你赶紧给我解释清楚，叶峰一直什么事都顺着你，你怎么不知道收敛你的小姐脾气，你怎么分的手再怎么给我牵上，不然就不要回来，省得我们看着生气。”

苏苏不知道怎么讲清楚分手的原因以及自己才是受害者，叶峰一贯的表现太完美了，在苏苏家里事事顺着她，她反而故意调皮戏弄他，父母眼里叶峰一直是受欺负的对象。怪只怪自己当初眼睛抽筋看上叶峰了。

从婚礼上回来，她一直思索陈文栋说的话，但是父母对分手事件的看法让她彻底打消了和他在一起的念头。

再次洗把脸清醒一下，准备上班。

苏苏刚到公司就被赵主编叫到办公室，赵主编背着手站在办公桌前眉头紧皱。

“赵主编，您找我什么事？”

赵主编转过头，拿起桌上泡着浓茶的水杯，打开盖子，喝了一口苦苦的茶，这下子眉头皱得更难看了，眉毛仿佛要挤到一块了。

“我可能没多久就得走人了。”

“什么？”听到赵主编要走的消息苏苏着实吃了一惊，他可是编辑部的主心骨，更是社里的三朝元老，还是发誓死心塌地将杂志办到底的人。重金挖角、高位诱惑都无用，苏苏实在想不出来什么原因能让他决意离开。

“社里领导换了，带来一位据说是留学回来的年轻人，说是辅佐我，还不是要挤我？”

“是在我出差那段时间发生的事？”

“对。”

“领导怎么换，我们照常做我们的杂志，他有什么可挤的？”

“你没看下期的杂志样板吧？”他从桌子上拿了样刊递给苏苏，“风格大变，内容也凌乱，我们主打栏目都被取消了。”

苏苏翻开杂志，风格虽然是活泼了，却变得没有实质性内涵了，免不了又是一本哗众取宠的陪衬品。有些稿件甚至达不到上杂志的要求，以赵主编的眼力绝对不会选这些文章刊登的。

“这不是影响销量吗？我们的杂志主要面对的是一些企事业单位员工和白领知识阶层，这样改版我们不但会失去原来的读者，杂志本身的含金量也会大打折扣。这和街头那些八卦杂志有什么区别？”

“连我们的人员都要精简，岗位也做了调整，为了节约资源我们俩的办公室都要搬到公众办公区了。这是次要的，在哪儿办公对我来说都一样。但是现在对杂志我几乎失去了把控能力，所有决定都被否定，我已经极力争取了，还是没能保住我们的主打栏目。”

这个主打栏目一直是赵主编一手负责，苏苏看赵主编痛苦的表情，这无异于自己苦心培养出的孩子让人生生夺走了。

“岗位调整估计下周人事就会宣布，我们两个的命运估计和杂志一样被篡改。”

“我觉得我们应该卧薪尝胆，几期杂志下来如果销量不如从前肯定还会改回来。毕竟这是个赚钱的社会，没有人和钱过不去。如果杂志大卖，我们也没必要坚持，这和跳槽没什么区别。”

赵主编苦笑道：“先走一步看一步了。”

她从赵主编办公室出来，看到编辑部里的人个个表情异常，议论纷纷。

“听说要裁员。”

“真的假的？”

“栏目都不让我们做了，肯定裁我们。”

“我和‘牛魔王’争论过两次，你们也看到了，我已经做好下岗准备了。”

“是啊，大家赶快找后路吧，省得到时候被人裁掉。”

大家看到苏苏过来停止了议论。苏苏忍不住发言：“只要我们在一天就要做一天的工作，就要为杂志出一份力量，不管上面有什么行动，我们编辑部一如既往做杂志就OK了，大家专心工作。”

最怕的是人心浮动，心散力不能凝聚，还谈何做好杂志？

苏苏还没在自己的位子上坐热，就被号称“牛魔王”的年轻海归“主编二号”叫过去问话了。

“赵主编比较迂腐，杂志做得也死气，我觉得现在的人压力很大，我们的杂志应该从减压开始，从活泼的风格做起，但是赵大主编……”牛魔王说了一半，等着苏苏接话。

“您说的没错，但是现在的杂志做得太肤浅，而我们的固定受众是知识分子阶层，活泼没错，只要不太肤浅就OK。”

“你觉得下期的样刊内容肤浅吗？”

“起码会让我们流失很大一部分固定销量。”

“年纪大了做事就是不敢大展拳脚，以前的销量在整个江苏也不算靠前。我要的是彻底的改头换面，要的是销量，是money。”

“但是我们却是全国精英杂志中的前列。有时候质和量、钱和名不能兼得。”

“可是我就是要保证质还要得到量，保证名还要得到钱。”

年轻人就是容易冲动，盲目自大。苏苏当然不敢这么说出来。“看来我们都老了，没有野心和冲动的魄力。”

苏苏和‘牛魔王’年纪差不多，以老者自居，清楚划分界限。

“但是，就算质量名利都要，也用不着大改版吧？”

“要改就要彻底，小手术起不了作用。”

“大手术风险太大。”

“风险和收益并存。”

苏苏知道说服不了这个年轻人，激进的思想不是三言两语就能沟通得了的，看来不撞几次南墙是无法回头的。

公司复杂的换届风波，父母催命似的逼迫她和叶峰和好结婚，陈文栋每天电话短信纠缠，苏苏被这些事搅得心烦意乱。

10086发来短消息，大意是“手机报免费赠阅活动已到期，取消请回复VGHUJSNIDJKDJK，不回复默认继续使用，开始收费。”苏苏回复了那串字母结果说指令错误，再次回复还是错误，大小写逐个回复了一遍依然不对，苏苏一气之下打到10086人工台：“你们怎么回事啊？我又没说要订什么手机报，你们天天发，不用了还非发一长串字母，无论怎么回复指令都是错误，是不是非要收那一个月几块钱啊？告诉你们领导，就算移动成了霸主，也不能这样乱收费。我要投诉。”

后来人工台服务员帮助取消了业务，鉴于态度比较好，反倒苏苏觉得自己就无理取闹。

最近怎么了，总是乱发脾气，心理变态了？不行，得找个人聊聊天，发泄发泄。

苏苏翻着电话簿，找能陪自己聊天的人。蓝颜陪老公，小李陪男朋友，宋远景在北京，几次翻到陈文栋的号视线停留片刻又即刻否定了自己的想法，翻来翻去好像除了欧阳单身之外，没有自由之身了。

“要不找个地方坐坐？”

“我们走走行吗？最近事情太多太烦，大脑承受不住了。最近忙什么？”

两人不知不觉又走到第一次见面的那个干锅店，想起上次种种情形，各自想着各自的事。上次苏苏付了账，之后欧阳一直耿耿于怀，这次说什么也要请苏苏再吃一次干锅。

“求你帮个忙，不知道……”

“说吧，能帮到一定帮。”

“做我女朋友。”

“什么？你不是开玩笑吧？”

“我妈没命地逼我相亲，过几天还要杀过来，愁死了，先把她老人家哄回去再说。”

“你的条件应该不难找啊？”

“可能是圈子太窄，总遇不到合适的。”

“那也不用这样哄她老人家吧？”

“没办法了，催得我快崩溃了。”

苏苏又想起父母隔三差五的催命，堪比阎王索命更让人恐惧，父母要是操上心，什么艰难险阻都无法阻挡。

真是一个问题没有解决又遭遇另一问题，本是寻求解脱，不想又缠上了一桩复杂的事。

欧阳把苏苏送到了楼下，两人作别，就在苏苏要上楼的时候，一个人挡在了她前面。

“你是真的心存芥蒂还是又看上了别的男人？”

“说什么啊？”

“前些日子还追到我家跟我表白，今天又跟别的男人出去约会了。”

“你就当我发神经，脑袋抽筋，一时想不开才说出那些话。”

“你把我当什么？”陈文栋步步紧逼，眼睛直视她，让人胆寒。

“普——通——朋——友。”苏苏一个字一个字地说出这句话，抓着楼梯扶手就要从狭窄的空隙逃跑。

“心虚了？”

“谁心虚？”

“不心虚干吗躲着我？”

“我回家也是躲你吗？好，我不走，可以了吧？”

苏苏回过头来，退回到刚才的位置，倔强地对着陈文栋：“不要告诉我你这段时间为我受了多少罪，也别说你和其他女人已经断了联系，更别试图用欧阳转移你的朝三暮四、虚情假意！”

“你什么意思？”

“什么意思？还要我说明白吗？”

“我真的不明白。”

“陈总，你风流倜傥，玉树临风，想要什么样的女人没有？不要在我这棵歪脖树上浪费时间了，之前种种我们都忘了吧。”

前天小文哭哭啼啼找过来，拿出一张照片，照片上一个漂亮年轻的女人和陈文栋亲密地搂在一起。还拿出一沓通话记录，近期出现频率最高的一个电话就是这个女人的，不信可以打过去证实。

“你为什么要告诉我？”

小文说陈文栋喜新厌旧抛弃了她，但是即使苏苏和他在一起，也会有一天像自己一样被抛弃，她们都是同病相怜的女人。

“还说好聚好散，给我十万块作为补偿，可是我到现在一个子儿也没见到，我去找过他，他居然威胁我。”

“说实话，我觉得太玄了。”

“你不相信？”

“没什么可信的理由。”

“我没必要骗你，即使你不和他在一起我也依然没有机会，这个电话你可以打过去问问，她叫贺晓棠。”小文把电话号码塞给苏苏后哭哭啼啼地走了。

苏苏拿到电话犹豫了好久还是拨通了，对方“喂”了一声她就紧张地挂断了，的确是个女人。

苏苏半信半疑地信了小文的话，这些天小文不断和苏苏联系，以受害者的身份诉苦。

陈文栋既然有能力让强奸未遂犯不再出现在这个地方，也就有可能威胁小文，查看他的历史，花边新闻不少，更可能另结新欢。

苏苏最近看《非诚勿扰》，前来闯关的男人所选心动女生多为五官较精致的小女人，而她无论如何不相信自己这样普通的苹果脸如何吸引得了交友无数的陈总。

陈文栋独自留在原地回味着苏苏的话，不知所云。

“柳苏苏，开门说清楚！”

想不出个所以然，还非想弄个明白，又追到苏苏家里试图弄个究竟，可是苏苏铁了心不开门任他敲打。

“大晚上让不让休息了？”

邻居抗议了，陈文栋讪讪地做了个抱歉的手势，邻居的门示威似的砰一下关上了。

“谁这么有病，敲，敲什么敲？”

“关你鸟事？”

本低调行事，被那狠狠的关门声整得郁闷的心情更加糟糕，这个时候任谁挑衅，不是找骂就是找打。

翌日，苏苏刚到公司就被“牛魔王”叫了过去。

“苏苏，听说你办公室最近网络线路不好，网络部那边说是线路老化，需要重新布线，可能需要你暂时换一下办公地点。”

“换到哪里？”

“暂时先委屈你跟同事们在开放办公区办公几日。”

“没问题。”

苏苏只是觉得“牛魔王”的态度有些不一样，却并没有怀疑什么，一直到“牛魔王”热心地亲自督导同事为她安排，特意交代为她换一台电脑，美其名曰“换个存储空间更大的电脑”，实际却是被公司淘汰的，慢得像龟速一样的旧电脑。

小李悄悄地跟苏苏说：“姐，我昨天听到赵主编和‘牛魔王’在社长办公室唇枪舌战，赵主编太让我刮目相看了，一个书生，还是中老年书生，完全碾压‘牛魔王’，啧啧啧，‘牛魔王’估计气不过，拿你撒气，不过你放心，我们都挺你。”

苏苏让小李不要担心，她没事。

然而，办公室的气氛却骤然紧张起来，不管苏苏是否在意，在同事的眼里，她这次被“流放”已然掀起了办公室里的狂风巨浪。

办公室里的人个个都成了惊弓之鸟，职场犹如一个王朝，改朝换代免不了要内部大换血，名为裁员，还不是挂羊头卖狗肉，挤出空位把自己的人安插到内部当机关枪，暗地里到处扫射。

此时，赵主编来了，看到苏苏正在往外搬东西，有些奇怪，还未来得及问，一个匆匆脚步已至他跟前。

“赵主编，这个栏目之前我们讨论的时候已经拿掉了，怎么又出现在杂志里？这可是定稿，印刷了整整几万册，马上就要投入市场。”“牛魔王”气怒而质问赵主编，潜台词自然不用说了，含沙射影又不留情面。

赵主编拿起水杯，慢悠悠喝了口茶，接过“牛魔”王手里的杂志翻了翻，大惊失色。“牛魔王”一手操刀的《形色都市》换成了他主抓的《可圈可点》，很快，他似乎洞悉了一切，冷笑道：“这期杂志不是您前前后后一手抓的吗？”

“牛魔王”一时语塞，结结巴巴半天脸都憋红了才吐出一句狗急跳墙的话：“是我在问你怎么回事！”

所有的眼睛都盯着这边看，《可圈可点》可是赵主编的心血，难不成……

“我不知道啊，杂志我还没看，我还想问问呢？”赵主编两手一摊，一副不知详情的样子。

“明人不说暗话，有意见早点提出来，别在背地里搞鬼。”

“你的意思是这是我偷的梁换的柱？”

“难不成还有别人吗？”

“我明确地告诉你，这不是我干的。”赵主编气愤地坐下。

“我也明确地告诉你，杂志是必须改革的，你的栏目必须取消。”

“你他妈别拿小人心思揣测他人。”

苏苏第一次听到一向斯文的赵主编骂人，想到小李刚刚所说的“刮目相看”，深觉扫地的斯文也比那些道貌岸然的小人让人尊敬。

“你骂谁？”

“骂你怎么了？”他又从转椅上站起来，用手扶了扶鼻梁上歪斜的黑框眼镜。

“牛魔王”揪着赵主编的灰色衬衣衣领，恶狠狠的两只眼珠子盯着他，“你也配当主编，等着收拾东西回老家耕地吧。”

“牛魔王”松开手，看着大家各种情绪的眼神，镇定了一下，说道：“不认真工作的，就是裁员对象。”所有的人以光速回到自己的位子，低着头又开始装模作样地工作。

办公室的气氛格外凝重。

待老赵回到电脑前，苏苏发过去一条消息：“老赵，你怎么了，这么激动可不像你啊？”

“天气太热，烤得全身都是大火。”

“别动气，到底年轻人容易冲动。”

“晚上我请你吃饭吧，这么长时间的同事，一直没时间请你。”

“呵呵，晚餐有着落了。”

在餐厅里，苏苏和老赵都没什么胃口，看着可口的饭菜慢慢变凉。

“栏目更换的事真不是你？”

“连你也怀疑我？”

“所有的人我都想过了，也没想出来是谁。”

“是啊，都知道我最计较这些事，风口浪尖上掉包我都怀疑是不是自己梦游的时候干的。”

“那会是谁？”

两人都陷入了深思，除了赵主编还能有谁能这么大胆，既能拿到老赵没有公开的栏目内容，还能在样刊印出来之后偷梁换柱？

“我已经递交了辞职信。”

“什么？你没必要在这个时候走。”

“《名都杂志》的主编跳槽了，我刚好可以过去填补空缺。”他无可奈何地摇摇脑袋，说不出离别的话。

“我以前辞职的时候还夸口会在《名都杂志》占一席之位呢！”

“努力就有可能。”老赵还像以前一样鼓励她，此刻听了，有种失去什么的感觉，心里莫名地感伤起来。

一场一场地赴约，在公司绷着一根随时掉链子的神经，和老赵吃了一场郁闷的饭，然后接到欧阳母亲提前检阅儿媳妇的郁闷消息，马不停蹄地赶到另一家餐厅。

跑得太快，没来得及刹车，撞到了别人身上，苏苏低头说着对不起，没有停下来的意思继续往前赶。

“哎，你这人怎么这么冒冒失失的，赶着投胎的？”

“哎，我说你嘴巴这么……”刻薄俩字还没说出来便愣了神。

“苏苏？”

“小文！”

“你跑这么快干吗？”

“赶时间。”

欧阳又打来电话问：“到了吗？”

“到了，在门口呢，马上过去。”

小文看着苏苏和一个帅气的男人手挽着手走开了。

“这是我大姨。”

“大姨好。”

“这是二姨。”

“二姨好。”

“这是小姨。”

“小姨好。”

“这是我妈。”

“伯母好。”

苏苏真不知道来的是姐妹评估团，敢情来这不是见家长，是首长阅兵啊！她看了看四姐妹，大姨妆容精致，虽然年纪最大，但是皮肤最好；二姨最沉默，也最没有主意，谁问都说好；小姨最能吃，从一进来没听她说几句话，一直专注餐桌上的那盘红烧肉；欧阳的妈妈比较精明，一直小声地和几姐妹嘀咕。

家里哪儿的？

兄弟姐妹几个？

在哪儿上的学？

在哪儿工作？

父母都是做什么的？

多大了，年纪不小了吧？

工作几年存款多少？

……

整个一个警察审问犯人，一问一答，就差最后签字画押摁手印了。

反正是演戏，不必较真，全当体验怎么拍电视剧了。

“不好意思，我去个洗手间。”气氛实在紧张，呼吸困难，四张老女人的脸同时对着她，而且脸上肃杀凝重的表情感觉更像是自己犯了什么错，在接受审查，其中一个说“说实话”，其他人就全体齐喊“坦白从宽，抗拒从严”。

苏苏出去之后，欧阳的母亲和姨妈开始了继续评估。

“他大姨，觉得怎么样？”

“眼睛好像化得太浓了，还有眼袋。”

小姨说：“大姐，我们是帮欧阳参考女朋友，不是上你的化妆课。”

“我这不职业习惯嘛。”

“三姐，你觉得她做饭有她说的那么好吃吗？”

大姨反击一句：“你怎么就知道吃，也不看看你自己现在是哪个级别了。”

小姨是几个姐妹中最胖的，从来只把减肥挂在口头上，吃的时候丝毫想不起来曾经下的决心发的誓。

欧阳妈妈说：“二姐，你觉得怎么样？”

二姨还没开口，小姨又说了：“二姐最没主意了，她肯定说好。”

“我觉得是挺好的。”

四姐妹讨论来讨论去，几乎忘了欧阳还坐在一边。

苏苏出去躲了一会儿，硬着头皮又进去了，心中暗道：“下次再不揽这种活了，能把人折磨死。”

“伯母、大姨、二姨、小姨，不好意思，你们吃得还可口吗？”

小姨刚把最后一块红烧肉送进嘴里，听到苏苏说话立马一筷子又夹到盘子里。“你怎么说话呢？”

欧阳妈妈也说：“就是，刚从厕所回来，问我们吃得怎么样。”

“不是，我不是那意思。”

四姐妹一起说：“那你啥意思啊？”

“我……”

“妈，她没那个意思。”

“去了那么长时间还不是‘大’去了？”

苏苏崩溃了：“我没去洗手间，就是出去透透气。”

这句话一说，一下子安静了，大家都看着苏苏，她无可奈何地想了个牵强的理由：“我不喜欢这家饭店的气味，所以……”

小姨天真地问：“什么气味？”然后只听“噗”一个响屁诞生了。

欧阳妈妈再也忍不住了，说：“什么情况？”

小姨委屈地说：“红烧肉吃多了。”

这场见面会没趣地结束了，欧阳妈妈极力撺掇儿子分手，这女孩子在长辈面前一点也不矜持，不识大体。

“你害惨我了。”

“没想到你家里人这么厉害，我实在对付不来。”

“我妈号召我三个姨给我全面撒网。”

“那祝你网条好鱼。”

陈文栋收到一份快递，里面是几张照片，照片上的女人正拉着男人的胳膊一起行走，而这个女人正是柳苏苏。

“柳苏苏，你就那么急不可耐地找男人？”

“你说什么？”

“大家都是成年人，一句‘不喜欢’伤害不了任何人，你不是想脚踩两只船，让全世界的男人都围着你转吧？”

“你在说什么？”

“你也只是我偶尔中的一个而已，不用得意地向我展示你的魅力。”

“你吃错药了？”

“我真的希望这只是个误会，可是很不幸，你们多次出现在我的视线里。不用再解释什么‘普通朋友’之类的狗屁话，我听腻了，也听恶心了。”

“听不懂你在说什么。”

“就当我对牛弹琴吧。”

陈文栋挂了电话，她越想越不对劲儿，怎么平白无故受了一顿责骂还被当成发育不良的母牛了？

陈文栋发了火依然不爽，想着这个女人这么快就和所谓的“普通朋友”勾搭上，气就不顺。

晚上，陈文栋一个人在自己的巢穴里喝闷酒，小文来了。

“张妈，不是跟你说我谁也不见吗？”

“几日不见，脾气怎么这么大，谁惹你生气了？”小文笑盈盈地进来了，直接坐在陈文栋对面。

陈文栋看也不看她一眼，背着她说：“你是来讨债的吗？”

小文突然收起笑脸，端出严肃的神情：“我只是想你了，这段时间我想得很清楚，我可以不要钱，不要名分，只要能和你在一起。”

陈文栋转过身：“你以为我三岁孩子啊，你什么样的人我还不了解吗？”

小文委屈的眼睛里挤满了汪汪的泪水：“就是你一直觉得我爱钱，所以我才要表现得更爱财，就是要让你心疼一下，不管是心疼我，还是心疼你的钱。”

陈文栋抽了一口烟，在烟灰缸边轻轻弹了一下，不经意地说出来：“我什么也不心疼。”

小文深情款款地看着他：“只要你需要我，我就会在你身边，无论你爱不爱我。我离不开你，我试过了，这段日子我过得很痛苦，我一直以为有了钱就能忘记你，可是我还是没办法不去想你。”

“你……”

“文栋，什么也不要想了，今天晚上只有你和我。”小文扑到他怀里，顺手关上了房间的灯，他们从客厅旋转到卧室，在那张铺着蓝色床单的大床上寻找着旧日的激情，寻找着失落的乐园，释放着最原始的欲望。

一曲高潮完毕，瘫软的汗滴无力地流下来，两人喘着气对视。

这个时候电话响了，陈文栋一看是苏苏的号，当下就挂断了，没接。

电话一直在响。

“烦不烦啊？”他气呼呼地质问。

“宝贝儿，我先去洗个澡。”然后就是一个亲吻的声音从手机的这端传到另一端。

苏苏听到这些更证实了小文所说的事，骂了一句“变态”就挂了。

苏苏找不到倾诉的人，只能打给找自己诉苦的那个同病相怜的小文了。小文的电话再次响起，陈文栋喊了一声“电话”，本想看看谁打来的，被那句“变态”骂得心烦意乱，加上电话在包里，而包在客厅里。

一直没有人接，苏苏只能作罢。

“你说的是对的，有些人不值得相信和恋恋不舍。”小文收到苏苏的短信，这是她曾经对柳苏苏这个傻丫头讲的话。

小文本不想回复，但是转念一想还得安慰一下，于是回了一条：“女人要爱惜自己，苏苏，别为一些不必要的事难过。”

谁知道苏苏还没完没了了，一直含蓄地讲着陈文栋。

苏苏说：“我以后再也不会相信他了，衣冠禽兽。”

小文说：“你爱他吗？”

苏苏想想，二十九岁了，已经没有做梦的权利了，有时候还是忍不住幻想，但嘴上却说：“我觉得我和他之间还谈不上这个问题，况且他太自私，玩弄感情，也许在他心里女人永远只是过客。”

小文追问：“真的不爱吗？”

苏苏说：“我怎么会爱上他呢？”

小文心里偷偷地乐着，手指在手机键盘上咔咔摁着，完全忽视了躺在床上的陈文栋。

“有小情人了？给谁发短信呢？”

“你嫉妒吗？”

“让我知道哪个男人勾引你，非把他下半身打瘫痪不可。”

“无毒不丈夫啊。”

小文把手机拿到他眼前，说：“给你看，你可不许生气啊。”陈文栋看到柳苏苏说不爱，心里咯噔失落了一下，他恍惚又回到了那个晚上，她执拗地过来告诉他：“我发现自己很在乎你。”送她回去的路上，他偷偷地拉她的手，难道那些都只有在失去记忆的时候才会发生，难道下意识的感觉到了现实里不堪一击地被隐藏了？

“她不是我想吃的那盘菜，你才是。”陈文栋凑过来噙住小文的嘴唇，掩饰自己的慌乱和不安。

小文躲到一旁：“我不信，之前你和我分手不就因为她吗？”

陈文栋索然无味地靠在床头，抽出一根烟点上，“你记住，和我在一起有些问题不能问，不该知道，尤其我的私人生活，我不喜欢有人窥探我的内心。”

赵主编已经开始交接了，他那个被茶叶浸泡得已经满是茶垢的杯子惨遭不幸地摔碎了，一片一片扔进了垃圾桶。

“牛魔王”鄙夷地说：“有些人会和这个杯子一样成为过去。”

赵主编一改往日的迂腐，回馈一句：“丢了旧的才会有新的，有些杯子纵然沏上龙井，也不过是自来水的味道。”

“牛魔王”以胜利的姿态走进原本属于赵主编的办公室，而且是大动干戈装潢过的办公室。别人透过没合上的百叶窗可以看到他坐在总编的位子上喝着速溶咖啡。

赵主编和每一个人打了招呼告别。

原来觉得领导太过迂腐严肃，所有的人都盼望公司哪天把他炒掉换个英明的领导，谁知道来了一个霸王，让人怀念起以前的迂腐和刻板。

不要乞求环境改变适应自己，环境总是要自己改变去适应的，而且一旦环境改变或许更会水土不服。

在新任领导惨绝人寰的领导下，所有人都战战兢兢，每一位编辑只要没在规定时间拿出符合要求的稿子就等着主动请辞吧。最近公司又新进了几个员工，更让苏苏和小李等老人都没命地加班加点，私下抱怨，表面精神抖擞地拼搏奋斗。

在洗手间小李对苏苏说："苏苏姐，听说你会成为'牛魔王'的下一个目标。"

"是吗？兵来将挡水来土掩。"

"苏苏姐，我看好你。"

苏苏心里咯噔一下，她不过是个副手，能掀起什么风浪，构成什么威胁？实在想不到有什么可出的乱子会发生在自己头上。

苏苏在电脑上敲好最后一个字，舒了一口气，肚子提出了抗议，关上电脑下班准备吃饭。

"小李，要不要一起吃饭？"

"苏苏姐，我还要把这个幻灯片制作出来，明天主编要。"

"时间不早了，早点下班，拜拜。"

"拜拜。"

苏苏躺在床上想事情的时候，苏桂枝和柳寒山又催命似的打来电话说婚事。

"好好的你搞什么分手，叶峰多好一孩子，你看看现在，身边一个人都没有，让我们怎么放心？"

"你这个年纪再不结婚就只能捡别人剩下的。"

"我像你这么大的时候，你都能打酱油了。"

"我和亲家说了，夫妻没有隔夜仇，他们劝劝叶峰，你们会和好的。"

"今年一定要把你嫁了。"

苏苏听腻了这些话，天天就是催婚，但是她也后悔当时没听父母的话早点结婚，否则就不会出这么多乱子了。

第二天苏苏上班的时候，电脑怎么也打不开了，那些宝贵的资料和今天要交上去的稿子都在里面，不知道有没有受损，要命的是一向谨慎的柳苏苏，偏偏这次没有备份。

“柳苏苏，你的稿子怎么还没交上来？”

“电脑坏了，我现在正在重新写。”

“我不需要借口，没做就是没做，拜托你专业一点儿。”

“我真的是电脑打不开了，你看……”苏苏又重新开启她的电脑，居然神奇般地打开了，只是她写的那篇稿子不见了。

“我刚刚明明打不开电脑了，而且……”

“以后别再找这些幼稚的借口，我再给你半个小时的时间。”

“半个小时？这不是要我的命吗？”

苏苏愣在原地，莫名其妙，这到底是怎么回事，难不成电脑中毒或者死机了？

“真是撞鬼了。”

半个小时后编辑部开会，“牛魔王”拿着苏苏那篇稿子重重摔在桌子上，用杀死人不偿命的眼神扫射着大家说：“我希望大家能专业一点，不要告诉我你的电脑中毒了或者你的U盘格式化了这种幼稚脑残借口。但凡以后距离交稿半小时内再有人出现这种情况，一律直接到财务部结账走人。柳苏苏，请你用一个专业编辑的眼光，说说你对这篇稿子的看法。”

大家都看着柳苏苏，好奇心都吊到了喉咙眼上。

“我没有任何理由解释或者推托，更不敢妄加评判自己的稿子，希望主编能给予建议。”苏苏心里想，半个小时神人也不可能撰出好稿子，说不定那个害她倒霉的人就是“牛魔王”，不然电脑怎么早不坏晚不坏，偏偏选在那个节骨眼儿上坏。

“好，行文措辞不严谨是第一大问题；风格不活泼是第二大问题。唯一可取之处就是立意。”

“对于行文措辞我不想辩解，但是风格上，恕我直言，我写的不是娱乐报道，更不是时尚问答，这是一篇极其严肃的新闻报道和案件分析。我想，一个专业的编辑，都知道该选用什么样的文字和风格。”

“我说过了，以后我们杂志的整体风格就是要‘活’，不要总是用老赵那套封建主义旧社会的论调来写现代化的新闻。古董虽然值钱，毕竟太矜贵了，经不起折腾。”“牛魔王”说着说着站了起来，指了指自己坐下的位子接着说，“只有坐在这里的人才有发言权，你们有不同的意见可以保持沉默或者选择在爆发中灭亡。”

“在哪儿都得伺候一帮昏君，姐不高兴甩手不干了，把稿子扔在你那油光锃亮的脑袋上，再啐上一口说声再见。”当然苏苏只是这么想了想，游戏规则就是这样，从来小人物没有发言权的，想吃饭就要忍受饭饱之后的摧残。

苏苏又想说：“主编，您眼光独到，真是慧眼独具，新闻界的翘楚，真是听君一席话，胜读十年书啊，我这混沌的脑袋立刻清醒了。”这马屁拍上去不被同事鄙视死，自己也会恶心得吐了。

苏苏觉得自己必须要坚持点什么，每个人不光是为了吃饭来到这个世界上的，必须有那么一点活着的理由和支撑，也必须有这个行业的担当。她义正词严地说：“主编，我个人觉得风格和文章的内容紧密联系着。您说央视的新闻联播能改版成娱乐报道吗？或者把《快乐大本营》改版成《艺术人生》那样的。我理解您办杂志的理念，当下大小白领们都处于高压生活，需要放松，但是同时他们的生活空洞乏味，而我们《都市杂志》一直以‘深度’和‘亮度’抓住读者，但是并不宣扬理论式的说教和滥俗化的风格。这也正是我们的读者所欣赏的，如果我们连这点都改变了，读者还有必要选择我们杂志吗？如果是我，我就不会再买这样的杂志，因为这种类型的杂志全国数不胜数。”

其他人带着崇敬的眼光看着苏苏，她是第一个敢和牛魔王叫板的人，而且一番言辞慷慨激昂，把牛魔王气得直翻白眼。

“柳苏苏，你能说出这番大话，就不要把这种低质量的稿子拿到我面前。”

毕竟牛魔王是领导，掌握着生杀大权，还要给他几番面子：“主编，这是我的失误，我所说的话并非针对某个人，也是一心为了杂志，如果冒犯了您，还请您见谅。”

散会。

下班的时候苏苏接到“牛魔王”的电话，约她在“碧海蓝天”。

下了班，苏苏在办公大厦门口看到“牛魔王”的车子绝尘而去，领导约见不好迟到，打的过去，她心里想，明明是他约的我，还不顺路捎带一程，真自私。

“柳苏苏，我很佩服你，有自己的专业操守，敢于挑战。”

“我只是说出自己的想法，我觉得这样才能共同办好杂志。”

“我想你们都没明白我所谓的改革，并不是完全推翻老赵那一套以迎合市场，你仔细看看杂志，难道就没有需要提高的地方吗？”

“即使需要提高，也没有必要取消《可圈可点》栏目啊。”

“在职场这么多年，你应该知道一山不容二虎，这只不过是一种手段，以后它还会出现，只不过不叫‘可圈可点’了，也可能改成‘评头论足’或者‘舞文弄墨’。说实话我很佩服老赵，但是他的迂腐和刻板也使杂志流失了一部分读者，所以我要做的改版就是改变刻板，让杂志变‘活’，而不是改成滥俗小杂志。”

苏苏承认《都市杂志》确实有点沉闷了，像古董，值钱，人人想要，却不是人人都能欣赏得了。“主编，您这个观点我同意，如果您一直按照这个思路办杂志的话，我会毫无保留地支持。”

两人讨论了杂志的改版路线和存在的一些问题。

苏苏想问“牛魔王”，赵主编负责的栏目在印刷的时候偷梁换柱是不是他办的，却又无法开口，还有自己电脑莫名其妙打不开，这些难道都是“牛魔王”？

“我去下洗手间。”

苏苏在去洗手间的时候看到坐在他们左前角的是陈文栋和一个女人。她遮着脸绕道右边进了洗手间。出来的时候看到陈文栋堵住路口。

“柳小姐，好久不见，又来相亲吗？”

“我跟你不熟，请不要打探个人隐私。”

“是不是上次那个小白脸把你甩了，嫌你红颜已逝？”

“陈总，您更新换代的频率也够快的，您还是操心怎么应付蜂拥而至的女花痴吧，我的事，不劳您操心。”

“嫉妒了？”

“麻烦您别挡着道。”

苏苏回到座位的时候特意看了一下，那个女人原来是小文。她不是受害者吗？照片上那个女人，还有小文留的电话是谁的？这一切？难道……也许她是来要债的。苏苏头脑里出现一个画面，陈文栋成了魔鬼，小文哭哭啼啼地求饶，陈文栋恶狠狠地说：“想拿到钱，就得听话。”

苏苏站起来，两手叉腰，走到陈文栋跟前，一副大义凛然的姿态，说：“陈文栋，你抛弃了小文，又来威胁她，你简直不要脸，无耻，禽兽。”

小文拉着苏苏坐下：“苏苏，你别管了，这是我自己的事。”

苏苏又站起来：“不行，小文，你别害怕，有我在他不敢伤害你。”

陈文栋一头雾水：“你是不是吃坏脑子了？”

小文又过去拉着陈文栋说：“文栋，我们走吧。”

“小文，你不用怕，光天化日朗朗乾坤他不敢怎么样。”

“苏苏姐，你就别添乱了。”

“柳苏苏，别以为全世界的男人都围着你转，我的事你也少管。”

苏苏回到家越想越奇怪，明明是小文哭哭啼啼地来诉苦，今天怎么又成自己的错了，还被“牛魔王”看到自己一个人演了小丑。

“颜颜，小文和陈文栋到底怎么回事？”

“好男人总是抢手货，你不要不代表别人不当香饽饽。”

“你说他们旧情复燃了？不可能吧？陈文栋，他不像是那样的人。”

“你醒醒吧，男人都一样，我和Peter要出去了，先挂了。”

“重色轻友。”

前思后想苏苏得出一个结论：小文欺骗了她，怪不得前些日子陈文栋打来电话说了一堆莫名其妙的话。

于是，她想到陈文栋的别墅去看看两个人是不是在一起，可是又以什么样的身份和理由出现在那里呢？

她终止了这个想法，决定告诉陈文栋，澄清他对自己的误会。

“陈文栋，我有事要跟你说。”

“对不起，柳大小姐，我没时间。”

“就一分钟。”

“一秒钟也没有。”

“不会耽误……喂，喂……”

苏苏觉得一定有人在捣鬼，不然为什么陈文栋前些日子死乞白赖地讨好自己，这些天却牛上了天，柳大小姐出马还被骂回来了，一定被人耍了还在扮演丑角给人卖命呢。

柳苏苏啊柳苏苏，你的脑袋被门挤坏了还是被野驴踢残了，简直比脑残还脑残。

苏苏气不打一处来，被冤枉的滋味不好受，想起小文心就剧烈地疼，太他奶奶的能演戏了。“小文，我知道都是你搞的鬼。”

小文刚换了睡衣就接到苏苏的电话，“苏苏姐，你说什么啊？”

“别装了，你根本没有被威胁，和陈文栋在一起的那个女人就是你，而且你还把在餐厅遇见我和欧阳的事告诉了他，是不是？”

“苏苏姐，你说什么我听不懂。”

“什么听不懂？放你的狗屁，不就是男人吗，三条腿的动物，你也没必要用这么恶毒的手段对付我吧？我还告诉你了，本姑娘不吃这套，迟早我揭露你的狐狸脸。”

小文在那头抽噎起来，柔声细语地说：“苏苏姐，你误会我了。”

“别当了婊子还立牌坊。”

苏苏骂完之后很解气地大口嚼碎了刚买的超辣武汉鸭脖子，本姑娘也有彪悍的一面，别以为我不出气就可以当我是say“hello”的小猫咪。

小文哭哭啼啼地对陈文栋说：“真的不是我，你要相信我，我回来不是图你什么，也不是报复，只是想和你在一起，我无法忍受和你分开的日子。”

刚才苏苏和小文的对话，陈文栋全部听到了，更加坚定了苏苏在他心目中的反派印象，一个脚踏两只船，欺负善良小姑娘，口出粗言，脸皮比城墙还厚的女人。小文的眼泪勾起了他的怜悯和疼惜，他把她搂在怀里，“我相信你，别哭了，哭红了眼睛就不漂亮了。”

鸭脖子已经变成苏苏啐出的一地碎骨头，那个辣全分解成汗珠子渗出额头，她冲了个凉水澡躺在床上一直发呆到迷糊着。

“小李，怎么了，眼睛怎么这么红？”

“苏苏姐，我被“牛魔王”的牛蹄子踢了，说我再出现错字就让我卷铺盖走人，央视的新闻联播主持人还有说错话的时候，我又不是专业编辑，出个错字难道就要开除，也太霸道了。”小李平时热心又没有心机，但是性格马虎，总是不检查写过的报告和计划，在他们这个痛恨错别字的编辑部里混，尤其在“牛魔王”重整朝纲，定下错一字罚十块的规矩之后，小李已经扣了几百块了，“牛魔王”丝毫没有手下留情之意。

“小李，不要认为自己觉得没有大碍的问题，别人就不会追究，在职场上不是这样的，以后注意就是了，或者你写好拿给我，我帮你看。”

苏苏又想到近些日子小李做的那些让人啼笑皆非的傻事了。

因为加班小李可以调休两天，刚好碰到同学来玩，她告诉了公司所有的人，唯独没有向“牛魔王”请示，结果在和同事打了招呼走出办公室的时候，“牛魔王”一个箭步飞出来，冲着走出去的小李大喊：“不把我放在眼里啊，谁允许你走的！”

“我告诉苏苏姐了，办公室的人都知道。”小李压根没理会领导发威，领着同学就走了。

牛魔王直接训斥苏苏：“柳苏苏，是你批准小李调休的？”

“主编，我哪有那个权力？小李告诉我她要调休，但是我不知道她没向您请假，回来我一定转告她给您补个条。”

小李没想到她的一句话害了她自己和苏苏两个人。

一、她说她告诉了苏苏，也就是说苏苏是领导，批准了她的调休，从而蔑视了牛领导。

二、没有向领导打招呼就私自离岗，对领导不敬。

职场的黑暗，不是她一个“超二”的二公主能想到的。

还有一次，这丫头在众人的挑唆之下，差点改了办公室的条例。

“小李，我还是那句话，凡事三思而后行。”这句话苏苏已经多次跟小李说过了，但是小李总是储存不到大脑里。

“小李，我告诉你多少次了，一个年轻人不能总耕耘自己的一亩三分地，周围环境这么富足，怎么就不多动动脑子？你看看你这会议记录，语言、排版都是问题。我们是杂志社，文字上是很讲究的，年轻人要多学习学习，不要再让我看到这种情况。”“牛魔王”将几张纸往小李眼前一摔，加了句“重做”就走了。

小李眼泪哗啦啦掉了下来，阳光下的向日葵如今遭到暴雨袭击就不堪重负了。

“苏苏姐。”

“好了，我帮你看看。”

“柳苏苏，这期有个人物专访，听说你采访过陈氏家具的陈文栋，这次就派你完成这个艰巨的任务，再去采访他一次。还有，只许成功不许失败。”

苏苏心想，你明知道我和他有仇，还派我去，嫌我上次没演够小丑，还是想让我知难而退，一封辞职信结束我无限靠近主编的威胁？

“我需要一个人帮忙。”

结果大家点谁谁忙，也是，不忙就会被炒掉。苏苏见小李一脸忧愁地看着会议记录，决定带她一起去，理由是：小李需要学习，要多方向发展，而且小李有时间。

“牛魔王”同意。

第九章

一个前妻，一个前女友

这个点把人支出来不是有仇就是心理阴暗，阳光哗啦啦地刺过来，小伞也遮不住大光芒，苏苏和小李站在公司附近的公交站点等车。

“苏苏姐，出来采访也不是美差。”

“你以为呢！”

“为什么不打车，反正公司报销。”

“小李，姐要告诉你，做事该低调的时候要低调，公司现在招聘基本上都要有驾照，要不是当时我的才华折服了老赵，我肯定没这个机会了。如果我再动辄就打车，这不是浪费公司两种资源吗？一浪费了公司的车，二浪费了公司的钱。你把公司都浪费了，公司招你来干吗？明白？”

小李脑子有点转不过弯来，挠着自己的小脑袋瓜想苏苏说的话。

“苏苏姐，陈总不是在追你吗？”

“唉，别提了，现在把我当心机毒辣的蛇蝎女人了。”

她们到了陈氏集团的办公大楼，站在电梯外面。

“陈总？苏苏姐，陈总。”

小李看到陈总从电梯里出来，身边还有一个如花的女人。陈文栋看了苏苏一眼就走了，苏苏还愣在一边不知道想着什么，听到小李的呼唤才回过神来。

"女人。"

"姐，你说什么啊？"

苏苏好像没听到小李在说话，琢磨着那个女人好像在哪儿见过，很熟悉。忽然她扭头对小李说："电话借我。"

苏苏拨了一串号码，结果看见那个女人拿出手机"喂"了一下。

"姐，陈总要走了。"

苏苏追上陈文栋，拉着车门："陈总，你好，我是《都市杂志》的记者柳苏苏。"

"对不起，我不接受采访。"

"是不是脚踩两只船没有空闲时间接受我们的人物专访了？"

"我想请问柳记者，您是娱记吗？我的私生活也需要过问吗？如果要来采访我也拜托你专业一点，专业！"

"从经济利益考虑，我们杂志曾对陈氏家具做了详细的报道，宣传效果不错，这次再采访陈总，相信定会锦上添花。"

"不好意思，我接受了《名都杂志》的专访，不想把时间浪费在无聊的瞎扯上。"

旁边的女人一直打量着柳苏苏，眼神飘忽不定。

"苏苏姐，人家都走了，我们怎么办？"

"我们回去。"

苏苏一直在想着照片上的女人就是眼前这位，她到底和他什么关系，小文怎么会有她的电话和照片，小文和陈文栋又是怎样的藕断丝连？

"小文，照片上的女人是谁？"

"也不怕告诉你，她就是文栋的前妻凯莉亚。"

前妻？前女友？好一个花心大萝卜。

苏苏想请"牛魔王"收回成命，这个任务不是一般的艰巨，根本无法完成，她也不想蹚这摊浑水。想想"牛魔王"的反应，"你不会告诉我你一个副主编连一个人物访谈也搞不定吧”，她打消了这个想法。

二十九岁，是倒霉的一年。

“陈总，有些新闻我相信你会感兴趣的，“碧海蓝天”，我等你。”

苏苏知道他一定会来的。

“说吧，有什么事？我只给你五分钟。”

“陈总真是慷慨，迟到半个小时还只待五分钟。”

“我想不出有什么公事或者私事要谈。”

苏苏从包里拿出所带的东西：“这张照片，这个电话，你熟悉吗？”

“你不做娱记真是一大损失。”

“这是小文给我的。”

“你又要说她破坏了我们，说她乘虚而入？”

“清者自清，我不想解释，只想你明白有些事不是眼睛所看到的那样，我只能说请不要把个人的感觉带到我们的合作中去。”

“不相信所看到的，那这些呢？”陈文栋摔在苏苏面前一叠照片，她和欧阳的亲密照，“别告诉我这是电脑合成的，我已经找人鉴定过了。”

“所以说你还是很在乎我，对不对？”

“我很怀疑当时怎么会迷上你。”

“你相信这些？”

“我早该相信，当第一次在饭店见到你们我就该想到了，柳小姐，我很佩服你，真的。”

“我和欧阳只是在演戏，演给他妈妈看的，单纯帮他一个忙。”

“是吗？欧阳先生可不是这么说的。”

陈文栋居然账都没结就走了，柳苏苏气急败坏地向欧阳求证了陈文栋的话。

“我不是听你说他旧情复燃，禽兽不如，脚踩几只船吗！所以我就说我们是男女朋友，还说你是个很特别的女人，集智慧和气质于一身，我对你一见钟情。”

“真是被你气死了。”

“这不是你想要的结果吗？”

“我不管，你必须和他解释清楚，你害得我采访都没得做了。”

真是屋漏偏逢连阴雨，怎么无论害自己还是帮自己，好心还是歹心都没好结果啊！

势必拿出狗仔队的精神，让妖魔鬼怪现出原形。苏苏约了小文。

“小文，我记得那天你哭着告诉我陈文栋威胁你，分手费一分钱没打到你的账上，不但如此他还和别的女人好上啦，这个女人就是你给我的照片里的凯莉亚，对吗？”

“照片和电话是我给你的，当时确实如此。”

“你和陈文栋和好了不关我什么事，但是那天你撞到我和欧阳一起，照片是不是你拍的，是不是你寄给陈文栋的？”

“我确实看到你们两个在一起，但是我并没有拍什么照片，看在蓝颜的面子上我也不会这么做的。”

“凯莉亚怎么会和陈文栋在一起？他不是很恨她吗？”

“你应该知道越多的恨代表越多的爱。”

什么也没问出来，有时候录音笔也不好使。

苏苏的世界里一共停留过两个男人，一个背叛了她，一个不相信她。

卑鄙是卑鄙者的通行证，高尚是高尚者的墓志铭。有人以卑鄙的手段抢走了本属于别人的碧海蓝天，她却以“高尚“的名义葬在了坟墓中，没有什么真假是非，有的只是得到和失去。

二十九岁，就像存放时间过长的红酒，失去了最佳品尝阶段。年龄不允许收藏，它是个消耗品。

阳光明媚的早晨，苏苏站在穿衣镜前看着自己日渐丰满的小腰，感到年华已经慢慢地溜走了，势必要抓住二十九岁的尾巴了。她对着镜中的自己说：“事业，我要；爱情，我也要。柳苏苏，加油。”

一来到公司，“牛魔王”就问昨天的专访进行得怎么样了，苏苏还没说话，小李就凑上去说：“陈总太不给面子了。”苏苏只得表了决心，立下军令状，表示不成功便成仁。

感情上的错综复杂已经缠进了工作中。专业？这种情况下谁还能保持冷静和沉着，那实在值得佩服。她不行，过去一向是为了爱情可以牺牲工作，只是现在爱情不圆满，只能打拼事业了。

苏苏在一张纸上写了几种方案，分析了利弊和可取性，最后她一厢情愿地以为只要见到了陈文栋，以柔克刚，终会攻下这座高地。

苏苏找到了蓝颜。

“照着林黛玉的模样给我化妆，不许说不可能。”

蓝颜一副无奈的表情说：“确实是不可能。你不知道杏仁眼，小蛮腰，弱柳扶风，见风流泪这些不是化妆能化出来的吗？”

苏苏在镜子面前扭动腰肢：“难道我不够苗条吗？有必要的话我把自己的眼睛打成熊猫眼，只要看起来很惨很委屈就行了。”

蓝颜更无奈地说：“你受什么刺激了？”

苏苏败下气来：“两个男人和两个女人对我的刺激。”

听了苏苏的叙述，蓝颜觉得这不是个好办法，谣言止于智者，总有水落石出的一天，牺牲个人形象博得他人同情不是苏苏的作为。但是苏苏坚持一定要拿下陈文栋这个难题，蓝颜只得帮忙化了花妆，惨不忍睹。

柳苏苏来到陈氏集团，纱巾蒙着脸，对前台小姐说：“你好，我是《名都杂志》的赵主编，和陈总约好的。”

前台小姐左看右看，嘀咕道：“怎么好像在哪见过？”然后突然对苏苏说：“赵主编是男的，你别想蒙混过关，你们这些记者尽做些偷鸡摸狗的事。”

苏苏掖了掖纱巾说：“赵主编是男的，我是赵副主编，麻烦美女通报一声。”

前台顺手扯下苏苏的纱巾说：“我认得你了，你是柳苏苏，根本不姓赵，化了妆我就不认识你了？耽误我下班，这事我可忘不了。”

苏苏赶紧又捂上纱巾：“我姓赵，不姓柳，那个是笔名啊。”

前台鄙夷地说：“你不是在《都市杂志》吗？”

苏苏说：“人往高处走，跳槽了呗。”

前台进去通报，说原来的柳小姐这次化了个惨绝人寰的妆容，假扮赵主编想见陈总。陈文栋本不想见，但听说“惨绝人寰”几个字有点好奇，苏苏可是视容颜为至高尊严的人。

苏苏一进去立刻酝酿出两滴泪，抽噎了半天说：“陈总，您不能因为某些人说过的某些事，就一竿子把我打翻，我是受害者，千真万确的受害者。最近为了这件事吃不下、睡不着，黑眼圈都赶上熊猫了，一心向善却遭此不幸，最主要的是给您留下了不好的印象，我痛苦啊！工作完不成是次要的，可是……”话没说完抽噎得更厉害了，整个演舞台剧的，就差长袖一甩掩面痛哭了。

陈文栋过去揭开纱巾说：“哟，看这眼睛肿的，真让人心疼。”

苏苏接着说：“您一定得给我一次机会，赎您无意中对我犯下的错。”

“怎么赎？”

“我保证给您做一个惊天地泣鬼神的人物专访，横扫媒体，震惊商界。”

陈文栋直视着她的眼睛说：“柳苏苏，你知不知道，现在的你和我所认识的你完全不同，你的专业，你的骄傲，你的不可侵犯到哪里去了？我不想看到你用这种方式和我交谈。”

苏苏扯了纱巾：“你以为我想啊，在公司我已经岌岌可危了。你就是领导给我出的难题，解不了你这个难题我就得失业！失业，你懂吗？我不知道你怎么就认定我有问题，那个哭哭啼啼的小文就是受害者，我不把自己弄得糟糕一点，可怜一点，恐怕你连见一次面都不肯。”

这次苏苏是真的哭了。

陈文栋递过来一张纸巾，被苏苏打掉了。

“跟我走。”陈文栋把苏苏拉到天台，“在这儿你可以尽情地对我咆哮，大声喊叫了。”

苏苏对着天空大喊：“我——讨——厌——你。”

“有些事情我不想解释，但是也请你擦亮眼睛不要相信莫须有的谣言。”

“不想解释还是根本解释不了？我知道，你不喜欢我，所以你可以蔑视我的感觉我的存在。你可以对任何一个人说不爱他，是他自作多情。你可以和其他男人拉手搂肩。你知不知道我已经快要疯了，不能想起你，不能见到你，更不能想象你现在和谁在一起，做着什么。”陈文栋步步紧逼。

“陈文栋，你别胡搅蛮缠好不好，我和他没关系，相不相信随便你，但是别把这些事和采访混为一谈。”

“你不承认他却承认了。”

“小文还说你威胁了她，给我制造了你花心禽兽的形象，难道我都要相信吗？如果你不相信我说的，听听这个吧。”苏苏把录音笔拿出来，至少可以证明有些事情她不是始作俑者。

陈文栋听完录音，一下子觉得自己颇无聊，以他的智商早该判断出小文不会什么都不图地回到他身边，但是他始终想不出来与金钱相比，待在他身边有什么目的或者更多的利益，遂说：“你现在是要我相信你的无辜，还是要我接受你的采访？”

“当然是采访了，我胸怀宽广，不计较个人荣辱。”

“好，我接受，你先把眼泪擦了，让人看到还以为我欺负你呢！”

苏苏接过纸巾，破涕为笑，成功一半。

“下午两点，‘碧海蓝天’，你可以走了。”

“还有，我希望下午你可以换掉这身打扮，尤其是脸上的妆，太恐怖。”

“为达目的不择手段。”

回到公司，苏苏向小李宣布了这一喜讯，要小李准备一下，她们吃过饭就出发。

“苏苏姐，我的计划书和会议记录还没改完呢！”

“我帮你看看。”

小李几次欲言又止，好似有什么难言之隐，苏苏看在眼里，问道：“小李，有什么困难尽管开口。”小李羞赧地笑笑说没什么。

下午苏苏和小李早一步到了“碧海蓝天”，小李又一次欲言又止，苏苏又说：“小李，有什么困难吗？说出来，我能帮到的一定帮。”

小李鼻子一酸，眼睛红红地说：“苏苏姐，我对不起你，对不起赵主编。”

苏苏莫名其妙地问怎么回事。

“你还记得赵主编走之前杂志偷梁换柱的事吗？送去印刷厂前一天晚上我被留下来加班，‘牛魔王’让我把稿子换了，后来两个主编争论，我没敢说出来，赵主编还为此辞职了。你的电脑也是‘牛魔王’拿了一个U盘说要把数据拷到你电脑上给你用，结果不知道怎么就中毒了，怎么也打不开，我问‘牛魔王’，可他说盘没问题，肯定是你的电脑坏掉了。他不让我把这些事告诉别人，还说以后会让我转行做编辑。苏苏姐，我对不起你，公司里你最关心我，我却做出这样的事，我不敢告诉你……”

苏苏明白了为什么社里接二连三出现怪事，原来还是换届风波的延续。看着小李难过的样子，苏苏安慰她说：“没事，你也是被人利用了，这并不是你的本意，你看我们现在不都挺好的吗？但是小李，还是那句话，凡事三思而后行，你对人没防备心，容易被人利用。在职场要保持自己的立场，不能因为某些小恩小惠就丧失自己的准则，知道吗？”

小小的办公室就是小小的社会，你争我抢，尔虞我诈，明争暗斗。无辜的人要时刻保持清醒，不能看谁一时强势就站过去，没有永远的胜利，也没有永远的失败。最为与世无争的无辜者，也该有自己的原则。

小李不好意思地对苏苏说：“姐，好复杂，‘牛魔王’没必要非要这样整人。”

“傻丫头，再过几年你就见怪不怪了。”

“苏苏姐，你看……”小李指着距离她们不远的地方，小文和凯莉亚面对面坐在一起，其间凯莉亚从包里拿出一个信封，然后好像在争吵什么，后来两人生气地离开了。

陈文栋来的时候，注意到苏苏换了形象，又恢复了清新的面庞和自信的神情。

苏苏把准备好的几个创业方面的问题提了出来，最后一个问题是关于陈总的爱情。

“这个问题不知道是杂志需要还是柳小姐自己感兴趣呢？”

“陈总，我对不熟悉的男士的感情世界并没有好奇心，这是专访的内容之一。”

“就是，读者肯定都想看。”小李补充道。

“我的感情世界没什么可讲的，一切随缘，从不强求。”

专访结束后，苏苏要和陈文栋合影。

“不知道是作为记者和采访人物的合影，还是男人和女人之间的合影呢？”

“陈总，您觉得一个男人和一个女人之间的谈话需要加入这么多有关事业的问题，还要旁人在场吗？请不要怀疑我的专业。”

拍完照，苏苏对陈文栋说：“您早来一步就可以看到精彩的一幕了，你的前妻贺晓棠也就是凯莉亚，和你的前女友小文刚才就坐在那个地方完成了一笔交易。”

小李也说：“是啊，你前妻塞给你前女友一个信封，那个信封里估计好多钱，很厚的。”

陈文栋若有所思地说：“她们根本不认识。”

“陈总，你可以不相信，估计这个咖啡厅里很多人都看到了。”苏苏终于想通了，凯莉亚和小文合伙诬陷了她，目的就是为了陈文栋，结果分赃不均，一个男人不能劈开两半，所以吵起来了。

陈文栋没再说什么，客套了一下说还有事就走了。

陈文栋本想找小文问清楚，还没等开口，小文先说了：“文栋，我知道你不会和我结婚，所以今天就是我们在一起的最后一天。家里一直逼我结婚，我觉得不能一直这么拖下去了。”

“是你想结婚了，还是谁给了你好处离开我？”

“你说什么我根本听不懂。”

“别打哑谜了，你和凯莉亚搞什么鬼我一清二楚，你为什么挑拨我和柳苏苏的关系？别说你没做过，这支录音笔里有你们曾经对话的内容。”

小文听了录音笔里的内容，说：“这些是我做的，可是照片真不是我拍的。”

陈文栋说：“你和凯莉亚在密谋什么？难道为了钱你什么都可以去做？”

“钱，我是需要钱，如果你自己的母亲躺在病床上等着一大笔钱动手术，你就知道钱的重要了。和你在一起那么久，我也想和你没有任何利益地在一起，可是我不能，我不像你一出生就含着金钥匙，我有的只是这身皮囊。”

“她给了你多少钱？”

“就是你答应给我的分手费的数目。”

“几天你都等不了吗？”

“我宁愿被她利用拿她的钱，也不想伸手向你讨钱，我对你是真的。”

“她做这些事为了什么？”

“为了和你复婚。”小文说当时凯莉亚找到自己，就是要求自己帮她剔除苏苏在陈文栋心里的位置，这样她才能安然地回到陈文栋的身边。但是后来小文觉得自己对不起苏苏，为了这事还和凯莉亚吵起来了。

陈文栋没有想到贺晓棠是为了复婚，他一直以为她在国外早已经再婚，就像她把名字改成了凯莉亚，她的心也早已变了。

小文走后，陈文栋沉浸在这场多角恋爱里，想起一部世界名著《阴谋与爱情》。他不是不想贺晓棠，在离婚后无数个夜晚他也曾幻想她能回来，从大洋彼岸的那边漂回来，说她错了，一切重新开始。可是他不能原谅自己所看到的那一幕。如今时过境迁，很多年过去了，他已经忘记还有一个叫贺晓棠的人住在他心里。

此时他又想起那天所发生的事。他兴高采烈地去国外看她，她住不惯集体宿舍，是他在外面租了一间小房子给她，然而那天去敲门的时候，开门的是个只穿着内裤的男人，客厅里两双散落的鞋子，狼藉凌乱的衣服，还有一只吊在垃圾桶沿上的避孕套。他理所应当地理解为她出轨了，关于这件事，一直到他回来说要离婚，贺晓棠都没有任何解释。

贺晓棠刚刚从宾馆里搬回陈文栋的别墅，她住不惯酒店，长了很多痘，陈文栋念在曾经夫妻一场，这次又是贺晓棠帮他搞定设计一事，才让她搬了回来。贺晓棠俨然还是女主人一样从容地进出，交代事情。

“张妈，帮我把这些龙虾泡在水里清清肠胃，在超市待久了味道会不好。”

陈文栋并没怎么吃饭，一个人抽着闷烟，贺晓棠看到后端了两杯红酒过来，递一杯给陈文栋。

“心情不好吗？是不是和女朋友吵架了？”

“贺晓棠，这件事你应该比我清楚，你给了小文一笔钱是什么意思？”

“让她离开你。”

“仅此而已吗？你是不是还让她拿了你的照片和你的电话给柳苏苏，然后在听她说看见柳苏苏和一个男人在某餐厅牵手之后，偷拍了几张照片匿名邮寄给我？”

“我没有，我只是和她谈判，只要她肯离开你，我可以给她一定的补偿。”

“你不用再掩饰什么，她可什么都说了。”

“文栋，我们夫妻一场你还不了解我吗，做过的我不会不承认。”

陈文栋思量着贺晓棠的话，以她过去的性格，她是不会做出这样的事，更不会不承认。她一向敢作敢为。

贺晓棠接着说：“我这次回来不但想帮你把设计搞定，更希望我们能和好。也许你还一直恨我，以为我当初背叛了你，我活该现在孤单一个人。其实那天在房间里的女人并不是我，我把房子借给同学约会了。”

“你别以为三言两语就能把过去的事一笔勾销，如果是真的，当初你为什么不说，还同意离婚？”

“因为你不相信我。当时我太年轻，周围有众多追求者的环绕，婚后的约束和国外自由的氛围，让我也好想像一只小鸟一样追求自己的天空。所以我决定离开被婚姻捆绑的生活。”

“你一直这么任性骄纵。”

“文栋，我们重新开始好吗？”

没有谁一直有资格让他人为自己保留一个心里的位置。此时陈文栋的心里矛盾极了，对贺晓棠误会的内疚和对柳苏苏的执意，就像他对贺晓棠说的那样：她像一只雄鹰，一直往前飞，不惧怕风浪；苏苏更像小燕子，一直在飞，一直在找停靠的地方。年轻人喜欢雄鹰的拼劲，可是抓不住；现在更喜欢小燕子的叽叽喳喳，温暖。

他不知道自己还能不能重新开始，也不知道自己在柳苏苏的心里是否占有一席之地。

柳苏苏成功采访了陈氏集团总经理陈文栋之后，将整理好的稿件放在“牛魔王”的桌子上，牛魔王先是侧目后是愤怒。

老牛要苏苏挖掘出陈文栋的绯闻，增加些情感经历，写写离婚的真相啊，和前女友分手的原因啊，总之要有噱头。

苏苏自从听说两件奇异事件都是“牛魔王”幕后操刀后，对他的印象一落千丈，今日要以绯闻增加销量更让苏苏鄙夷。

“往深里挖，即使挖不出坑，也给我带点泥出来。”

“主编，再挖下去，都抛出一口井了。”

苏苏抵死不愿以绯闻吸引读者，更何况浮躁的社会需要的不是烟花爆竹式的轰炸，而是清泉式的洗礼。

“不要再让我重复我所说的内容，挖到绯闻，修改好再交给我。”

苏苏据理力争，还是败下阵来，从来职场就是军事命令，只要下达只管执行就是了，无用的反抗和抵死的挣扎顶多只是消耗了时间和精力的瞎折腾。

再次约陈文栋已经不那么容易了，没法蒙混过关，小前台已经恨她入骨了。可是没想到陈文栋居然自己找上门来了，他要约苏苏吃饭。

苏苏对着洗手间的大镜子给自己加足了油，“运气好的时候挡也挡不住。”

见到陈文栋风度翩翩气宇不凡地开车接她一起吃饭，苏苏暗自鄙视自己的世俗，时刻不忘“牛魔王”的命令，第一句话就是：“陈总，陪你吃饭的女人们呢？难道她们都没空了，您老人家才想到我吗？”

陈文栋并没有注意到自己设下的饭局是另一个阴谋，说道："你可以直接称呼我的名字，我想我们的关系还不至于陌生到这么客套吧，苏苏。"

苏苏张了张口最终还是发出了"陈文栋"三个字的音节，她尴尬地摇摇头说："还是叫陈总让我自在点，否则我会以为您把我当作众多情人中的一个。虽然我总是自以为感觉良好。"

陈文栋一个急刹车，红灯闪了，他把脸转向苏苏："如果你不介意我不反对，你可以成为唯一的一个。"

"您是说独一无二吗？陈总，我连您交了几个女朋友，都是哪种口味的，最后以什么样的方式分手了，或者您现在保持关系的有几个，等等，都不了解，这个独一无二当得未免太委屈了吧，所谓知己知彼才能百战百胜。"

红灯跳了，绿灯通行。陈文栋又启动车子继续向前走。

陈文栋握着方向盘的手更紧了，"不知道不是更好？"

苏苏撩一撩被风吹乱的头发，微笑一下说："如果说我想知道呢？"

陈文栋有点严肃地说："如果我告诉你只有两个，一个是我的前妻，一个是小文，你相信吗？"

苏苏嘟着嘴，感觉这句话有点责备她的意思。敢情他以为在她眼里他就是个花花公子！不觉有点委屈，可是事实她就是当他是花花公子。于是她说："说实话，不相信。"

还没等陈文栋开口，苏苏又说："那么多关于你的绯闻，还有照片为证，不会都不是真的吧，像你现在单身，有钱，有颜，年轻，身边没有女人谁相信？"

苏苏说这句话的时候自己都感觉到脱离了刚才追问绯闻一事的记者态度。现在完全是一小怨妇，自己的男人出轨了，委屈地说："我不相信，你就是有女人了。"

车开到一家韩餐馆前停了下来，苏苏没有听到陈文栋的回答，感觉有点失望，车停得也太不是时候了，这家韩餐馆就不能再往前开几百米吗！以后再不来这家餐馆，专搅人好事。

“想什么呢？下车了。”

苏苏在车上发愣，完全没有注意到车门已经打开，陈文栋一直盯着自己。

吃饭的时候两人并没说多少话，苏苏只顾吃，好久没吃到免费的晚餐了。

“你还没坦白你的情感经历呢！”

“怎么，还没忘这茬？”

“你知道做我们这行的，好奇心特别重。”

“如果是你个人想知道我还可以透露一点，如果是你的职业让你想探索，那就无可奉告了。”

“有分别吗？结果就是你告诉了我。”

“你真想知道的话，我会告诉你，不过不是现在。”

“没劲儿。不爆点猛料，怎么吃得下去啊。”苏苏筷子一放，终止了吃饭的动作。

“吃完，带你去个地方。”

“哪里？”

“保密。”

陈文栋带着苏苏去了另一个地方，神秘兮兮地非要做猜谜游戏，只要苏苏猜对了谜语就可以睁开眼睛，否则一路上都要闭着眼。

“第一题，为什么大三的女生比较富有？”

“因为她们傍大款了。”

“因为她们会赚钱。”

“因为……猜不出来了。”

“全不对。”

“第二题，说一农夫不小心从山上掉下去，但幸运的是他带了一根绳子，不幸的是当他顺着绳子一步步爬上来的时候，出现了一只大灰狼。大灰狼拿着燃烧的蜡烛就要烧断绳子，这时农夫说了一句话，大灰狼就把蜡烛吹灭了。请问，农夫说了什么？”

“嘿，咱俩认识，一个农场的。”

“你放我上去，我把农场里的小羊送给你。”

“我救过你女朋友，你不能恩将仇报……”

“全不对。”

“第三题，一个河里有二十只青蛙，但是有一只穿着裤衩，为什么？”

“因为他怕冷啊。”

“其他全是公的，它是母的。”

“要么就是它有这种癖好，没有理由，就是想穿。”

“全不对。”

“第四题，火星人来到地球后最喜欢吃什么？”

陈文栋还说：“提示你答案是三个字。”

苏苏一直猜不出来这些问题，比脑筋急转弯还要转弯的难题，“为什么呢？你说那个青蛙到底为啥子穿了个裤衩子呢？怪。”

陈文栋乐坏了，还不忘叮嘱苏苏说：“不许睁开眼睛偷看。”

“好了，下车吧。”

“为什么？”

“没那么多为什么，到了。”

苏苏睁开眼睛，原来把她带到电影院了。

苏苏看到原来大费周折隐藏的地方就是电影院时，不屑地说：“不就是一破电影院吗，至于这么神秘吗？这地方能吃还是能喝，来这干什么？”

“想和你一起看电影。”陈文栋拉着苏苏的手就往电影院的方向走去。

“喂，别动手动脚的，我们有这么熟吗！”

不管苏苏怎么说，陈文栋铁了心牵到底了，就是不放手。她挣扎了几下，却被他握得紧紧的，他的手很温暖，以至于苏苏任由他一直拉到了座位处。

“我知道，你买了电影票，被人放鸽子了，你孤家寡人，你怕浪费电影票，你需要的不是一个能和你擦出火花的女人，只是一个能吃饭，能看电影还不带出声的哑巴。所以你准备的几个谜语，我没兴趣了，虽然我很想知道答案是什么。大概就是这样，因为被甩了，所以你不敢告诉我你的情感经历。不要试图在我面前树立纯情男生的形象，你在我心中早就定格了。”

苏苏一个人说了那么长一段话，陈文栋在旁边微笑着侧耳倾听。

“说完了吗？说完就看电影或者继续猜谜语。”

欺负我是Hello Kitty吗？虽然我长了一副温顺的面孔，可是我的内心剽悍得很。算了，有免费的晚餐，还可以免费看电影，忍住，不动怒，不生气。她很生气地看着他，而他全神贯注地看着电影。

“早上好，我美丽的公主。”这是电影里最经典的一句台词，没错，就是《美丽人生》，也不知道今天撞上什么了，电影里也猜谜语。

“你叫我的名字，我已经不在了。”喜欢猜谜语智商却不够用的医生给圭多出的一道题，答案是沉默。

苏苏本已经忘了还有几个谜语，这下子又唤醒了，用胳膊肘捣捣陈文栋，小声问：“答案？”

“回去告诉你。”

本已经看了多遍的电影，在电影院看又是另一种感觉，所有的情感都异常活跃，无论是感动的还是揪心的。滑稽乐观的圭多，在灾难面前撑起了家庭的保护伞，毅然决然地踏着大步子走向了死亡，却留给孩子一个没有硝烟没有战火没有黑暗的童年。

从电影院出来心里有点堵，越喜剧的电影伤感得越壮烈，越滑稽的角色结局越让人敬畏得震撼。

“其实我想告诉你，感情没有什么借口。如果说我们不是一个世界的人，纳粹时期的犹太人和德国贵族更不可能是同一世界的人。结局是两个人在一起了，即使灾难和死亡也没有分开他们。苏苏，我爱你。”

在电影院前的广场上，在人群四散的时候，陈文栋站在柳苏苏的面前，讲了这段话，苏苏感动得泪流满面。可她开口依然是拒绝。

“你认为是王子和灰姑娘的爱情会更长，还是公主和仆人的感情更持久？我很想不顾一切地走进你的世界，感觉你的感觉，呼吸你的呼吸。只可惜我是个靠爱情才能存活的人，我无法想象当我们厌倦了，过上了不害臊的生活，童话故事结束了，我会怎样生活？我已经不敢再去爱上一人个了，不敢开始，因为害怕结局。”

叶峰在苏苏的世界里一直没有消失，成了一块阴影，越浓烈的爱平淡起来越让人胆寒。苏苏不敢想象爱个三五年，自己已经三十几岁了，他会和她结婚吗？还是一个人走出这场本不属于她的童话，人已老，珠已黄，到时候也只能当个后妈，或者嫁给老男人了。

对于二十九岁，爱情就像买股票，涨了热血沸腾，跌了血本无归。

二十九岁已经不是一个拿青春赌明天的年纪了。

“你能和我结婚吗？你能保证以后只爱我一个人，你能保证我们不会分开吗？你能吗？”

“看，你犹豫了，你不能。因为你也不知道你的下一任会在什么时候出现。算了，这些情话还是烂在肚子里别说了，否则我会认为你很矫情，再见。”

没有揭晓谜底，两人分道扬镳。

或许就像这场感情一样，没有结果，何况生活中很多问题都没有谜底，较真的时间长了，人就忘了还有这么个要猜的结果。

我是不是应该冲动一次，说我要和你在一起，你是不是以为我会很感动地扑进你的怀里。苏苏对着自家的镜子，苦笑着，纠结着。

她难过自己会选择这样的结果，她觉得自己也许真的该冲动一次，管他张三李四三七二十一。可至少不选择爱，还能做朋友，一旦爱上分开了，只能残酷地选择做一个最熟悉的陌生人。

有时候回头看一下，不能长久的爱情顶多是多备点安眠药，多失眠几次。

陈文栋回到家，贺晓棠已经准备好了洗澡水，一句“你回来啦”，拖鞋放到脚边，接过外套放在衣柜里，仿佛他们还在一起。她对他、对这个家都是那么熟悉，疲惫的陈文栋竟然有点不曾离婚的感觉，仿佛刚在外面做了亏心事，妻子还一事不知地照顾着他和这个家，而柳苏苏就像发脾气的小女人，倔强地折磨这个“出轨”的男人。

“看你心不在焉的，不舒服吗？”

陈文栋站在落地窗前，出神地望着漫天的星空，远处灯火的霓虹，什么时候贺晓棠已经站在他身边，说了什么话，他竟无从察觉。

“失恋了。”

“是那个叫柳苏苏的吗？”

他沉默。

“我们都是对自己过度自信的人。我以为我回来了，解释清楚，你会重新接受我，就像你以为可以俘获她一样。在你面前，我是失败者，在她面前，你是失败者。”

“你觉得我是什么样的人？”他忽然问。

“自信又盲目，就像那次你以为看到了一个男人，屋子里的女人就一定是我。你以为自己受伤了，却不知道别人也受伤了。你不知道有个人一直在等着你，无论多晚。”贺晓棠的声音有些迷离，眼神发情地看着陈文栋。

“有兴趣的话，一起喝杯酒。”

陈文栋拿出自己典藏的红酒，透明高贵的高脚杯里盛了些许的红酒，没有任何说辞碰了杯就喝，好像不需要理由，更不需要找理由，只要我喝的时候你也喝就行了。

“文栋，我们重新开始吧，你我才是一个世界的人，无论家庭背景、生活环境、习惯爱好，何况我们对彼此是那样熟悉。”

“熟悉？我已经不知道该称呼你凯莉亚，还是贺晓棠了。”

“如果你了解我的过去，就会原谅我过去的过去。”

陈文栋想，他已经不想了解贺晓棠的过去，哪还管得了过去的过去。他只知道自己很失败，这会儿憋屈得难受。她柳苏苏凭什么一而再再而三地拒绝他，他有那么差吗，有那么没有安全感吗？

想起苏苏说的话：“你能和我结婚吗？你能保证以后只爱我一个人，你能保证我们不会分开吗？”他还真不知道怎么回答。没有发生的事情他从不预测，发生的事情也从不逃避，就像他不去预测若了解了贺晓棠的过去是否真的会原谅她，他也不去逃避他与苏苏之间的差距，但是爱情让人犯晕，明知道不可为的事偏偏想撞上去。

不知不觉有点醉意了，他仿佛看到柳苏苏就在眼前，冲他灿然一笑，眨着眼睛忽闪着睫毛对他说："不要喝太多酒，对身体不好。"然后他上前抓住她的手，把她搂在怀里，像一个婴儿一样溺在母亲的怀抱里。

电话响了，苏苏看着接起来，喂了一声，那边顿了好长时间才说："是我，苏苏。"苏苏很惶恐地挂断了电话，怎么是他，这个自己无数在次梦里遇到，无数次失落的时候会想到的人，自己的初恋也是目前唯一一段恋爱。

当天夜里做了个梦，梦到叶峰和她吵架，时间好像还在半年前。模模糊糊听到电话响了，一次又一次。

她接了起来，以为是个梦，听到电话里叶峰的声音那么沧桑，哽咽着，让人心疼。他说这段时间自己很难过，居然流泪了，很想她，后悔了。苏苏呓语着："睡吧，都过去了。"

第二天醒来看看电话，来电显示上确实有叶峰的号码，她这才相信一切都是真的，不是梦。

关于叶峰的种种回忆浮上心头，虎丘一别很长时间没见过他，让她想起很多不愿意提起的回忆，回忆是会杀人的。

苏苏竟然对叶峰的出现怀有一丝欣喜，终于还是她不费一兵一卒战胜了情敌，而同时又失去了和叶峰重新和好的强烈愿望。记得当初蓝颜诅咒叶峰，苏苏嗔怒道："他回来我还要他。"如今真的回来了，一切变了。

冷静了一下，洗漱后到公司上班，"牛魔王"来要稿子，苏苏说绯闻没搞到。她已经准备好和"牛魔王"大战了，但是"牛魔王"却说没事，苏苏有些接受不了这样的平静。

她坐在办公桌前，环顾四周，并没有觉得有什么异常，但是发生在她身上的事让她忽然觉得算命先生说的没错，二十九岁，命犯桃花，事业攀升。

下班的时候电梯出现了故障，大部队进军楼梯，平时安静的楼道被脚步声和说话声塞满了。苏苏看了一眼，又回到办公室，在废纸上胡乱涂鸦，一个精致的女人对低下头认错的男人说："活该你犯贱，哪热闹哪凑去，别招惹我，嫌你烦。"然后揉烂了扔进垃圾桶，她觉得心里特别舒畅，在心理上狠狠地折磨了叶峰。

再次走出去，看到电梯已经能正常运行了，一些人在电梯外排队，她欢快地转到楼梯，一步一步踏下去，唱着："有时候，有时候，我会相信一切有尽头，相聚离开，都有时候，没有什么会永垂不朽"。

蓝颜打来电话说："叶峰好像回心转意了，一直打听你的下落，在没接到你想破镜重圆的通知前，我保证没有泄露你的踪迹。"

苏苏说："谢谢，放心我还不想犯贱，我不会接受曾经踹过我又被人踹了的男人。"

陆建国也打来电话说："叶峰抽什么疯，作为男人我欣赏这种浪子回头的脸皮，作为你的朋友我鄙视这种朝秦暮楚的勾当。放心，我已经代你回绝了他，骂得他不敢再打第二遍电话。"

苏苏说："做得好。"

然后她得意地想着叶峰委屈可怜的样子，瞬间又难过起来，伪装得再坚强也攻不破心底的柔弱，苏苏还是不忍心蹂躏曾经爱的人。

陈文栋和贺晓棠在讨论新的设计方案，只见小前台通报说外面有位先生没有预约非要见陈总。

"什么人？"

"他说……"小前台低下头不敢看陈文栋，低声说，"他说是你的情敌。"

"情敌？"贺晓棠惊讶地笑了。

陈文栋见是叶峰，便问："有什么事？"

叶峰低沉地说："我打听清楚了，你和苏苏根本没有在一起，所以你以后也不用打她主意，因为我们要复合了。”

陈文栋递给叶峰一杯茶：“你是警告我吗？我已经知道了，你可以走了。”

给叶峰一个措手不及，他准备好大战一场，没想到这么轻易就被拆招了。

“还有，她不是一个物件，你不要了就丢掉，想要再捡起来。”陈文栋警告他。

“她好像搬家了，你知道吗？”

“送客！”

“苏苏心里只有我一个人，你进不去的，即使我抛弃了她，她还会等着我的。”

“送客！！！”陈文栋大喝一声，叶峰被狼狈地“请”走了。

贺晓棠说：“他们都没有放弃彼此，你又何苦插进去自讨苦吃？”

陈文栋陷入了沉思，他真的担心苏苏会重新接受叶峰，原谅一个出轨的男人，然后顺利结婚完成终身大事。

“唉，如果命运非要捉弄，也只能认命。”陈文栋心想，看老天的安排吧。

苏苏很奇怪母亲打来电话的时候不再催自己结婚的事，听起来很高兴的样子，还要了自己公司的地址，莫名其妙。

“小李，下班了，一起吃饭。”

父母不催，她也乐得轻松，一高兴就想吃。

小李和苏苏走到楼下的时候，苏苏看到了一个人，已经很久没有那种恍如隔世的感觉了，好像一切过去了，又突然出现在眼前，来不及接受。

她曾千次万次地责骂过这个人，也曾在无数个夜晚想起他来，坚强得想狠狠拒绝他一次。哪怕只是看见了当成路人甲走过去，哪怕只是轻轻打个招呼说“好久不见”，可是她竟然停在原地两腿没有力气前进，也说不出一句话来。关于过去的一幕幕毫无准备地来袭，有难受的责备，也有快乐的瞬间。

“苏苏姐，走啊。”

小李的声音又把她唤回来。

对面的那个人说话了，那一隐一显的喉结跳动着："苏苏，我想找你谈谈。"

"我想我们之间没什么好谈的。"

小李看这种情况知趣地先走了。

她和他坐在咖啡馆里。

"我和她分开了。"

"是吗？"

"老婆，我们和好吧！"

这个称呼已经尘封很久了，在听到的瞬间她怀疑叶峰是不是在和自己说话。你叶峰有什么资格这么叫我，一个称呼就可以忽略你所犯的错吗？苏苏心里剧烈地波动着。

"您是在和我说话吗？请别这样称呼，会造成误会的。"

"原谅我，我愿意用下半辈子偿还我所犯的错。我好久没见我爸妈了，他们很喜欢你，自从我们分开，他们一直不肯原谅我。"

苏苏想到了叶峰的父母，和所有善良的父母一样，他们真诚地对她，当女儿疼爱。

叶峰说了很多悔改的话，苏苏已经不知道该不该重新接受他，像父母所说的那样原谅他，然后结婚。

"我现在很乱，没有办法答复你。"

"你先想想，我会等你。"

苏苏站起来要走的时候叶峰忽然又说："我没带那么多钱……"

苏苏拿出五百块甩给叶峰，想起了他卷走的那五万块钱，短时间挥霍一空，连百分之一也拿不出来。她早该想到，肯回头的浪子全是觉得有利可图，否则何必回头。

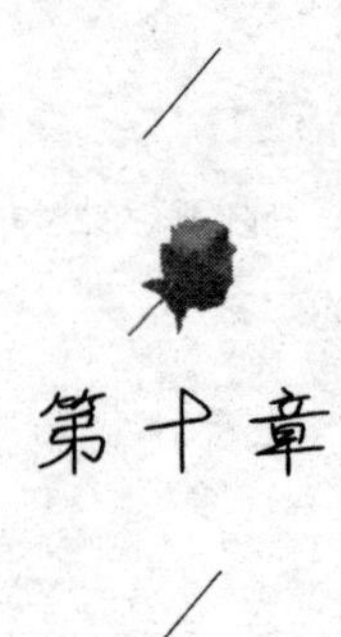

第十章

高调复婚PK低调表白

苏苏拿到杂志，竟然在陈文栋的人物专访里看到一张照片，虽然是背影但却极其熟悉，而稿子最下面写着陈文栋的坎坷情路。

苏苏第一个想到了“牛魔王”。“牛主编，这是怎么回事，署的是我的名字，我却不知道自己写了这些内容，而且我明确表达过自己的观点，我想您不会不记得吧？”

“牛魔王”轻描淡写一句：“是我让写上去的。”

苏苏心情不能平复，说：“照片呢？这明明是我的照片，你是派我专访还是派我色诱，好让我们有绯闻可写？”

“牛魔王”一句：“是你吗？这是有人提供的，既然你和陈总关系密切，第一手新闻还得劳烦我操心？”

“你的意思就是承认造假了？”

“这怎么能是造假呢？这是事实。”

“事实就是拿着这样的照片添油加醋含沙射影，你是嫌我在公司挡着您改革大展身手的路了吧？”

“就事论事，你这什么态度？”

“我的态度很明确，我要求你发表声明澄清此事，这不但给当事人造成了名誉上的损失，更会影响他的生活和事业。”

“这就不用你操心了，你可以回去工作了。”

“姑奶奶我不乐意。”

“你这什么态度？”

“态度？你的态度就是用卑鄙的手段偷梁换柱再移花接木陷害他人，拿着手里那点小权力利用他人破坏别人的电脑再伺机发威吗？还是恶意制造绯闻增加销量？不愧是做娱乐杂志出身的，正规刊物都能被您做成花边新闻，自己的员工都是你炒作的对象。你知道我怎么看你吗？斯斯文文一白面书生，内心却爬满了虱子，请你以后心灵阳光点，好好张开你的哈巴狗眼睛看看这个世界吧。”

“牛魔王”一声冷笑，“你清高。”一声冷笑带出阴森恐怖的三个字，说完从苏苏的视野里消失了，跟没事人一样。

苏苏不知所措地站在原地，这反应也太出乎意料了吧，至少应该说“你被辞退了”，或者利用权力骂她折磨她。总之她认为一个领导，尤其是一个有前科的领导，不应该这么沉默，沉默让人害怕。

“陈总，这是专访的杂志。”秘书把《都市杂志》送来的几本杂志交给陈文栋。

“放那儿吧。”

对一个产品来说，设计的好坏直接关系着大众的接受程度，也就是销量。陈文栋很看重即将推出并要重金宣传的新款家具，所以这次凯莉亚回国再遇到他，他就发出了邀请，前提是要付酬劳的。这是陈文栋坚守的原则，工作不能和私人感情混为一谈。

贺晓棠听到“专访”二字，想到了柳苏苏，立刻问：“什么杂志？是柳小姐采访的那本吗？”

“是。”

贺晓棠随手拿起一本，翻到陈文栋访谈的那页，惊叫起来，插图是陈文栋和一个女人的背影，十分隐藏地把绯闻说成了情路坎坷，也许又是一段没有结局的感情，含沙射影。

“文栋，你看。”

“怎么了，这么惊讶？我又不是第一次做专访了。”

陈文栋拿过杂志看了，面色全失，署名赫然写着柳苏苏，而照片很显然是看电影那晚他和她的合照，这是一个阴谋还是——？

他拿起外套，走出去，贺晓棠跟过去说：“我跟你去。”陈文栋并没有反对或同意，他沉着脸一句话也没说，走到地下停车场开车出来。

到苏苏公司的时候，她刚结束和“牛魔王”的争论，气呼呼地准备辞职或者找个人吵一架出出气。

“柳苏苏，这是怎么回事？”陈文栋直接把杂志摔在苏苏面前。这则报道影响他的生活暂且不说，对于他策划的新产品的上市影响很大，有悖于他这场策划的初衷，为了这场策划他捐了一所希望小学，更做了大量正面形象的宣传，这下子等于美人脸上的锅灰，有碍观瞻，极度影响形象。

“陈总，真不好意思，这是个误会，我也刚看到，正想着怎么和您解释。”

“署着你的名字，你会不知道？”

“我真的不知道，我也奇怪。”

“别说了，算我看错你了，那天就是个阴谋，我是个傻瓜，还以为你真的能陪我吃饭看电影，原来都是假的。”

“文栋，你别动气，有什么说清楚。柳小姐，你们写这些，怎么不征求当事人的同意，何况用自己的照片炒作您觉得有职业道德吗？”

“我……”

苏苏一句话也说不出来，刚被人挑战了极限，现在又遇到这等狗血的事，办公室其他的人都看着，谁都知道，面前的陈文栋曾经追求过她，如今身边跟着另一个女人，向她兴师问罪。

“我要求杂志澄清，否则我的律师会把我的意思转达给你们。”

“好啊，让你的律师放马过来吧，就是我写的怎么样，照片是我故意靠近你让人拍的，这个回答你满意吗？”

苏苏气急了，听见“律师”这俩字，生意人果然没人情味，眼里就知道钱，不问青红皂白，苏苏觉得委屈极了，一腔苦无处诉，平白无故被人冤枉，不由得气从中生。

“很——满——意。”

陈文栋说完这三个字转身就走了，贺晓棠跟过去挽着他的胳膊，回头留了个意味深长的眼神。

办公室其他人错愕，前些日子还是被追对象，现在成了别人对付的对象，而且还带了个美女示威。大家都不禁同情起苏苏，看来豪门不好入，像苏苏这样的平凡女子也只能嫁个门当户对的男人，相夫教子。

苏苏疲惫地回到家。在小区门口看到徘徊的蓝颜，一见她就说：“今天住你这儿了。”苏苏直觉感到她和Peter之间出问题了。

事情还得从结婚前后讲起。

女人是容易被感动的，蓝颜是因为感动才嫁给了Peter，但是婚姻不是说感动了就幸福了。

蓝颜从北京回到苏州的那些天，杨磊还在纠缠。“说出那些话都是妻子逼的，但是我心里还是想着你。”

“杨磊，我告诉你，你不要再打过来了，我对你死心了。”

“颜颜，你听我说，我真的很爱你，这些天控制不住地想你……”

“够了。”

蓝颜不再相信杨磊，为了表示忠诚，她把这些事都告诉了Peter。当时Peter说“我相信你”，可是结了婚变成了他的女人，才发现Peter仍介怀这件事，经常查蓝颜的电话，有时候甚至去移动营业厅打通话记录单。

“你怎么还和他联系？”

“我没有，Peter，和你结婚后，我就没见过他。”

“这是怎么回事？”Peter把通话记录单扔在蓝颜面前。

杨磊在婚前婚后都打过电话，一开始蓝颜拒绝接听，后来来电频繁她接了，杨磊低声下气地道歉，说自己的妻子如何用离婚和孩子的抚养权要挟他，非让他说出那些话，他现在如何内疚和后悔，蓝颜还真有点相信了。

“过去了，别提了，我已经结婚了。”

“我忘不了你。”

蓝颜怕自己再掉进杨磊的陷阱，对着电话大骂了一顿，说以后别来找我。可是杨磊真是铁打的脸皮，不怕啐。

“我只希望和你说说话，偶尔见一面，我不会破坏你的家庭。”

“杨磊，你无耻。”这是蓝颜对杨磊说的最后一句话。

那些通话记录只能显示谁打了电话，聊了多长时间，可是不显示内容，不论她如何对Peter讲，Peter还是无法释怀。

“Peter，我希望你能相信我。”她往他身边靠了靠，搂住他的脖子撒着娇。

“让我怎么相信，我一直以为你不会再和他联系，谁知道……”他掰开了她的手，往前走了几步，坐到沙发上，目光射向那些通话记录。

“不相信就算了。”蓝颜小女人的愿望没有实现，她不知道婚前对她百依百顺的Peter婚后也是霸道的大男子主义。

“我最后再说一次，我和他没任何关系了，你若是不相信，我也没办法。”蓝颜气呼呼地回到房间打开衣柜收拾几件衣服，拉着行李就要出门。

“你去哪儿？”

“冷静一下。”

“这样你们联系就更方便了，是吗？”Peter从沙发上站起来走到蓝颜面前，看着她说。

“浑蛋！”蓝颜不由自主地扬起了手，很响地在他的右脸上留下了红掌印，然后打开门拿着行李走了，临走，狠狠地关了一下门，这声音一直在空洞的楼梯回荡。

于是蓝颜只能到苏苏这儿寻求安慰了。

两个被冤枉的女人，靠在床上吃东西无味，看电影没心思，聊天就气愤。

“男人真不能相信，我当初就不该冲动地嫁给Peter，结婚前把我当女神，结婚后把自己当皇帝，只要我眼珠一转好像就有奸情。”

“我刚为了他和领导吵了一架，却还是被他误解。另一个男人吧，卷走我所有家当，现在被人一脚踢开又想起我了，不知道是想过安逸的日子还是真心悔改？”苏苏觉得很累。

“我有时候很恍惚，不知道结婚为了什么，难道仅仅是解决后代问题，还是生理问题？”

“我觉得我差一点就投入陈文栋的怀抱了，他却一句话把我打蔫儿了，我想原谅叶峰，但是他一句话把我好容易唤起的激情打散了。”

“叶峰这小子还敢回头，打他个下半身残废。”

“杨磊回头，你会怎样？”

“他妈的，我被贴上了别的男人的标签，他敢回来勾引姑奶奶，我搞得他全家鸡犬不宁。”

两个同病相怜的姐妹各自分析了男人，身边的男人的本质，将他们骂了个狗血喷头，最终得出结论，男人都容易犯贱，你对他好的时候他不珍惜，你掉头拽起来，他反而跟哈巴狗一样跟着你。比如犯贱的杨磊，比如后悔的叶峰，比如婚前婚后态度大转弯的Peter，比如吃硬不吃软的邢刚。

这些天杨磊又骚扰蓝颜了，言语之间全是寂寞，一个和妻子毫无共同语言只有夫妻亲情的男人，在出轨几次之后便觉得习以为常，女人只要哄两次，逢场作个戏，在甜言蜜语海誓山盟的攻击之下，女人肯定就心软了。叶峰也不断以可怜的形象出现在苏苏的视野里博得同情，因为他知道苏苏最见不得他受苦。

记得曾经一次，叶峰意外遇见初恋对象，只是多说了几句话，就被苏苏打入冷宫几日。结果他胡子不刮，家里不收拾，故意制造一副没有苏苏生活被颠覆的糟糕形象，结果苏苏当下二话没说就拿起衣服洗了起来。

“苏苏，原谅我。”叶峰拿出他不知道哪里倒腾的两万块钱交给苏苏，说是偿还当初卷走那五万块债务的，虽然不多，但是会陆续还上，还故意塑造省吃俭用的形象，苏苏心疼地把钱又给了叶峰。

“你拿着吧，我现在不需要钱。”

“苏苏，我不是有意非把你的钱带走。你知道咱俩攒在一张卡里，我走的时候带走了，都怪我当时被乔乔迷惑，才做出这等事，我保证不会再有下次了。”

“不能喝酒就不要喝，对你的喉咙也不好，还伤身体，多吃点饭，别整天凑合。”

苏苏说出这番话，觉得他们仿佛没有分开过，她对叶峰太熟悉了，以至于分开这么长时间，还能猜出来哪个时间段他在干吗，他有没有喝酒，他有没有吃饭，有没有再……

“我就知道你还关心我，再给我一次机会，我会证明给你看，我真的会改。”

有时候浮现的是他调皮的一面，非抢她碗里的饭，有时候想起他贴心的一面，他没钱的时候给她买过一串项链，有时候会想到他恐怖的一面，他怒吼的神情，他暴力的一面。苏苏无法就这样再牵起他的手，幸福的同时也有担忧和害怕。

这些天每次面对“牛魔王”，苏苏都有种冲上去实施暴力的冲动，她觉得自己不能再这么继续下去了，必须给自己找条后路了。

“老赵，最近好吗？”

苏苏寒暄几句后便逐渐引入这厢的明争暗斗想要另谋生路，问问老赵那边需不需要人手，新官上任都不好做事，再说有个熟人好办事。

“苏苏啊，过段时间吧，现在这边已经人满为患了，也在整顿裁员中。”

苏苏一听没戏了，到处求人最难受，难不成又要重新找工作？还是继续留在“牛魔王”身边？正在苏苏一筹莫展的时候，电话响了，她接起来，听着那边声音那么熟悉。

“你好，请问您是哪位？”

“苏苏，我是老朱啊，怎么连我的声音也听不出来了。”

老朱？现在这么谦虚，以前张口闭口都是朱总我怎么怎么样，难不成下台了？苏苏想着。

“杂志社最近不景气，小曹能力有限难扛大旗，好多读者打来电话说质量不如以前。现在老板也为难啊，你能过来帮小曹一段时间吗？薪水都好说，绝对不会亏待你的。”

“朱总，您客气了，您知道我能力有限，扛不了大旗，要不我怎么一直副着，我觉得小曹还是挺有能力的，毕竟很少有人能从小编直接坐到主编，这得多大的能耐才能办到的啊。虽然，我很想再为杂志出一份力，但是我现在在别人手下，也腾不出空，就算是辞了到咱社里……”苏苏顿了顿，说：“我不想再重新找工作了，像我这种能力真不是说找就能找到工作的。”

说完，苏苏觉得出了一口气，连带这段时间的郁闷都夹杂进去，心情畅快了许多。

“能一起吃顿饭吗？毕竟同事一场，也好久不见了。”

苏苏很想拒绝，狠狠地拒绝，但是听老朱的声音有些低沉，低沉的沧桑，不禁动了怜悯之心，或许真应了自己的诅咒，杂志社要倒闭了。

老朱倒是没有多大的变化，还是油亮的头发，发福的将军肚，唯一的变化就是客气了。

喝茶聊天寒暄了半个钟头，老朱一直没有切入正题，苏苏知道这顿饭不仅仅为了叙旧这么简单。

我不说，也不着急，看你能挺多久。

继续寒暄，询问各自状况，包括苏苏的绯闻，最后等到茶也凉了，老朱终于忍不住说：“苏苏啊，杂志社面临倒闭的危险，现在销量越来越不如从前了，你是元老，对杂志的发展和风格掌握得最到位，我想请你回去，你放心，你是主编，小曹协助你，薪水方面翻倍。”

条件很优厚，钱的吸引尤其大，在外混就得能屈能伸，看人家老朱多有大丈夫之风范，你苏苏是不是太小气了，以前的事还放在心上。那本杂志毕竟自己经手多年，感情深厚，有时候路过报摊都忍不住翻看一下，然后嘟囔一句这个应该怎么做，这个颜色太不搭了，这个稿子不是这么用的。她是真想回去把这个走入歧途的婴儿重新领回正道，但是人在江湖身不由己，她说了句：“朱总，让我考虑考虑。”

难道这是个机会，从“牛魔王”的身边撤走，然后重新做自己喜欢的杂志？升职加薪，这是多少人梦寐以求的喜讯。

回家就找蓝颜商量了，蓝颜说：“回去呗，条件那么好，但是你要签合同，一签几年，如果无故解约就要赔偿金，这样他们不敢再轻易把你一脚踢开。还有，你要有你的要求，不要让人觉得你多希望、多缺这份工作，完全是看在共事一场的分上。”

“我想好了，回去之后我尽量低调行事，不过度热情也不过分冷漠。”

“聪明，不愧是柳苏苏，做人做事就是绝了。”

“但是这样回去会不会被人看不起？”

“社会，就得能屈能伸，人家扔过来的飞镖，你得想办法怎么接住，而不是用什么挡回去。”

“明白。”

苏苏太希望能有一本杂志的决定权了，听从他人命令，尤其是不靠谱的命令是一件很纠结的事情。

苏苏沉默了一段时间，老朱多次打电话询问结果，几次之后苏苏觉得时机成熟了，终于说：“朱总，我也希望能为杂志社出一份力量，毕竟也有我的心血在里面，但是我希望我们双方能签订一份合同，这样对公司和我都有保证，还有我需要几天处理这边的事。”

老朱说：“苏苏，欢迎你回来，以后我们又是同事了，共同努力办好杂志。”

一听说苏苏要回来，马上换了领导的口吻，看来以后需要面对的事情还很多。

“朱总，我希望我们能长期合作，而不是三两天的帮忙。”

“那当然，你放心，以前全是误会，公司毕竟也有公司的制度，不会亏待每一个对公司忠心职守的员工。”

苏苏打了辞职报告交给“牛魔王”，那时“牛魔王”正在接一个电话，苏苏看到他好似在和谁争吵，但又无可奈何。

“苏苏，坐。”

“主编，这是我的辞职报告。”

“是不是我最近对杂志的态度让你做出了这个决定？”

“不是。”

“我知道你一直对我有意见，我对自己也很有意见，如果我是你，我可能早就走了。但是我想请你再考虑一下，我欣赏你的专业。”

“我已经考虑好了。”

“牛魔王”点了一支烟，苏苏第一次看到他抽烟，原以为他不抽，没想到烟灰缸里满是烟头。

“说实话，我也是迫不得已。”

“牛魔王”很无奈地讲述了自己这段时间令人反感的所作所为。

他也只是个棋子，高层斗争的牺牲品。《都市杂志》是一家民营企业所办的杂志，这次整走老赵主要是以前老赵挤走的主编现在杀回来成了社长，这点老赵并不知道。其次与赵老有关的栏目，尤其是他心疼的《可圈可点》成了牺牲品，而苏苏作为老赵身边头等红人势必要首当其冲地接受最残酷的批斗。

“我调换样刊一是找个理由让老赵走人，二是让他走前最后一次心血不要白费。”

“那你也应该有自己的坚持，整来整去的有意思吗？”

“我希望你能理解，留下来，杂志还需要你。”

办公室最喜欢玩的一种游戏就是整人，你方整过我登场，看谁倒在谁的战场。如果一开始苏苏仅仅是对“牛魔王”反感，现在则是对整个杂志社的反感。

她想她必须要走了。

“感谢您的赏识，我的辞职和工作无关，是一些私事，所以恳请主编批准。”

其实说批准也是客气一下，人往高处走，有了落脚地还在乎批不批？苏苏觉得最起码的尊重还要给人家，就算他已经不值得尊重了，但她还在这里一天他就是她的领导，该有的礼数不能少，但是她也不是软柿子，雷厉起来风雨无阻。

“牛魔王”不准，几次三番下来，她自己批了自己，搬了东西走人。

这些天Peter忍不住又来找蓝颜回去。但是尝够了婚姻的苦之后，蓝颜还是喜欢单身的生活，尤其是和自己的姐妹在一起，该吃吃该逛街逛街，一起做美容，一起健身，晚上卧谈某男某女，简直是人生一大快事。何必要跟一个怀疑自己的男人缠在一起，还得想着做什么饭喂饱他。

“做精致的女人就要单身，否则牵挂太多了。”

单身的人想尽一切办法结束单身生活，有伴的人又想尽办法恢复单身。单身多好，可以和N个异性保持暧昧关系，并试图在其中选择一个自己满意的重点培养。

“Peter正是因为太在乎你，他没有自信拼得过杨磊，所以在意你与杨磊的一举一动，没有的事也要说出事来，原谅他吧，姐姐我当年也这样神经过。”

苏苏回忆起那段时间，总是借题发挥以使对方更在乎自己，有点风吹草动就肆意扩大影响，然后离家出走盼望男人道歉哄她，但是结局总是自己犯贱地说“我以后不会再任性了”。那情景就像现在，蓝颜不是那么在乎Peter，甚至觉得有些举动不可理解更不可原谅，而Peter在乎得总是胡思乱想加上胡作非为。

过了两天，Peter又过来负荆请罪了。那天他拿着一束花，还是玫瑰，像个受委屈的小男人一样送到蓝颜眼前：“老婆，是我不好，我已经反思过了。”

“阿嚏”，蓝颜的鼻子又受到了玫瑰花的刺激，“不是告诉你什么花都能买，就是不能买玫瑰吗？”

Peter委屈地说：“玫瑰代表爱情，难道你不接受我？”

蓝颜嗔怒了：“过敏，你知道吗？”

苏苏再添把火：“Peter，这就是你不对了，在一起这么久你都不知道颜颜的鼻子对玫瑰格外敏感？还不赶紧把花扔了，接她回家。”

苏苏知趣地灭了自己这个灯泡，一边凉快去了。

Peter高兴地把花扔在一边说：“老婆，我送你其他的花，你等会儿。”

过了没多久，消失的Peter又出现在蓝颜面前，这次是一大束的百合，蓝颜接过百合，说了句：“怎么才来，好几天都没睡舒服了。”

Peter眼冒邪光，凑到蓝颜耳根轻说：“是不是晚上没我折腾，睡不踏实啊？”

蓝颜羞赧地一笑，脸红了一半。

蓝颜走后，苏苏又是孤家寡人，白天忙杂志，晚上忙杂志，这本杂志几乎成了她的全部，无暇去想陈文栋，更无暇管叶峰，无论叶峰怎么骚扰，苏苏就是不接电话，让他彻底地在感情的轮回里忏悔吧。

苏苏看了一下时间已经十二点了，又是新的一天。终日的伏案工作颈椎和脊背酸痛，她舒了个懒腰，关上电脑想睡觉。

但上床后，辗转难眠，她想起一句话，“寂寞的日子总是习惯看天”，现在的天空没有星星，没有月亮，阴着，黑着。

苏苏翻了个身，试图使自己静下来，心情颇不平静，预感好像有场暴风雨袭击。

叮叮当当地来了一条短息：“也许你一直觉得我不够爱你，但是你从来没走进我的心里。七年，没有感觉谁能坚持？这次是我的错，也正是这样让我更想珍惜你，更看出你的珍贵。两个人在一起时间太长，有些优点也许都看成了缺点，也许看清有些事情需要花点代价，你是我生命的二分之一，是上天给我的最大惊喜。”

这条很长的短信看完更无法入眠了，在这难眠的夜里忽然也有点思念叶峰了。她忍不住回了一条：“这代价是不是也太大了？”

叶峰一个电话打过来了，苏苏犹豫了一下拒接了，又响又拒接，再响。

“很晚了，有事明天说吧。”

“苏苏，我们在一起那么长时间，高兴的不高兴的事情都发生过，过去我对你确实关心不够，你给我一次机会，我们重新开始，我父母和你父母都盼望我们能和好，我们再试着相处一段时间，给彼此一个机会。”

“我真的不确定你是否悔改了。分开的这段时间我不断思考我们之间的问题，我觉得我一直高估了自己，我以为你会改变，只要我对你一直无私地好下去，你就会爱上我，就会感动，可是事实上我们的爱很脆弱，很不堪一击。有些回忆是痛苦的，我知道我放不下你，有时候我怀疑我爱得有些扭曲了，我甚至希望折磨自己唤起你的疼爱，可是结局总是出人意料。我真的很累了。”

“苏苏，我是真的意识到自己做得不够好，真心想和你重新开始。”

苏苏说了句“困了，晚安”，就匆匆挂了电话，她不能控制自己的情绪了，又想到很多很多的往事，这些往事搅乱了她的神经。

从二十二岁开始谈第一场恋爱，学着去爱，在二十九岁的时候对方突然全方位撤退，爱情倒闭，现在重新投资，难道就能起死复生吗?

有一句话怎么说的，该珍惜的时候没有珍惜，一旦失去了才后悔莫及。那些痛过的痛，那些爱过的爱，那些自以为是的天真无邪，那些死于非命的地老天荒，像匆匆而过的风，来不及感觉已经飘逝。

失去才回忆，才追悔原来蹉跎了许多岁月，才知年少无知的冲动错过了许多风景，一年又一年，时间再久，也挽不回那些溜走的岁月。可是就有人疯魔了似的找寻，还笃定地相信能够回到过去，他和她过着神仙眷侣的生活，只要他照着她要求的样子改变就行了。回不去的东西很多，感情只是其中之一，等你的爱放久了也是会变质的。

叶峰和乔乔在一起之后，沉溺在她的激情中，时间长了，种种撒娇成了无理取闹，埋怨和男子尊严同时升级。他开始想苏苏的默默无闻，每天缠着他给他洗脚，她端来洗脚水，他还调皮地逗她；有时候半夜饿，苏苏会被他折腾起来做饭两人抢着吃；有时候睡觉醒来发现苏苏静静地看着他，说看他熟睡的样子觉得很幸福；有时候他喝醉了吐得衣服、床上都是，她会端来汤给他醒酒，为他换上干净的衣服、床单，一直守在他身边。在苏苏面前叶峰永远可以无理取闹地要求，她可以原谅他的一切。可是当时就是因为这样的没有要求没有压力，他才觉得生活没有动力，没有激情，才离开了她。他一点不担心她会难过，他觉得她可以生活得很好。

人有时候就是喜欢受虐，对你死心塌地你不闻不问，对你百般刁难才觉得生活有趣。爱情的保鲜期过了，男人的自尊心要求你必须站起来的时候，时间要求你必须成熟起来的时候，才知道谁适合你。你想像捡麦穗一样把错过的那颗最好的捡回来，说不定早就被人捡走了。

早晨的闹钟叮叮当当把苏苏吵醒的时候，昨晚的辗转难眠换来了早上的昏昏沉沉，她看了看外面阴暗的天空，想着出去一定带把伞。

苏桂枝又打来电话问她和叶峰的进度，言语之间都是在教育苏苏“浪子回头金不换”，贵在知错能改。苏苏听多了，有点烦，不知道她找男朋友还是找犯罪分子。

下楼之后，柳苏苏才想起来，还是忘记带伞了，在这点上她一直认为自己不够女人，起码不会下雨不下雨有没有阳光，必备一把伞矫情地装饰。

她知道也许走到半路就会下雨，但是她偏偏不会为了拿把伞迟到，哪怕一两分钟。新上任，有时候受点皮肉之罪也能收买人心。

果然不出所料，她到办公室的时候头发像刚洗过一样，换了刻意放在这里以备不时之需的衣服，打着喷嚏，继续工作。

“文辉，这个版块大样我已经构思出来了，你看看。”

“一晚上？效率真高。”

曹文辉惊讶苏苏效率的时候，注意到她一直在打喷嚏。

一会儿端来一杯热水：“苏苏姐，感冒了要多喝热水。”

“没关系，工作要紧，谢谢你。”

“苏苏姐，以前我有哪些做得不对的地方，您别放在心里。”

加班到很晚她才下班，走出去的时候天已经黑了。雨还在淅淅沥沥，江南就这点好处，无时无刻不是雨景，可惜苏苏在苏州几年都没学会时刻带伞。

走到十字路口的时候雨下大了，她把包挡在头上拼命往前跑，忽然感觉头顶支出来一片晴天。

苏苏把包拿下来，露出眼睛看到了叶峰。

“你怎么在这儿？”

“想到一些事情，很想再到拐角那家小吃店坐坐。”

那家店她没少去，但自从他离开后再也没吃过那里的包子，再没喝过那里的牛肉羹。

“哦。”

突然间的沉默，两人各自想着一些事情，关于种种美好浮上心头，苏苏保持着一定距离和叶峰在同一把伞下行走。突然叶峰搂住苏苏，把她揽在怀里。她挣扎了两下闻到了叶峰身上熟悉的气味，身体亲密接触，回忆铺天盖地，泪水悄无声息地流下来了。

“为什么，为什么，为什么？”苏苏捶打着叶峰，她渴望的温度已经冰冷了太久。

陈文栋并没有让律师追究苏苏的责任问题，但是也想不通她这么做的理由。

贺晓棠想了多种方法弥补陈文栋这次绯闻所造成的名誉损失，开记者招待会澄清，或者出钱让其他有影响力的杂志正面报道辟谣，再或者说服柳苏苏公开道歉，她甚至不惜和陈文栋假复婚平息此事。

“这件事你不要管了，我来处理。”

“可是……”

投资商对陈文栋这次绯闻造成的不良影响也深感头痛。国人一向最重人的品质，而这次的策划主题就是“专一”。首先策划方领导就是一个滥情的人，这商品推出去还不被对手公司抓住把柄大肆做文章？

苏苏和叶峰又和好了，但是她怎么也接受不了叶峰的亲密动作，两人依旧是各自回各自的去处，保持适当距离是感情的催情药。苏苏仿佛又回到了二十二岁初恋之时，挤出时间等待一个费尽心机的约会。只是如今的约会已经没有心跳的感觉，也不再兴奋得睡不着了。

又一次约会，苏苏路过“碧海蓝天”的时候很想进去，就跟叶峰提议去坐一坐。

依旧是那个位置，她习惯地向周围看了看，这次真没了那个身影。不见更好，绯闻的事她自己也无颜面对陈文栋，署名到底是自己。

“你在看什么？”

“哦，没什么，我去下洗手间。”

苏苏不断想起几次在这个小地方发生的事，采访、聊天、调侃、冷漠，还有争吵，一切都历历在目，忍不住笑了下。当她意识到自己笑了的时候，内心不禁害怕起来，柳苏苏，难不成你真陷进去了，现在你可是又选择了叶峰。

叶峰牵她的手离开，还真是冤家路窄，偏偏在门口碰到了陈文栋和贺晓棠。苏苏紧张地抽回自己的手，不知道该放哪去，把包捏在手里。

陈文栋招呼都没和她打，就和贺晓棠肩并肩走进去了。苏苏看着那背影，觉得般配得很。

贺晓棠找苏苏，说上次绯闻的事对陈文栋的事业造成了很大影响，现在投资商纷纷想撤资，要她公开道歉，承认自己有失职业道德，违背良心写了那些绯闻。或者她要苏苏写个续，把女人的背影说成是陈文栋前妻，塑造陈文栋对前妻一往情深，多年仍不能淡忘之类的痴情形象。

苏苏不想把陈文栋推进前妻的怀里，她那么写就等于民国时期登报宣布订婚或者结婚，说不定在舆论之下，两人真的会复婚。

她搞不懂自己怎么会这么想。女人有时候就是霸道，霸占碗里的，锅里的也不允许盛到他人碗里，哪怕吃不下了。

公开道歉就是承认自己写了假稿子，无疑会是她职业生涯中永远抹不去的污点，也说不定老朱宁愿倒闭也不敢再起用她了。饿死事小，失节事大。这却是失节饿死的双重大事，苏苏还是慎重地摇了头，绝对不可以。

一边是自己的声誉和饭碗，一边是他的事业，苏苏很纠结，想得头都爆了也没想出个所以然。

贺晓棠说：“你想好怎么写，完了给我，我负责发表。”

下班了叶峰来接苏苏回去，他们到街角的小吃店吃饭，老板亲切地说：“怎么好久没见你们过来了，这次还是一笼包子，一碗面，一碗八宝粥吗？”

半个月的相处，苏苏感觉叶峰已经不是当初的叶峰，她也不再是以前的苏苏了，感情又回到了七年之痒，不温不火地进行着。

反而这段时间对陈文栋的思念越加浓郁起来，他是否还怪罪自己，看到他们和好是否会有一丝吃醋？也许他和贺晓棠早就暗渡陈仓了，她气愤地想起贺晓棠得意的样子，一副陈文栋代表找她谈判，不，是命令。

好，我写，自保了还能成全你们这对狗男女。

写完打印出来揉成纸团扔进垃圾桶，便宜了你们，何不不要脸地揭露陈文栋对自己的感情，当然这个想法闪一下就被枪毙了。

“小李，你把这个稿子交给‘牛魔王’。”

苏苏没有给贺晓棠，她想好了，这个稿子不但替“牛魔王”解围，又完成了对付她的大计，还可以增加销量。

“什么？”

“没什么，一篇稿子。”

文章以“牛魔王”的名义而写，主要是“真诚道歉，澄清莫须有的绯闻”，加上柳苏苏因为稿子有失水准，违背职业道德已被开除。

“牛魔王”告诉小李，这个文章他不会用的，这不但证明自己用人不准，还诋毁了杂志。绯闻是他发的，但是没有必要把一件小事搞得这么复杂，如果这么说，得有多少小报社面临官司和破产？

苏苏亲自恳求“牛魔王”一定发这篇稿子，他不就想增加销量吗？炒作的结果不就是名气？

“我不明白你为什么诋毁自己。”

苏苏想，还不是你的猪脑子遗留的问题，要不然我何至于牺牲自己擦这种屁股？

贺晓棠那段时间一直催苏苏做出决定，苏苏只是在杂志进印刷厂的时候跟贺晓棠说了一句：“你让我选择的已经在杂志里了。”

贺晓棠断然没有想到她看到的是这样一个结果，人人都要自保，何况这对她和他以及她都有好处。她有点恨柳苏苏，冒出一个念头——“来者不善”。贺晓棠还盘算着利用投资商和宣传的导向让她和陈文栋复婚，在没接到苏苏的准确答案后，她孤注一掷找了另一家报社的熟人，提供了一张自己的照片。

贺晓棠并没有把这次公开道歉的事告诉陈文栋，女人的嫉妒心是很强的，即使另一个女人很惨很惨了，她也不希望所爱的男人安慰或者感动。

老朱看到这本杂志的时候，苏苏已经准备辞职了，她知道商场如战场，输了一点儿，就等于任人宰割了。

看来二十九岁升职加薪和桃花运都不准。

“苏苏，说实话，我不相信这件事是你所为，不过发生这样的事我们这个小庙很难再容你这尊大佛。”

“朱总，这是我的辞职信。”

老朱拿着辞职信，直接撕了，说：“这是你第二次递辞职书，我不希望会有第三次，虽然事情糟糕了点，但是我相信你，如果你肯改个笔名，或者你说出困难，我可以帮你。”

苏苏很感动，她一直以为老朱就是一见风使舵见利忘义的小人，关键时候挺了自己，真小人比伪君子好多了。

世界上的事总是出其不意，你认为会落井下石的人反而拉了你一把，你认为会帮助你的人则推了你一把。

陈文栋知道这则新闻是当大大小小的记者把公司入口围得水泄不通时。有记者说他也拍到过这张照片，只是太模糊没用，所以应该不是子虚乌有的事。《人乐》杂志刊登的文章说是您的前妻，请问对此事您作何回答？还有记者觉得陈文栋小题大做。陈文栋莫名其妙，贺晓棠一副经纪人的模样兵来将挡水来土掩，陈文栋在人墙中逃走了。

陈文栋找到柳苏苏的时候，正好碰到叶峰接她下班，苏苏挽着叶峰的胳膊看上去很是亲昵。

陈文栋拉过柳苏苏就问：“谁让你发什么声明？你以为自己很伟大吗？”

叶峰一副挑衅的样子，把苏苏拉到自己身边。

苏苏不知道该说什么：“我只是做了正确的事。”

叶峰发话了：“有什么说的，你搞清楚，她现在是我女朋友。”

陈文栋根本不理会叶峰，依旧说：“我不需要你这么做，我只想知道什么是真什么是假？”

苏苏苦笑：“我写的都是真的，我没写过的也未必是假的。”

叶峰说：“陈总，你说够了吗？”

苏苏拉着叶峰：“我们走。”

陈文栋看了心里很不是滋味，好像有人抢走了自己的宝贝，他很想走上去狠狠揍叶峰一顿，把苏苏抢过来，但是女主角没给他这个权力，他只好忍着。

回到叶峰住处，苏苏刚进去还没换拖鞋，叶峰一个耳光扇过来：“我让你犯贱，你看上那小子了是吧？”

一脸错愕的苏苏怒道：“你神经病啊！”

“我就是看不惯你那副贱样，他哪点比我好，值得你这样！”

“他哪点都比你好。”

这句话激怒的又是一个响亮的耳光，苏苏想这次的决定一定是错了，她怎么还没记性，难道从一年两次减到两年一次，叶峰的这种暴力行为就值得庆幸，就能原谅了吗？

苏苏总是在快乐的时候想到各种快乐，在难过的时候想到各种难过。

他忘记了她的生日；他和兄弟们喝酒聊天，把她丢在下雨的半路上；他和她吵架了，她觉得他不爱她；苏苏又怨妇似的觉得，那么那么多的爱换不回来一点一点的疼爱。

有些东西等你回头已经发霉变质了，等你想起来的时候已经过期了。

苏苏不做表情地面对着叶峰说：“我们之间到此为止，从过去到现在到未来都不会再有关系了。我很感谢你给我上的一课又一课，五万块钱就当学费了。”

她说完转身就走，叶峰一把将她拉过来，男人有力度的手掐得她胳膊上细嫩的皮肉生疼，苏苏试图把胳膊抽回来，但是在力度上一个女人到底也敌不过一个男人。

“你什么意思？想来就来想走就走啊，你把我看成什么了，五万块钱我根本没打算还给你。”

“是你想来就来想走就走，你和别的女人好上的时候告诉我了吗？”

“别扯那没用的。”

苏苏的胳膊已经出现一块淤青，她委屈地把胳膊从叶峰的手里抽了回来，捂着手臂上的淤青，四目相对，不知所措。就这样无言地对抗了大半个小时，苏苏情知这么下去多说无益，“叶峰，让我们都冷静一下。”

“贱。”

这是苏苏临走前听到的最后一个字。

陈文栋在看到苏苏被叶峰拉走之后，一颗心像在锅里煎的小黄鱼，熬出来都是煎糊的黑灰，好似尘埃，该拂下去了，而这段无果的感情应该放下了。

他回到家拿出钥匙准备开门，贺晓棠已经打开了门，笑着说：“回来了。”拖鞋就在脚边，衣服被接过去，一切都妥妥的。

“没吃饭吧，听见你回来的声音，我就让张妈热饭去了。”

原来车开过来的声音也可以作为一种信号。两个人吃着饭，各怀心事。

陈文栋问：“《人乐》杂志的照片是你提供的吧？”

“是。我不想你的名誉受损，怎么说我们也夫妻一场，等平息了这段风波，我会全身而退，你放心，我不会再纠缠你。”

“不。”

陈文栋说出这个字，短促的发音强而有力，贺晓棠一愣。

“我们复婚吧，通知媒体。”

“文栋？”

“我没开玩笑，我想我们已经错过很多年了，没必要再这么僵持下去。”

这个晚上，贺晓棠躺在陈文栋的大床上，却被陈文栋拒绝了。尽管玫瑰色的吊带睡衣衬托出她妖娆的美，露出锁骨的脖颈，白皙的皮肤，美得让人窒息，然而他却毫无心思。

陈文栋点了一支烟，寂寥地抽着。

贺晓棠说："你知道吗，离婚没多久我就后悔了，只是那时不肯承认没有你活不下去，一直撑着，直到相思春风吹又生地来了一茬又一茬，才孤注一掷飞回来找你。"

陈文栋陷入了自己的沉思，贺晓棠说什么他根本没有听进去，只是"哦""是吗"地应着。他不知道柳苏苏是不够勇敢，还是仍然陷入上一段感情自拔不了？

有些爱来得太慢，有些爱走得太快，总是不合节拍。

苏苏本想和叶峰顺利地结婚，完成人生一半的大事，然而每次走到一半都无法继续以后的路，合久必分，分久必合，合合分分。

"柳苏苏，坚强一点。"她不想再想叶峰了，这会让她崩溃。暴力、骂人，都让人鄙视，可是爱为什么什么都能包容？这些缺点又不是第一次暴露，为什么能一而再再而三地原谅，被爱遮住的盲目的双眼应该滴点"珍视明"了。

"牛魔王"发短信过来问苏苏有没有空赏光小吃一顿，苏苏乐得有人陪。

"现在咱也不是上下级了，我以后该称呼你老牛了。"

"我知道背后你们都称我为'牛魔王'，只可惜没赐予我一个铁扇公主。"

"找我有事吗？"

"没事就不能吃吃喝喝吗？"

闲扯等于浪费生命，苏苏不想死得太早，琢磨点主题聊聊，于是想到了小李，一个诉苦被压抑被剥削的员工。

"你一大老爷们，虽然位高权重，也不能欺负小女孩，我走之后不知道你有没有折磨小李。"

"折磨？我有那么可怕吗？你觉得我所做的都是折磨？"

"难道不是吗？"

"我知道这个社会对懒惰和不思进取是大力赞赏的，只有严格和上进是备受歧视的。”“牛魔王”居然说他看好了小李是个可塑之才，单纯地想要帮她一把，其实不存在折磨，只是男人的怜香惜玉。

男人心，海底针。就像苏苏不了解陈文栋，看不透叶峰一样，她不明白男人是何类动物。

苏苏有点鄙视自己，总是拿不出勇气，小的时候暗恋班里的帅哥就不敢表白，现在同样拿不出力量向陈文栋狂奔去，狠狠地踹叶峰一脚，让他见鬼，见阎王去。

陈文栋和贺晓棠复婚的消息很快席卷了整个苏州，新闻和报纸杂志都在报道这段重新拾起的缘分。贺晓棠高调地和陈文栋参加各种活动，陈文栋趁机打出新品牌新产品的消息。

蓝颜问苏苏：“你没事吧，虽然叶峰让人太失望了，好歹也是一个男人，在这个时候肯定能给你温暖。”

“温暖个屁，我宁愿他大发慈悲放了我。”叶峰的纠缠没完没了，时而忏悔时而疯狂，活像半斤天使加八两魔鬼。

“那你还一激动扑进他怀里？”

“我犯傻，脑袋抽筋。今后不会了，我会把‘珍视明’时刻带在身边，看男人的时候会擦亮眼睛。”

陆建国也来凑热闹说：“苏苏啊，你怎么就不挑个好男人，至少我退出了也能体现出自己的品位。”

“你就在慧慧的怀抱里做春秋大梦吧，少操心我的事。”

苏苏一直怀疑陆建国的心思，每次感情世界里有个风吹草动他总能一个电话遥控这边的发展，但是苏苏始终不觉得陆建国在自己的感情世界里存在过。

陈文栋和贺晓棠的照片很明显地刊登在各大杂志的封面上，这个社会的新闻都是作秀的，换个人复婚，哪怕三婚五婚也没人关心，这些新闻都和利益挂钩，越是这样，来势越汹涌。苏苏不想看到陈文栋搂着贺晓棠的照片，偏偏她走到哪儿都能看到。

“小姐，买本杂志吧，陈氏集团总裁和前妻复婚的爆炸新闻。”连报摊的老大爷都来推销。

“二婚有什么好看的？”苏苏一脸的不高兴。

叶峰堵在苏苏家门口，非要苏苏和他回去，他拿了一束玫瑰花，一直道歉。

七年了，除了刚恋爱那会儿收过一束玫瑰，这大概是叶峰第二次送花。倒退哪怕半年苏苏都会高兴地收下，还得假装嗔怒道：“花这冤枉钱干吗？”然后给叶峰大大的一个吻。可是半年之后苏苏学会了拒绝。有些事情看似美丽，却是枯萎的蔫了的花骨朵，等不及开放就萎下去了。

苏苏上楼梯叶峰就跟着，苏苏走到别的地方叶峰也跟着，她有些怒了：“你到底想干什么，让我静一下行不行。不要你想来就来想骂就骂，我也是个有感情的人，我也有自己的感觉，我已经累了，你先回去吧。”

叶峰死皮赖脸地跟着苏苏：“我知道打你是我不对，我这不也是在乎你吗？看到别的男人和你拉拉扯扯，我当然会吃醋，这都是爱你。”

听听，多冠冕堂皇的理由，爱你就要扇你耳光，如果这就是爱，那她情愿不要，苏苏想。

苏苏心里烦透了，陈文栋，陈文栋，满脑子都是陈文栋，她根本不想理会叶峰，而且越来越讨厌。

叶峰把花塞给苏苏，说了句告别的话就走了。

陈文栋和贺晓棠就要复婚了，他会属于她，想到这里苏苏头就特别的疼，心也疼。她坐立不安，盼望着陈文栋来到她身边对她说：“如果你不想我复婚，我愿意待在你身边。”多可笑的心理活动，给你的时候你不要，总是在失去以后才知道珍惜和拥有。

“苏苏，勇敢点，追回来，不就是一句话的事吗？难道你想让自己后悔？”她站在镜子面前对自己说。

“你爱他吗？你非要得到他吗？没有他你会不会难过？没有他你的生活会不会失去乐趣？”

答案是肯定的。苏苏，你把他追回来。

她的内心不断强迫她遵照内心的意愿行动，她想理智地处理，可是冲动是魔鬼，这个魔鬼战胜了理智。柳苏苏非要找到陈文栋，不管此时此刻他在干什么，身在何地，她唯一的念头就是告诉他，她不能失去他。

苏苏要喝很多的酒，她想让自己失去理智，无论多出丑都不觉得丢人，无论多么肉麻的话都能说得出口，她只有求助于酒精的挥发了。

陈文栋忙于应酬喝了很多酒刚回到家，贺晓棠在准备婚礼的事，两人想再简单举行个婚礼party，到时也可邀请商界的朋友，和新产品上市的喜讯同时发出，应该有轰动的效应。

而且近日陈文栋受邀参加一个太太慈善拍卖会，即是所有商界有名望的人物都将自己的“奇珍异宝”拿出一件拍卖，届时会将所得善款全部捐给汶川灾区。贺晓棠也准备届时风光一把，好好准备几件“奇珍异宝”。

陈文栋把领带拽下来，洗了把脸清醒一下就躺到床上了，贺晓棠走到他身边娇嗔地说：“以后别喝这么多了，对身体不好知道吗？乖，洗个澡再睡觉。”

陈文栋伸了伸懒腰说：“太累了，今天不想洗了。”

“不行，满身的酒气。”

“真不想去。”

正在这个时候，另一个一身酒气的人在外面大叫：“陈文栋，开门，你出来，我有话对你讲。”

“陈先生，柳小姐在外面。”张妈慌慌张张地跑过来，苏苏手里还拎着一瓶酒，她是下了车才在陈文栋的别墅门口吹了一瓶，是白酒。

陈文栋听张妈说苏苏在外面，酒醒了大半，又想苏苏应该和叶峰在一块，遂说：“张妈，你什么时候学会幽默了？”

“是真的，柳小姐手里还拿了一瓶酒。她在门口大叫你的名字。”

陈文栋立刻从床上爬起来，贺晓棠更是机警地站起来，随陈文栋走出去。

苏苏正在大门口嚷嚷，还唱着彭佳慧的《相见恨晚》，醉酒的调调别有一番风味。

你说是我们相见恨晚
我说为爱你不够勇敢
我不奢求永远，永远太遥远
却陷在爱的深渊
你说是我们相见恨晚
我说为爱你不够勇敢
在爱与不爱间，来回千万遍
哪怕已伤痕累累，我也不管

苏苏看到陈文栋出来了，她跌跌撞撞地走过去，尽量让自己保持稳定的姿势和流畅的语言。

“这首歌好听吗？我是唱给自己听的。我一直以为……”苏苏打了个嗝，酒气翻上来，她捂住了嘴巴，陈文栋扶着她，“喝这么多酒干吗？”“别打岔，我还要说，”苏苏又接着说，“我一直以为你不是我的，我也不是你的，可是知道你复婚，我难过，这儿难过，很难过。”她指着自己的心脏，“我忘不了你，脑子里全是你，怎么打你都不走，你为什么要存在我的心里，你能不能走得干脆一点，或者你再爱得狠一点？”苏苏推开陈文栋，她想尽量让自己保持稳定的姿势，可是晃晃悠悠的，让人害怕，陈文栋又过去拉着她。

陈文栋迷离的眼神深深地看着柳苏苏说：“苏苏，你醉了。”

贺晓棠赶紧过去从陈文栋手里接过苏苏说：“文栋，我来扶她，你也喝多了。”

“我不要你扶，你别一副假惺惺的样子，我知道你还想把他抢回去……”苏苏从贺晓棠的搀扶下挣脱出来，指着贺晓棠说，“你想让我写声明说那张照片中的女人是你，没门。你以为我不会诋毁自己，告诉你吧，我愿意为他牺牲，我一点不比你的爱少，你别得意……”

“什么？是你让苏苏写的那篇文章？”陈文栋质问贺晓棠。

“我……”

“我不在乎什么名声，什么事业。我要的是爱情，爱情你懂不懂？可是你总是误解我。我没有，我什么也没做，没有拍照片，没有写绯闻，你都不相信我，不相信我。”苏苏很难过地想起了那些不愉快的误解。

苏苏一下重心不稳，一屁股坐在草丛里，刚刚淋过雨的草坪全是雨水和泥巴，她整个屁股都遭殃了。

“呜呜……”她像个小女孩似的难过地哭了。

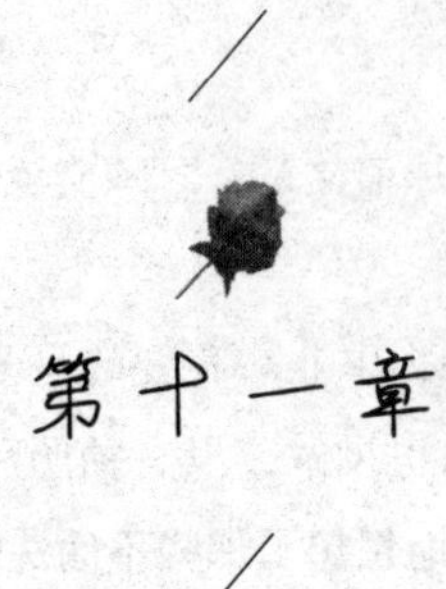

第十一章

死无对证的童话，目眩神迷的爱情

苏苏头痛欲裂地被早晨的阳光刺醒，她翻了个身又继续睡下，可是有双眼睛在看着自己，她又揉揉眼，看到陈文栋坐在床边。

“你真可爱。”

苏苏一直觉得“可爱”的潜台词就是“你真傻”或者“你不漂亮”，她不接受这样的赞美，但是回过神来的时候，才意识到自己的身体此时躺在别人的床上。

“我怎么会在这儿？”

“你不记得昨晚你轰轰烈烈大闹陈府了吗？”

“我只记得我喝了很多的酒，后来就不记得了。”

“先起床吃点饭吧。”

“啊……”苏苏大叫了起来，吓得陈文栋以为她遇到小强了，苏苏哭丧着脸说：“迟到了，老朱得K死我。”

“我送你。”

苏苏三下五除二就穿好了衣服，陈文栋已经在外面等了，她还看到贺晓棠就站在陈文栋旁边，亲切地叫他：“文栋，我们的喜帖后天就可以派发了。”

苏苏觉得这句话就是说给她听的，自己就是一可耻的第三者，但是大闹别人婚礼，也是耶稣赋予红男绿女的权利。他总让神父问新郎新娘，你们愿意嫁给对方吗？然后问观众席，有反对的吗？苏苏就是要站出来反对，响应耶稣他老人家的号召。

“我自己走。”

“我送你。”

“文栋——”

“我一会儿还有点事，让小王送你吧。”

陈文栋没理会贺晓棠，载着柳苏苏就走了。

“为什么我每认识你一层，都要和酒有关系，第一次你醉得吐了我一车，后来醉得胡乱唱歌，再后来醉得乱说话。”

“就为了要吐你的车，我积攒了二十九年的酒量。”说完苏苏忍不住大笑。

陈文栋突然严肃起来，说：“昨天你说的都是真的吗？”

没有酒壮胆果然胆小了很多，苏苏有点羞于承认。

陈文栋打开了音乐，有点忧郁的歌声传来，两人都沉默了一会儿。

“告诉我。”

死就死，大不了从此分道扬镳。苏苏说：“嗯，知道你要和她复婚的那一刻，我才知道其实，其实，其实……”

“其实什么呀？”

“其实我也在乎你。”

“嘎。”陈文栋来了个大刹车，苏苏惯性地头往前碰了一下，摇晃。

陈文栋把柳苏苏拉下来然后塞到副驾驶的位置，又重新启动了车子，这一切速度太快，苏苏还来不及反应。

贺晓棠告诉苏苏，如果她不能和陈文栋结婚的话，陈文栋的新产品必然会遭受前所未有的考验，所有的投资商会撤资，她也会撤出设计师的位置。

陈文栋告诉苏苏他和贺晓棠解除了婚约，而且他会在适当的时候告诉媒体他的爱人是柳苏苏，一个善良又可爱的女人。

“你的新产品怎么办？他们会撤资对不对，你的心血会白费，贺晓棠也不会再帮你了，对不对？”

“那些不用你操心，只要你开心就行了。”

“我不要你天天愁眉苦脸想着自己的心血付诸流水，这样我宁愿离开。如果爱情和事业不可以兼得，我可以成全你的事业，只要你心里为我保留一个位置就足够了。”苏苏觉得天长地久的爱情更多的有时候会演变成柴米油盐的平常，给彼此保留一份位置思量，内心永存一份悸动，更符合她对爱情的诠释。

“傻丫头，钱永远赚不完，女人只有一个，我不能再失去你了。”

苏苏靠在陈文栋的怀抱里，特别的温馨。男人坚实的肩膀盛放女人的安全感，女人柔弱的眼泪造就男人的坚强。

贺晓棠质问陈文栋，他们以前是那么相爱，他那么宠爱她，他们之间无论是经历了Mary还是Sunny还是小文都没有到分手的地步，为何一个柳苏苏他却要拒绝曾经的爱人？

陈文栋说：“哪怕倒退半年我也想不到会为一个女人疯狂，但是现在她牵动了我整个心。她不漂亮，但是在我眼里美得无法形容，而且，有些感情一旦失去了就再也找不回来了，我知道是我对不起你……”

贺晓棠从背后抱着陈文栋：“我知道当初我不该任性，你原谅我，她可以做到的我也可以。”说完贺晓棠自己都有些惊讶，从来独立自主的她何时也要为男人而改变，这不该是她说的话，爱情总叫人目眩神迷，神志不清。

“我们已经是过去式了，我对你的等待也已经过期，我承认我不是个专情的男人，但是曾经的感情都是真的，你永远会是我年轻时的爱人。”

贺晓棠放开手，她不允许自己这么低贱地乞求爱情，恢复了往常的自信，笑了一下。“和你开玩笑呢，客气的话不用说了，你放心我不会釜底抽薪断你的后路，我还是以前的贺晓棠，但是以后请叫我凯莉亚。”

贺晓棠并没有想象中的发狂，她安心地承受了这一切变故，而且劝说投资商不要撤资，这个项目一定会顺利上市的。

苏苏说：“谢谢。”贺晓棠故作姿态地说：“我只是在帮我爱的人，和你没有关系，我还是很讨厌你，恨你。”

“还是谢谢你。”

“我会功成身退的，但是如果你们出了差错，他还是我的，你就别想再有机会把他从我身边抢走。”

说得苏苏一愣一愣的。

贺晓棠离开了苏州，又飞到了大洋的彼岸。她是个聪明理智的女人，一个很清楚自己要什么和不要什么的人，以前要自由，现在要男人，无法得到就选择离开，一有机会就返回来，这或许就是传说中的“熟女”吧。

苏苏和陈文栋终于在一起了，两个人享受着幸福的小日子，溺在快乐的水池里游啊游。

他第一次以男朋友的身份约她，两个大龄青年在说出“约会”这个词的时候还像少年一样，充满了羞涩与憧憬，心怦怦跳。

苏苏描眉画眼，犹如初尝爱情的十八岁怀春少女，把衣服全扔在床上一件一件试着，这些衣服里面最奢侈的也不过打折一千多买下的长款粉色外套，腰间有条粉色腰带，还有一条新买的价格不菲的裙子。

最终苏苏穿了最普通但是最平易近人的蓝色磨砂牛仔裤，淘来的，凝聚了砍价的唾沫星子。上身一件浅粉色印有类似泼墨画的中国风雪纺衫，极普通却又端庄。

苏苏来到陈文栋的别墅，看到西装革履打扮正式的他，再看看一身休闲的自己，真恨没把那件新买的一直没有机会穿的裙子穿来，至少那裙子能体现女人的妩媚动人，再抛个媚眼，还怕气场不够吗？陈文栋把她带到自己的小花园，走到一张桌子旁边，让她坐下，然后在树上某个地方按了一下，好似触动了什么开关，一下子黑漆漆的花园亮起了彩色的小灯，这里有小小的假山，有潺潺的流水，有绿绿的草坪，有一些叫不出名的花儿，有虫鸣鸟叫的声音，还有一桌子丰盛的晚餐，烛光和红酒。

难道这就是传说中的烛光晚餐，有烛光的晚餐？

苏苏没来过这种私人场合，被眼前的胜景惊呆了，但是她却说：“从本质上讲是腐败，完全体现了金钱堆积出来的效果，但是从感官上具有时尚气息，美不胜收。”

陈文栋脸色故意暗沉下来：“这么有情调的地方和时刻，你能不能不要那么俗？”

“不能。”苏苏扑哧一声笑了，“你让我手里捧着一张五十万的现金支票，让我相信那是一张纸是不可能的。就好像中了五百万福利彩票的人，他是不会拿手里那张纸擦屁股用的。”

陈文栋好笑又好气地无奈起来：“你能不能温柔点，别浪费这美好的夜晚。”

苏苏立马脸一羞，低了头：“栋栋，你太好了，我好喜欢这里哦，爱死你了。”苏苏学着台湾女生嗲里嗲气的语气，说完自己就“呸”了自己一下。

“算了，我还是宁愿你剽悍一点。”

“对啊，我本来就是一豪爽的现代知性女青年，望着党的旗帜，跟着时代的步伐，走在都市的康庄大道上。”

“唉，白白糟践了这个夜晚，和这一桌子的心血。”

说归说，两人坐下的时候，感受来自夜晚的青睐，心情在潺潺的流水和虫鸣鸟叫的声音中变得很愉悦。苏苏端起红酒品了一小口，遂举杯当明月，吟诗“此酒只应人间有，天上哪得几回饮”。

“喝了这杯酒，你就是我的女人了，从此不得以任何理由单独接近或接触其他任何年龄在十八岁以上的男人。”

“十八岁？难怪美好的夜晚能激发人的想象。但是你想得也太疯狂了吧？”

苏苏因这从来不曾见到的光景迷失了，脸颊在灯光下现出红酒的绯红，在酒精的催发下，她放下矜持手舞足蹈地唱起来，学着新疆的姑娘扭着脖子，陈文栋笑她是精灵。

“苏苏，你好美。”

“骗人，和你的锦衣比起来，所有的人都会觉得我是在为荣华富贵高攀你，我就是那个不争气靠运气发迹的灰姑娘。”苏苏觉得自己与他存在很大的差距，单单以貌取人自己已经落败，在旁人看来这一定是个傍大款的有野心的女人。心知自己不为他的荣华，不为他的厚爵，到底不能在两人紧紧相处的空间里忽视这些最基本也最俗的东西，不是酒精，这些自卑又怎么会流露出来？

“不要在乎别人怎么看。”

“那我是不是和你历史上任何一个女人一样，只是短暂存在的美丽烟花，是你寂寞时的乐趣，是你生活中缺少的元素？”这样的爱来得太过突然，好像天上飞下来的王子，没有骑着白马，直接坐着飞船过来了。不真实，不敢相信，更没有自信敌得过那些倾国倾城的丽人。

“我知道我的过去让你不放心，其实在你面前我是真正的自卑，无论把自己打扮得多么光鲜，也无法和你莲花一样的清新气质相比，你就是我的女神。”

“我不想做你手中的玩偶，我什么都不要，哪怕你生老病死，只要你不放弃我，我都会在你身边守候你。”

这句话，只有在结婚的时候，神父问他前妻“你愿意一直陪伴他，不管生老病死……”当时她那么肯定地回答了“是”，现在也不过天各一方。他不再相信这样的诺言，也无法给她一个永远。

“只要现在我们在一起就好了。”

女人偏偏都是需要一个永远的诺言的，不管被骗多少次，不管知不知道这些诺言是甜言蜜语，就像元稹这边说着“曾经沧海难为水，除却巫山不是云”，那边还纳着小妾，搂着歌伎。女人们还把元稹当作痴情的男人，那么笃信他说的“唯将终夜长开眼，报答平生未展眉”，这个报答就是以后的续弦和嫖娼。当然古代的文人把嫖娼当作喝茶饮酒一样高雅和正常。

苏苏推开他。“我要的不是现在，是永远，如果你把我当作招之则来、挥之则去的女人，那就枉费了我的一番情意。”

陈文栋也咆哮起来：“你以为我不想给你一个永远吗？可是我害怕了诺言，难道那个叶峰没对你说过诺言吗，最后还不是抛弃了你？”

她瘫坐在草坪上，泪水涟涟。女人总是那么异想天开，“永远到底有多远，我们会不会变成神仙……永远到底有多远，该不会只有那么一点点，该不会你对一百人说了一千遍，不要再为了天长地久去冒险，所谓的永远只不过一瞬间。”又一次犯了不够现实的错。

“好了，我们不要探讨这么复杂的问题了，只要你爱我，我爱你就足够了，谁也无法把握未来，我只能保证你和我在一起的每一天我都会认真地对你，让你幸福。”

苏苏抱着他，靠在这个坚实的肩膀上。

他抱她进了卧室，宽大柔软的双人床，奢华的灯饰发着昏暗的光，暧昧的气氛，她惊恐。

“今晚就留下来吧。”

“我，我还是回去吧。”苏苏从迷失中惊醒，虽然自己也是个二十九岁的正常女人，面对三十多岁的正常男人，这种事本该顺理成章，她还是坚持要谈一场精神的恋爱，男人得到得越早，转身得越快，这是七年爱情长跑的后遗症。

陈文栋索然无味地坐在床边，浇灭了自己的占有欲。看看惊恐的苏苏，又饶有兴致地拨弄着苏苏海藻一样的头发。“太晚了，今天你先睡这吧，我去客房。我要明天睁开眼睛就能看到你。”

苏苏在他额头上亲了一下。“我去客房。”

贺晓棠走的时候发表声明证实绯闻上的女人从来不是她，和陈文栋的复婚也是一场玩笑，为的是完成她手术前的一个心愿，所有美好的事情都是童话故事，编出来不管有没有人相信，死无对证的童话总是好过对残酷事实的解释。

没多久老百姓又接受了陈文栋和柳苏苏在一起的事实，谁也没有闲情再去猜测这是童话还是阴谋，是不是另一个Mary或者Sunny。陈文栋身边这样的女人太多了，以至于人们都失去了猜测的兴致，懒得去猜测到底是要扶正的女友还是金屋暗藏的阿娇。

苏苏和陈文栋的感情昭告闺蜜亲友的时候，一个个反对的身影转过身来反对了。

蓝颜说："苏苏呀，你来真的啊！我真没想到，被叶峰甩了一次不算，以后还要面临又一次被甩。不是我说，单数数和陈文栋有过绯闻的那些女人，脚趾头都得用上了。我当时就那么一说，你们还真……"

陆建国也说："是不是被叶峰那小子刺激大了，你以前视金钱如粪土的，他陈文栋怎么配得上你？"

苏苏拿出自己几十年积攒的词汇对付这两个关键时刻靠不住的兄弟姐妹，自己这么一个理性兼智慧的女性，难道这点鉴别意识都没有吗？虽然曾经有过失败的案例，那是特例。作为自己最信得过的朋友，这个时候应该力排众议站在自己这边，好像苏苏真的嫌贫爱富了。

"你们两个见风倒的家伙，我和叶峰和好你们反对，我和陈文栋在一起你们也有意见，算了，我过我的小日子，你们说什么我不往心里去，就算我的脑袋被门挤了，那也是我乐意。"

蓝颜说："真正被挤的不是你，是栋栋哥。"

陆建国说："是叶峰的脑袋被门挤了，没福气。"

到最后苏苏总结了一句话：两个被门挤的男人和一个被门挤的女人。

这些天苏苏不断收到叶峰发来的忏悔短信，苏苏说她已经有男朋友了，劝叶峰看开些，两个人已经不可能了，叶峰竟骂苏苏"勾引男人，见钱眼开"之类的浑话，到后来苏苏觉得无益，短信也不再回了。叶峰竟然发来恐吓信，说什么"后半辈子不会让你好过""我要用一辈子和你们纠缠"的话。

这些话彻底断了他留存在苏苏心中的最后一点美好。仿佛这个人变成了恶魔，疯狂地想要抢回自己丢弃的东西，自私！

苏苏在咖啡店等陈文栋，百无聊赖地玩着手腕上的镯子，等到镯子都快摩擦生热了他还没来。苏苏站起来去卫生间，却看到两个人。

"颜颜，杨磊？"

"苏苏，你怎么在这？"

"你们？"

很多感情都属于藕断丝连的，生在爱情里的人混沌糊涂地被左右着。Peter

并不懂蓝颜，两人除了生活没有一点情趣，就算Peter拿了信用卡让蓝颜随便刷，也比不上杨磊买的一件廉价衣物饰品。一个是爱过的回忆，一个是感动的产物，感动往往很短，回忆却很长。

蓝颜想过，也真的和杨磊断了一阵，但是静如死灰的婚姻生活，备受束缚的家庭，Peter的父母想让她辞职在家生孩子相夫教子，以Peter的经济实力她无需再拼命地和销售总监陪客户，为了一个单子拍马屁。她觉得婚姻太过复杂了，而她简单得只想过两个人相处、恋爱一样的婚姻生活。可是Peter到底也是个老板，不允许自己的女人抛头露面，于是给了她足够的零花钱挥霍。一阵腐败单调的日子过后，她太疲倦了，总是等待着丈夫回来，总是一个人打发日子，总是在她玩累的时候他才有时间陪伴。

杨磊也回归了平淡的生活，小腹赘肉依然存在的妻子，长期辛苦奔波的事业，总是让他想起蓝颜在青春的年纪扎着马尾奔跑的岁月。

“我今天见他，也只是作为一个普通朋友，对过去最后的告别，以后不会再有瓜葛。”苏苏不大相信，她和叶峰就做不到只是朋友，两个人爱过，纠缠过，怎么可能是朋友？

“你们不是早告别过了吗？你啊，好了伤疤忘了疼。”

“今天也是刚巧他来这里，约我见一面，并非什么前男友了，一般认识的人，也谈不上什么朋友。”

苏苏搞不懂，婚姻有那么可怕吗？蓝颜是为自己的出轨找借口吗？

“作为你最好的朋友，我不得不提醒你，已婚女人是有交友范围限制的，禁忌头条就是避免接触前男友，小心Peter醋意大发，难收拾旧摊子。”

“你真无聊，操心你的婚姻大事吧，你家栋栋哥也不是个善类，你要看好了，有些男人总是暗地里走私女人。”

苏苏不敢再回家，害怕遇到叶峰，于是她暂时搬到蓝颜家借住几日。

“结婚的好处是解决了住宿问题，同时也解决了动物类的低级需求。”苏苏感叹。

“单身的好处就是可以自由交友，毫无限制，跟任何人放电都不会被骂为勾引。已婚女人的悲哀，是除了取悦对妻子丝毫不感兴趣的男人外，也失去了取悦其他男人的权利。”

“嫁给自己的救命恩人是古代女人最大的幸福，你就知足吧。”

“最大的悲哀就是从此只有报恩和感动，我真正成了你说的爱无能。”

Peter回来了，蓝颜不再唠叨自己的悲哀，又来唠叨Peter了。“忙完了？苏苏在咱们家住几天，怎么表示你看着办吧，怎么也得大吃大喝大玩一次。”

“你们想吃什么玩什么尽管去，我买单，但是我最近没时间。”

“你看，他就这样。”

“男人嘛，事业为重，再说我只不过从东环路搬到了西环路借住几宿，没那么麻烦。”

太太慈善拍卖会开幕在即，贺晓棠已心灰意冷地退出历史舞台，柳苏苏光荣地从她手上接收了陈文栋，同时也接收了和陈文栋有关的一切事务。

陈文栋帮苏苏准备了一件康熙年间的瓷瓶，价值不菲。在慈善夜前一天告诉了苏苏，所有一切都替她准备好了，只需要她将这个瓷瓶的来历和一些知识熟记于心即可。

“难道在你心目中我真的是个花瓶吗？”好歹自己在中文系也这么多年混过来了，琴棋书画也有点见识，诗词书法倒也鉴赏过。暂且不去追究自己是不是陈文栋未来的太太，起码为了树立自己并非花瓶的形象也得勇往直前。

“此刻我保持沉默，但是我会参加，会带着自己准备的东西参加，我要证明我肚子里不是化妆品的烂水残汁，我也是喝过墨水的。”

陈文栋再三解释自己并无此心，只是担心苏苏被那些太太们嘲笑。这番苦心苏苏并不领情，这样做未免背离了他看上她的初衷。

慈善之夜，所有太太华丽地出现在现场，珠光宝气映衬得灯光都黯然了。苏苏一身青花瓷样式的旗袍，头发高高挽起，露出美丽的脖颈，没有金银珠宝却高贵脱俗。

陈文栋把她介绍给其他太太的时候，她谦虚谨慎，不吝啬自己的赞美，低调不会出错。

“你觉得我这个耳环怎么样？”

“我不太懂这些东西，但是看上去很衬您的脸型，如果真要说起来，林太太一身贵气，这些耀眼的珠宝都黯然失色了。”

商界协会会长林太太掩不住脸上得意的容颜，被人赞美人人乐意。

慈善拍卖开始的时候，众太太把自己家里的奇珍异宝拿出来慷慨拍卖，苏苏觉得这不像是一个慈善拍卖会，倒像是富贵展示显摆会。

轮到苏苏的时候，她不紧不慢拿出自己准备的一幅国画。

“这件物件本身并不是特别名贵，但是它的意义非比寻常。可能大家乍看这幅画会觉得有些凌乱，像初学国画的涂鸦之作，其实不然。这里面有个小故事。

“画者吴建堂之父吴道悲生于民国战乱年间，当年因躲避战乱丢失毛笔，徒见眼前河山无法书写，急中生智就用纸张折作捻条蘸墨画，偶然中发明了捻条画。

“作为‘非物质文化遗产’的捻条画，艺术上，它具有凌乱美、粗犷美、苍劲美和洒脱、激放、斑驳、朴拙的视觉刺激和艺术特色，值得珍藏。

“在情结上，作为捻条画唯一的传人，吴建堂秉承父亲的一腔爱国热血，无论是去年的洪水灾害还是今年的汶川地震都有拍卖画品捐赠灾区。也是这颗赤诚的爱国之心，使作品更多地承载了凝重、斑驳、沉厚、苍劲的朴拙美。

“它的不普通就在于它所蕴含的深意，在这个为地震筹款的慈善会上，我们不仅需要物质的支持，更需要精神的鼎力相助。

“我有幸去年结识吴先生，获赠此画，所以有机会拿出来拍卖。最后我还要说一句，我们拍卖的是物品，捐赠的是一颗赤诚的心。

“谢谢大家！”

台下一阵掌声，本是哗众取宠的作秀场合，却因为这样一番言辞顿觉庄严肃穆，所有人都涌动着一股热血。

她看到他在台下伸起了大拇指。

慈善会结束的时候，那些太太都说要向吴先生索要几幅画作，让她代为引见。苏苏知道吴老头子是个倔老头，多少达官贵人的公子小姐要和他学画都被拒绝了。读书作画之人应该有这种清贫意识和甘于寂寞的品行，这是吴建堂对她说的。但是苏苏还是表示尽力为之。

“你这个小脑袋里怎么能装那么多东西，真让我意外。”

“难道你以为我只会写几篇小文章吗？”

“顿时觉得自己的附庸风雅在你面前只能自惭形秽。”

“个人爱好不同罢了，不当饭吃的。你有你的自豪，我也有我的骄傲。我并不想成为人们眼中的灰姑娘，我有自己的思想和经济独立的能力。我爱的只是你这个人，无关你的金钱和地位。其实我并不想很俗地说出这些话，显得自己多么清高，但是都是真心的。”

陈文栋不知道说什么，内心一阵感动。男人也是稀罕听甜言蜜语的，暂且不去追究它算不算“甜言蜜语”，至少他为这一句话感动了好长一阵。此时他所能做的只是把她的手握得更紧，深情地看了她一眼，说出三个字：“我相信。”

苏苏和蓝颜一块回住处拿换洗的衣服，刚打开家门，叶峰就出现了。

再次看到这个人的时候，苏苏内心极其难受，没有人明白曾经的一往情深是那样深地刻在她心里，而他亲手用刺刀剜掉了那些刻骨铭心。

叶峰一定要和苏苏讲个明白，而且一定要单独说清楚，苏苏无奈，两人进了房间，蓝颜在外守着。

“苏苏，我错了，现在我才知道你对我最好，我答应你会改，真的会改，你相信我。我会对你好，我们重新开始……”

“不要再说了，我对你没有一丁点儿感觉了，请你以后不要纠缠我纠缠我身边的人。”

“不会的，你一定还是爱我的。”

“以后你不要再来打扰我的生活了，我男朋友知道会不高兴的，你可以走了。”

“别跟我提他，你是我女朋友，他不是男人，趁虚而入。”

“你是男人，当初就不会一声不吭把我甩了，这也就算了，现在被人抛弃了又过来找我，我不想再和你说话，你走！”说完苏苏就要开门出去，叶峰一个箭步挡在苏苏面前，死死堵在门口。

“苏苏，苏苏……”

“你让开！”

蓝颜听到争执的声音，开门，却怎么也推不开。“叶峰，叶峰，不要乱来……”然后马上给陈文栋拨了电话。

苏苏和叶峰争执着，苏苏要出去，叶峰死活不让，苏苏拉着叶峰想把他拉到一边，无奈拽不动。“你死了这条心吧，我对你一点感觉都没有了，不要再这么幼稚好不好？”

“我不信，不信。”叶峰发疯似的掐起苏苏的脖子，“你是爱我的，你是我的人，一辈子都是。”他疯狂地笑起来。

苏苏的喉咙被叶峰掐得说不出话来，愤怒在眼里化作泪水流出来。两只手拉着叶峰的胳膊，喉咙的难受也比不上看到曾经爱过的人变成了现在这般模样。

叶峰忽然松开手，跪在苏苏面前，说：“你原谅我吧，我真的很爱你，不能失去你，我爸妈知道了都在骂我，他们都很想你。”

“叶峰，说这些都没用，我只想告诉你我们已经不可能了。该过去的都过去了，你也知道我们性格不合，经常闹矛盾，就算和好了，也是像以前一样。我已经厌倦了那种生活，现在我过得很好，很满足，也希望你能找到自己的幸福。”

“不会的，你说过不会离开我的，除非我离开你，我现在要你回来。”

苏苏无奈地看着叶峰，“你死心吧，我不爱你了，在一起也没有意思，而且我对你一点留恋都没有，离开你是我这辈子做得最正确的选择。”

这个时候陈文栋来了，问蓝颜他们人呢，蓝颜说在屋里，一直在争吵，不让苏苏出来。

“苏苏，不要怕，我在。”

听到这句话，苏苏鼻子一酸。

陈文栋推不开门，踹了几脚，门依然没有打开，陈文栋和蓝颜一起又是撞又是踹。

叶峰在里面害怕起来，惊恐地想要把苏苏拉过来，苏苏躲掉，狠狠扇了他一巴掌，“你滚！”

“贱人，我让你勾引男人。”叶峰疯了一样抽了苏苏几个嘴巴子。

陈文栋听到里面的打斗声心里更是着急，狠狠一踹门，门开了，也踹坏了。

苏苏跑到陈文栋怀里，陈文栋把苏苏交给蓝颜，捋起袖子握紧拳头和叶峰打了起来。苏苏被这场面吓到了，蓝颜看情况不妙报了警。

叶峰骨骼健壮而且比较年轻，陈文栋长在富贵家庭，结果陈文栋伤重一点，在警察的介入下双方才停下来，叶峰涉嫌恐吓和伤人被警察带走。

就像一首歌唱的那样，“可惜爱不是几滴眼泪，几封情书……真爱来临时你要怎么留得住”，如果叶峰能够平静地回来默默地站在苏苏身边，即使无法重新牵手，也会留一份美好的记忆。都说初恋是最难忘的，是美好的，当多年之后，有人问起苏苏会不会想念初恋的男友，苏苏坚定地说“不”。

和陈文栋在一起之后，才发现原来的爱何等畸形，扭曲了自己去迎合他人，泪水多于欢笑，比不了在陈文栋身上找到的被重视被宠被尊重的爱，从此不必把尊严放低到尘埃里，期待在尘埃里开出花来。

苏苏看着受伤的陈文栋特别心疼，坚持要带他去医院检查，还好医生说都是外伤，但是要养几日。

“我不应该见他。”

“不怪你，以后有事我们一起面对，够让人担心的，听见没有？”

“怎么那么傻，明知道自己打不过。”看到缠了绷带的陈文栋没有了往日的潇洒，苏苏心疼地说。

“为了自己的女人，受这点伤算什么！”

“还疼不疼？”

“不疼，只要你不给我惹事就行了。”

“你怎么那么好？”

“不然怎么把你骗到手？”陈文栋摸摸苏苏的小脸。

“这个时候还开玩笑，活该你疼。”苏苏娇嗔地推了陈文栋一下，害羞地扭过头去。

“哎呦，好疼！”

“啊？哪里？要不要紧？我去叫医生。”

陈文栋拉过苏苏，“真是个小丫头。”

在陈文栋眼里，苏苏像个小女孩。苏苏也奇怪了，在其他人眼里她被定义为成熟和知性，在陈文栋眼里倒成了精灵和可爱。

但是她享受这份恬静的溺爱。

“苏苏，我们结婚吧，我会牵着你的手一直走到人生的尽头。”

苏苏点点头，“文栋……”想说谢谢你没有放弃我，谢谢你一直站在我身边，谢谢你从不把我当麻烦，话到嘴边居然说不出口了。

苏苏总是在陈文栋给她承诺的时候想起叶峰，想起以前自己是怎样索要承诺的。她一直以为可以地老天荒，以为这辈子只此一次能够“执子之手，与子偕老”的爱情，以为会有美好的结局！

自己曾经爱着的人竟会变成这个样子！倒退半年苏苏无论如何也预料不到一切如此滑稽。

记得她和叶峰刚确定关系的时候，她便发现叶峰的邮箱里有另一个女孩的信件和电脑里的QQ聊天记录，而且还在相册里发现了他们在长城上的合影，叶峰一只手搭着女孩的肩。苏苏曾经问过叶峰他们是什么关系，叶峰轻描淡写地说是曾经追他的一个女孩，两人在一起最多不超过一个月，女孩把他甩了。

他说根本不当那是一段感情，自己真正的初恋是苏苏。苏苏也一直以为这只是一段小小的插曲，就好像自己小时候暗恋班里帅气的男生一样，过去了就什么都没了。可是有一次叶峰喝醉酒说了一句“她是今生的唯一，而苏苏是永远”，当时苏苏质问叶峰，叶峰说那些都过去了，苏苏才是他的未来。

女人的傻真是天生的，这也相信。

有一次苏苏问叶峰和那个女孩发展到什么地步了，都发生过什么事，叶峰说就接了吻。如果说有发生什么也只有一件事：那天他和她手机聊天，最后叶峰有事出去了，回来的时候已经很晚了，宿舍门已经关了。那个女孩说想他，他走到她宿舍楼下，她跑下来，隔着一道门说话。

夜把气氛渲染得很伤感，彼此就在眼前却不能触摸得到，这样说着话她哭了，月光把流泪的她衬得静美。就在两人悲伤的时候，门突然就开了，她走了出来，两人在学校的长椅上抱了一夜，那一夜很冷却很温暖。所以此后叶峰遇到苏苏，也从来不曾忘记这段被称为瞬间的感情。

感情没有长短之分，也许和一个人好了三年五年甚至一辈子，也抵不过三五个小时甚至一刻钟的温存；也许你倾其所有情感真心以对，也比不了一个伤他心的人。

只是当时苏苏年少，把感情当作全部，把叶峰当作全部。她真的很感谢叶峰那么决绝地离开了他，给了她足够的理由劝自己离开叶峰。不是如此，苏苏肯定还会像以前的很多次一样冷战个五天、十天，受不了相思之苦再抛了尊严找叶峰要求复合。只有在感情上，苏苏像个婴孩，天真地傻傻地憧憬着美好未来。周围的人总是不明白一向做事理智的苏苏为何在感情上想不通。

苏苏这才明白，自己的初恋不过是一个人的独角戏，她在跟自己谈恋爱，叶峰一直是观众或者嘉宾。

感情没有对错却有先后，一旦有个人先你闯入了他的生活，占据了他的心灵，而你注定只能是个杯具了。

苏苏看看陈文栋，一个和自己一样有过历史的人，一个自己很想珍惜的人，也是第一个为了自己敢于拼命的人。

“文栋，等我一下，我去医生那边问一下什么时候能出院，有什么要注意的。”

“不用了，我一大男人，没那么娇气。”

“一定要，爱惜自己知不知道？”

“鬼丫头。”

陈文栋看着苏苏拿着病历本出去又回来，前前后后地忙碌着，心里很安慰，想着结婚以后两个人生活应该还不错。这样想着，他幸福地笑了。

“傻笑什么？”苏苏回来了。

“笑你傻啊。”

“我何等冰雪聪明，傻这个词和我压根不沾边，好不好？”

“聪明不觉得，倒是名副其实的伶牙俐齿。”

“医生说了，像你这样不掂量自己就动手的莽夫可以出院了，但是要忌辛辣刺激的食物。”

“你把房子退掉吧，免得以后他再找你。”

“退掉我住哪儿，又要找房子了。”

“搬过来照顾我啊，看我为你都伤成这样了，你怎么就无动于衷？”

“谁说我无动于衷，我的内心在翻腾。”

“那你就退掉房子。”

“给我两天找地方，我就搬。”

“怎么这么死脑筋，搬到我家能吃了你？”陈文栋看苏苏一直盯着自己看。

“我……”

“我什么，就这么决定了，以后就是你家了，还犹豫什么？”

“那结婚的事……”

“怎么，想反悔啊？”

“你求婚都没有戒指，这么随口说说就算啊？当我是菜市场的白菜啊。”苏苏突然很大声地说出来，质问陈文栋。

“把手伸出来。”

“干吗？”

“让你伸出来就伸出来，那么多废话。”

苏苏伸出双手，陈文栋看了看苏苏的右手，“这么粗，戴了也不好看。”

“你确定自己的眼睛没问题吗，这也叫粗，你的视网膜带放大镜的啊？”

“和你开玩笑，急什么，又不是不买。”

“还有……”

“什么？”

“怎么也要见见双方家长吧，我妈就我一个女儿，怎么能连女婿什么样都没见过就放心嫁给你？”

“那是自然。”

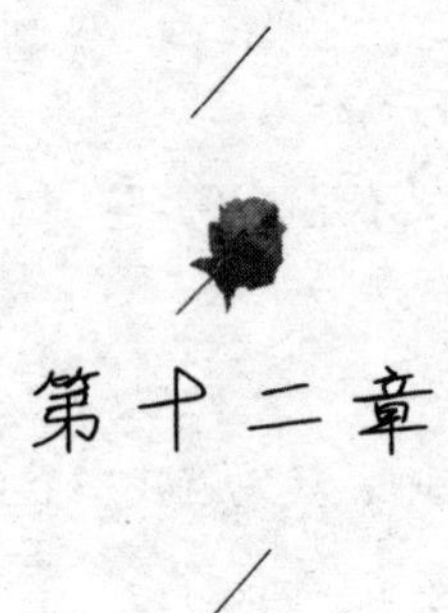

第十二章

那么相信的爱，也有它的气数

小王已经把车开到医院门口等着，陈文栋说直接到苏苏家把所有的东西都搬走得了，苏苏坚持要送陈文栋先回去休养，这些事自己可以搞定。

从吃晚饭到叶峰来闹，再到打架、报警、去医院检查、出院，这么折腾下来已经凌晨两点了，苏苏真怕惊动了隔壁的二房东，但陈文栋说夜长梦多，这些事能早一点解决就不能拖。

苏苏蹑手蹑脚地打开房门，指着自己的所有物品：“屋里这些，还有厨房里的锅碗瓢盆都是我的。”由于才搬来不久，房屋面积拘谨，苏苏添置的物品并不是很多。陈文栋指着桌子上那些化妆品和床上的铺盖被子，还有一些毛绒玩具、墙上挂的壁画说：“这些都不要了。”苏苏说那个卡通抱枕一定要拿走，它有纪念意义，蓝颜送的。其他那些毛绒玩具她没说曾经和某人一起买的，丢就丢了，不再有任何意义。

收拾好行李，能拿走的东西并不多，陈文栋想让苏苏一切重新开始，过去的一切最好都丢掉。苏苏明白他的意思，没有强求要带走那些本已不重要的东西。但是所有书和自己做的杂志她是一定要带走的，还有墙壁上挂的一些字画。

终于都搬完了，车一路开到陈文栋的别墅，鸣笛的声音吵醒了已经睡了的张妈，她赶紧起来帮苏苏把行李都整理进屋。

“张妈，这些白天再整理吧，把热水放上我们洗个澡，你就先休息。”

“这些我来就行了，张妈你先睡吧，大晚上把你吵醒了。”

“柳小姐，还是我来吧，你们都累了。”

当他们一切整理妥当之后，天已经开始转白了，初夏正是白天变长的时候。

陈文栋走到客房敲了敲门，苏苏正在整理自己的物品。

“你不睡觉过来干什么？”

“天都亮了，怎么睡？和你说说话。”

苏苏打了个哈欠说：“不行，白天还要上班，我想睡觉了，有什么话以后再说吧。”

“我睡不着，你陪我，和我一起睡。”

“哦，忘了告诉你，医生说你不可以做剧烈运动的。”坐在床边的苏苏听到陈文栋要自己和他一起睡，涨红了脸，两只手摆弄着手边放着的一堆衣服，慌张地整理起来。

“你想哪儿去了，思想怎么这么不单纯，我又没说要怎么样。”

“是你思想不单纯，我是说如果我们意见不合，打起来，对你伤口不好的。”

“明明就是那个意思，还狡辩，解释等于掩饰，越描越黑。”

“是不是找打？”苏苏拿起床上的枕头做了一个扔的动作。

“没发现你还挺野蛮。”

“怕了吧？”

“怕了你了。可是真睡不着，我们躺下聊聊见你父母和我父母的事啊，看天都亮了，也睡不了多长时间了。走吧。”

陈文栋拉过苏苏就回自己房间了。

陈文栋把苏苏拉到自己房间。“快，躺上去。”

“这话怎么这么暧昧啊？”苏苏羞红的脸更发烫了，又不是小姑娘了，可还是不自然。

“以后就是我老婆了，怎么说话都不暧昧。”陈文栋看苏苏不动，站在床边，催促她，“快点，不要让我使用暴力。不管你了，要是你不觉得累，你就站着，我躺着和你聊天。”陈文栋躺在床上，做出一个双臂张开的动作，“好舒服，过来啊。”

“你现在有伤，我还是少和你接触，以免碰到伤口。”

“就是因为我有伤你才要照顾我，不但要照顾我的身体，尤其要照顾我的心灵，不然伤口愈合得慢。”

“就是觉得很不习惯。”

“女人，都口是心非。就躺着说话嘛！”

苏苏跑出去，一会儿抱着被子过来了。“床一人一半，一人一条被子，这边是我的，那边是你的，不可以过界。”

苏苏把被子往床上一放，钻了进去。

陈文栋无奈地笑了笑：“你这个机灵鬼。”

两人一左一右躺着，脸都侧向中间。陈文栋看着苏苏，刚刚洗过的头发披在两肩，散发出洗发水的清香味道，高高的脖颈显现出锁骨。

苏苏意识到陈文栋一直盯着自己看，不自然又极度想表现出自然地甩了甩头发说：“用飘柔就是这么自信。”

陈文栋把苏苏的手臂拉过来，很霸道地枕上，苏苏试着抽回去，却被死死地压着。

“干吗，不是要聊天吗？”

“我是一个正常的男人。”

“我知道。”

“那……”

“等你伤口复原了我可以考虑。”

“真的？”

“嗯，医生说你不适合剧烈运动，伤口会裂的。老实待着吧。”

“哦，那个医生真扫兴。”

“言归正传，说说什么时候到我家见我父母。”

“我父母那边倒不是太重要，我基本可以自己做主了，但是有一点儿得告诉你。”陈文栋讲述了自己的童年往事，在他很小的时候父母就离婚了，后来各自成了家，法院当时把他判给了父亲，但是他不喜欢破碎的家庭，更不喜欢新妈妈和新爸爸，谁家都不愿多待，所以从上中学开始就一直住在学校，直到出国留学归来回国工作，父母对他倒也放心。

苏苏说自己是独生女，父亲是镇上的小学老师，父母都很疼她，人也很好。但是苏苏没有说母亲很喜欢叶峰，认准了叶峰就是自己的女婿，虽然是叶峰先离开的，但是母亲一定不会相信。叶峰是个顶聪明的人，在人前表现得挑不出刺来，能把每一个人逗开心了，所以母亲反而会问苏苏是不是哪里做得不好。苏苏担心她和陈文栋的婚事能否得到母亲的认可。

这些她没有很明了地说出来，只说母亲很疼自己，对女婿的要求很高、很挑剔，到时候你一定表现好一点。

说着说着天完全亮了，陈文栋听着听着眯起眼睛好像睡着了。苏苏看着已经很累的陈文栋枕着自己的胳膊睡了，轻轻把胳膊抽出来，让他枕着枕头，洗漱一下穿了衣服要上班去。

想着今天老朱要给大家开会，苏苏万不能迟到，就让司机小王送她上班。

“柳小姐，我们都觉得陈总对您很好，和以往都不一样，他从来不为了哪个女人动手，也从来没有为谁喝得大醉闯红灯最后被吊销驾照的。”

“他有你们说的这么好吗？”听着这些话心里已经乐开花了，如果不是小王在，苏苏肯定笑出声来了。这是被爱的幸福。所以爱过的人都坚持找一个爱自己的而不愿意找一个自己爱的人结婚。每个人都是害怕受伤的，也是脆弱和自私的。

苏苏来到公司，算来得早了，和同事打了招呼坐在自己的位子上策划下期杂志的主题。一晚的折腾使苏苏很累，一直打着哈欠，头有点晕，本想趴在桌子上休息一会儿，没想到睡着了。

小曹看到苏苏一直趴在桌子上，有点奇怪，在他们眼中苏苏几乎就是钢铁战士，从来不会出现这种状况。小曹过去叫了苏苏两声，没有反应，于是推了推苏苏的胳膊，她这才慢悠悠地缓过来，抬头看了看，是小曹。

“开会了。”

“身体是革命的本钱”，说得在理，没有休息好，头疼，没有力气，无法集中工作，领导说得激情昂扬，她却当成催眠曲。中午也索性不去吃饭补个觉。

“你是第一个发现我，越面无表情越是心里难过，所以当我不肯落泪地颤抖，你会心疼地抱我在胸口……”

歌唱了三遍，苏苏才意识到手机响了。

“喂。”

“怎么不接电话？”

“你醒了啊？”前言不搭后语。

“我在你公司楼下，一起吃饭。”

“好困，不想吃。”

“请假回去休息。”

“请假全勤奖就没有了。”

“我发给你。”

“晚上再吃吧，真的好困，眼睛睁不开，想休息会儿。”苏苏有气无力地说完这些话，电话就放一边了，头一歪，似乎就睡。

陈文栋给苏苏订了份外卖，叮嘱过一个小时送过去。

苏苏醒来看到特意送来的外卖，很温暖也很感动，给陈文栋打了个电话，一切尽在不言中。

下班的时候陈文栋来接苏苏，两人一起回家吃饭，到家却看到一个人，来得措手不及。

“栋栋，怎么才回来？哎呦，你身上怎么那么多伤？”来人朝陈文栋走来，苏苏走在陈文栋背后观察，五六十岁的女人，保养很好，看不到些许皱纹，身材修长，瘦瘦的。

“妈，你怎么来也不说一声？”

“谁这么大胆，敢动我儿子？”

“没事，您别操心了。”

苏苏跟着陈文栋，亦步亦趋，这就是未来的婆婆。虽说年纪不小也历尽沧桑，但嫁人还是头一次，这么突然地见面，连礼物都没有，苏苏真有点紧张了。“文栋。”她扯了扯陈文栋的衣角，寻求帮助。

“妈，这是苏苏，电话里和你说的。”

文栋妈妈好像没有听到陈文栋的介绍，走到儿子跟前，抚摸着他脸上的伤疤，“疼吗？”

“没事了，我现在很好，多亏苏苏照顾。”

“谁？”

“我电话里跟你提的我结婚对象，苏苏啊。”陈文栋把苏苏拉到身前，介绍给妈妈。

“她？”文栋妈妈很惊讶地打量着眼前这位素面朝天，露出黑眼圈的姑娘。

“伯母您好，我是苏苏。文栋经常提起您，今天见到您很高兴，本来该我们晚辈拜访您的。”

苏苏其实害怕与这样气质高雅却一把年纪的女人交谈，不像小镇的父母，儿子把女朋友领回家，父母极度热情恨不得全镇人都知道，简直当老佛爷伺候。与这样的家庭，这样的女人见面，似乎感觉不到是两辈人的家庭会面，倒像领导视察工作的汇报会。此时的苏苏被一个劳累的夜晚和一个忙碌的白天折磨得很憔悴，化妆品搬家的时候丢了一些，早上并没有化妆，素面朝天。

“听我儿子说起过，不过见到你还是和我心里想的有点差距。你没化妆吗？”

“昨天搬家，丢了一些化妆品，今天赶着上班，没来得及。”

“哦，我们女人一定要注重形象，就算迟到一点也要精神地出现在公司，淡妆是对人起码的尊重。”

“是，我以后注意。”

“妈，是我说不喜欢她化妆的，看那些女人眼睛画得跟鬼一样。这样很好，真实、自然。”

真不像是媳妇见婆婆，好像是两个女人的战争。

苏苏为了讨好婆婆，做了几个菜，一色的中餐，色香味俱全。陈文栋跑到厨房，从后面环住苏苏的腰，“宝贝，辛苦你了，出去吃多好，你就不用这么累了。”

“没事，应该的，这样才能讨好未来的婆婆。”

忙前忙后终于搞定，端上最后一碗汤，解下围裙，“伯母，一路奔波饿了吧。尝尝怎么样，不合您胃口，我再做。”

“这些年在国外已经不习惯吃中餐了，西餐你会做吗？”

“妈，苏苏中餐做得很好吃。”

“西餐不太会，不过我可以学，下次您来的时候做给您。如果您现在想吃西餐，我让张妈给您做点。其实中餐很养胃，蔬菜里所含的营养可以满足人体对维生素的需求。”

“不用了，我吃的也不多。”

陈文栋很买账，吃得卖力，而他母亲说自己要保养身体，每碟菜都只吃了一点点。

苏苏也是个骄傲的人，只要自己做到位了，任你买不买账。尊重长辈是应该的，长辈也要顾及小辈，所谓“家和万事兴”。

苏苏实在太疲惫了，很想舒舒服服睡一觉，和文栋母亲寒暄了一下，就回客房了。

“这么不懂礼貌，也不陪我聊会儿！正好，咱们娘俩聊会儿天。”

“妈，觉得苏苏怎么样？”

“长得一般，不配你。不过气质还可以，也很客气，妈妈几次刁难她，她表现得还算可以。”

“妈，我找老婆，又不是招聘员工，还面试出题啊？”

“妈妈不是不放心你吗？三十多岁了，连个小孩都没有，老婆也跟人跑了，这次我能不操心吗？”

“陈年往事了。”

“文栋，告诉妈妈，你这伤到底怎么弄的，是不是和苏苏有关？”

“真的没事，您再说这事我就走了。”

“还是倔，和你爸一样。”接着文栋妈妈又说：“你年纪不小了，虽然我和你爸不在一块了，但是都希望你能找一个知冷知热的人照顾你。”

“所以我想和苏苏结婚。这些年接触的女人越多，越想找一个普通的，没有任何野心的女人。”陈文栋又想起自己无数次幻想的情景，每天起床的时候能一起挤进洗手间刷牙洗脸，一起吃早餐，一起出门；晚上回来晚了依然有盏灯为他亮着，被窝暖暖的；心情烦躁的时候静静地为他排忧，天气好的时候两人能出去走走。奋斗这么多年，也要给自己一个交待。

和母亲聊了会儿天，陈文栋到苏苏房里看看她，敲门进屋。

“今天太困了，不然应该和你妈聊天的。”

“我知道，没事的，怎么还没睡？”

“越困越睡不着。”

陈文栋看到屋内的衣物和一些小物件已经整理好了，在苏苏额头上亲了一下，说：“早点睡。”

生活一切照旧，苏苏本想再给自己找个窝，以备不时之需。这事还没对陈文栋开口就遭到了反对，坚决的反对。期间苏苏与文栋妈妈虽然有一点点小小的不愉快，也在陈文栋的调和下恢复过来，陈文栋的伤势也基本复原了。

苏桂枝已经有段时间没催苏苏了，她以为苏苏和叶峰合好了，当苏苏说她现在喜欢上一个男人，这个人对她非常好，他和她要结婚，苏桂芝暴跳如雷：“你这是通知我吗？”

“妈，当然不是，过段时间我们会回家拜访您和爸爸，您放心，他真的很好。”

“你和叶峰的事我已经听说了，不管怎么不对，他悔改认错，你应该给他个机会。再说我们两家早就见过面，等你们买了房子就结婚的，怎么这么快就变卦？”苏苏早预料到如此，苏桂枝一向认定“一女不侍二夫”。

“感情不是说认个错我就应该原谅他，即使原谅他我现在对他一点感觉都没有。再说是他有错在先，难道他不悔改我要一辈子等他！您忍心让您女儿一辈子守着他到老？”

“现在不是没到那个份上吗？”

人生观、价值观以及思想上的障碍不是用语言可以沟通的。苏苏和爸爸沟通了一下，希望有所转机。爸爸居然也说男人偶尔出个轨是正常的，能回来忏悔说明他很在乎你，应该再给叶峰一次机会，还说不要错过这么好的一个人。

苏苏彻底无语了，是啊，叶峰在自己家中表现一向良好，把爸爸妈妈哄得高兴，街坊四邻都说叶峰是个好孩子兼好男人。

那个时候苏苏也觉得叶峰很好，一心陶醉在他的糊弄中，这些原来不过是孙猴子的障眼法，是表象。

陈文栋妈妈在这边住了几日，不适应国内的空气。苏州太潮湿了，出了一身疹子，于是她又漂洋过海出国了。

苏苏和文栋回到了两个人的小世界，夜晚依偎着看电影，经典影片《廊桥遗梦》。罗伯特·金凯与弗朗西丝卡相遇了相爱了也分开了。苏苏很欣赏弗朗西丝卡这样的女性，不做作、不掩饰、不伪善又不忘记责任。“给相逢以情爱，给情爱以欲望，给欲望以高潮，给高潮以诗意，给离别以惆怅，给远方以思念，给丈夫以温情，给孩子以母爱，给死亡以诚挚的追悼，给往事以隆重的回忆，给先人的爱以衷心的理解。”

苏苏津津有味地躺在陈文栋的怀抱里看着，镜头定格在罗伯特·金凯与弗朗西丝卡在弗朗西丝卡家的小屋里尽情地拥吻这个场景上，陈文栋抛来诱惑的眼神电着苏苏，苏苏完全被诱惑了，电影里面和外面一样是热情的火在燃烧。陈文栋把苏苏抱到卧室，成全了两个人的第一次肌肤相亲。

激烈的运动过后，苏苏躺在文栋的臂弯里。

“想起原著小说里面有一句话，很想对你说。”

那句话是弗朗西丝卡说的，“我对你感情太深，没有力气抗拒。尽管我说了那么多关于不该剥夺你以大路为家的自由的话，我还是会跟你走，只是为了我自私的需要，我要你。”

“只是为了我的自私，我要你。不管其他人怎么看怎么反对我都会跟着你，在这个混沌不清的宇宙中，这样明确的决定我只做一次，不论几生几世，以后永远都是这样。”爸爸妈妈的反对使这夜变得异常伤感。

“怎么了？没有人能拆散我们，相信我。”

尽管伤感，这个晚上苏苏睡得却很踏实，陈文栋亦是。

苏苏背着文栋一直在和爸爸妈妈沟通，但是二老先入为主就认定了叶峰这小子不错，虽然身体上开了小差，但是已经回归了，本着“浪子回头金不换”的原则，应该是值得原谅的。再者佛都说了“孰能无过，贵在改错”，党也教育我们“改了就是好同志”。这些话简直把苏苏逗得哭笑不得，难不成结了婚的女人，或者放宽范围，有了男朋友的女人，都要接受男人出轨、思想和身体上偶尔的小差？不能理解。现在苏苏才发现，任自己看了多少书，写了多少字，语言多丰富，还是沟通不了思想上的障碍。

“妈，就算叶峰真的好，可是我不爱他了，现在也有同样对我很好的男人，为什么我还要选择伤害我的人？”桂枝一直说爱情成全不了婚姻，以爱的名义结婚的人最后都葬在婚姻的坟墓里，看爸爸妈妈结婚前不是面都没见过，一样这么恩爱，还生出个漂亮女儿。

“妈，总之我不会嫁给叶峰的，甚至厌恶到连这个名字都不想提起，不要问为什么。”

苏苏站在阳台上和妈妈打电话，讨论这两个男人，又是一场不可避免的争吵，或许是声音有些激动了，文栋闻声而来，在背后聆听了片刻。

苏苏挂了电话回头的时候看到文栋站在身后，吓了一跳。

“怎么了，你妈不同意我们俩？”

“我妈比较认死理，她先见了叶峰，就觉得他不错，思想又很古董，简直不能沟通。”

“相信我，我们一起回家拜访他们，他们看了我一定会喜欢我的，论长相，能力，心地，我都不差啊！别担心。相信我。”

苏苏和文栋把各自的公事私事处理了一下，准备回去会会苏桂芝和柳寒山。

两人给苏苏爸妈各买了两套衣服。陈文栋想要朋友从国外带回点礼品给老丈人和丈母娘带回去，苏苏坚持说那些没见过没听过的，他们不一定觉得好，像黄金搭档、脑白金、燕窝……这些市面上的礼品，电视上天天播的老少皆知，带回去父母反倒觉得有光，炫耀起来别人也知道这些牌子。苏苏爸爸抽烟喝酒都在行，在陈文栋的坚持下还是托人从国外捎了点礼物，又带了烟酒。每样礼品都是两份，这是习俗，好事成双。

当年叶峰去家里的时候也不过带了一瓶一百左右的酒和一条一百多块钱的烟，老两口就乐开了花，现在仍然记着，烟酒都舍不得消耗，逢年过节炫耀一下。

苏苏意见是没必要大肆铺张，父母会觉得“败家”的。小镇上的人具有的艰苦朴素勤俭持家精神在苏苏父母身上体现得很明显。

两人买了机票回家了，飞机在省会都市着陆之后打车到长途汽车站，坐汽车。当提着一堆东西赶车的时候陈文栋真的很后悔没把小王带来，多个人多把手，苏苏的手臂都勒出了红印，他自己也提了很多。

一路辗转，终于下车回家的时候，苏苏习惯性地看着车站父母经常接送自己的位置，竟然没有熟悉的身影，不免有些惆怅。

找了车，把礼品带回家。

一进门，苏苏傻眼了，她不但看到了自己的父母，还看到叶峰的父母也坐在自己家里。

那是一对善良的老人，为着儿子起早贪黑地赚钱，把苏苏也视作亲生女儿般对待，这次意外地在自家碰上，最尴尬的该是文栋，但他不知道坐着的是谁，跟苏苏爸妈打完招呼之后热情地和叶峰爸妈打招呼，完全当作苏苏家的邻居、客人或亲戚了。

“文栋，是吧，苏苏的朋友，来就来了，带这么多东西干什么，不知道的还以为我要嫁女儿了。来给你介绍，这两位是叶峰也就是我女儿男朋友的爸爸妈妈。”

陈文栋愣在当场，传说中的苏桂枝还真“毒”，又验证了一句话——“闻名不如见面”。苏苏更是没有想到，这戏剧化的一幕会出现在自己家里，真实地上演着。

“妈，正好叶峰父母也在，有一句话我想要说清楚。我和叶峰早就分手了，我和他已经没有任何关系了。”苏苏挽过陈文栋接着说：“这位不是我朋友，是我男朋友，我要结婚的对象。”

“苏苏，你想把妈气死啊，当着四位老人的面，你怎么能这么说？”

“苏苏，是叶峰不对在先，我们知道他对不起你。你们俩以前那么好，你也很爱我儿子，你就原谅他吧，我知道你肯定还对他有感觉，你不是这么快就放弃的人。以前你们闹别扭，最后不是又和好了吗？叶峰他自己知道错了，你再给他一次机会。”

“阿姨，这不是原谅不原谅的问题，我和他没有可能了。你们不用这么兴师动众地替他做这么多，该说的我和我妈已经说过了，对他，我没有丝毫的感觉了。现在我和文栋相处得很好，那些已经过去了，你们不要逼我。”苏苏说着已经流下泪来，她不愿伤害叶峰的父母，有些话不想让两位善良的老人听到，改变叶峰在他们心目中好儿子的形象，但是不说清楚又无法对两位老人交代。

“苏苏，阿姨求你不行吗？以后那臭小子敢对不起你，我都不饶他，你知道我和你叔都挺喜欢你……”

苏苏听不下去了，对二位老人有愧疚，但是不能因为愧疚牺牲了自己的婚姻自己的幸福，后来的叶峰苏苏已经有点不认识了，近乎疯狂得让人害怕。

家里四位老人，莫名其妙又无从发言的陈文栋，泣不成声的苏苏，乱作一团。文栋一直抱着苏苏，让她趴在自己的肩膀上哭泣，他相信苏苏的选择。

“叔叔阿姨，我只能说抱歉，我和叶峰不可能了。”苏苏深深鞠了一躬，谢别曾经的情谊，对自己父母同样深深鞠了一躬说：“爸妈，我不能和叶峰结婚，请你们原谅。”

文栋顺着苏苏的话对苏苏父母说：“叔叔阿姨，我知道你们都很疼苏苏，做的一切也都是为苏苏好。也请你们相信我，苏苏跟着我不会受一点苦，我不会让她难过，不会让她伤心，不会做出任何对不起她的事。我会保护她，只是单纯地想和苏苏白头偕老，单纯地想爱她，对她好，也会尽子女的孝心孝顺叔叔阿姨。”

苏苏知道和父母根本无法沟通，她把礼品留下，向四位老人作别：“爸妈，我不想让你们这样为我操心，也许今天这个场合不适合把一些话说出来，我们改天再过来。”

苏苏拉过文栋跑出去，柳寒山追上来，“苏苏，你们去哪？”苏苏告诉爸爸家里的情况无法带文栋住下，他们住旅馆，等父母心情平静了，叶峰父母走了再回去，会把事情和他们交代清楚。于是，苏苏和文栋在镇上的小旅馆住下。

叶峰的爸妈看没有希望，也不能一直耗在苏苏家，让叶峰把他们接走了，临走叶峰和苏苏的母亲说了一些话。

柳寒山说：“看那小伙子也挺好的，主要是对咱苏苏好。既然叶峰和苏苏都分手了，事情已经发展到现在这种情况，也就算了。”

“让我怎么对亲家交代，两家来往几年了，早就应该结婚，结果拖到现在出事了。”

苏苏带陈文栋重新回到了家，两人商量好就当那天的事没发生过，今天第一次进家门，要热情高涨地问候父母大人。

“文栋，这是我爸妈。”

“叔叔阿姨好，来得匆忙没买什么好东西，也不知道你们喜不喜欢，一点小意思。”文栋和苏苏这两天又选购了一些礼品，完全是文栋的意思。

“上次已经带来很多了，怎么还买？”柳寒山先接了过去。

“文栋，上次发生那样的事，谁也不是针对你，其实你不该蹚进这摊浑水。我们两家已经来往几年了，基本已经当一家人看待了，这苏苏和叶峰就差一张证了，现在这样，我们没法对亲家交代。”

“阿姨，您的意思我懂，可是不能因为这样，牺牲了苏苏啊！再说他们还没结婚，婚姻自由，每个人都有追求自己幸福的权利。”

“你说得好，但是我不能把我女儿嫁给一个离过婚的男人。何况你身边不缺女人，为什么还要纠缠我们苏苏？”

仿佛苏苏是下一个被抛弃的对象，离婚虽然已经普及了，但是还没像九年义务教育一样深入人心。作为父母，苏桂枝夫妻不能把女儿嫁给一个离异还沾染过很多女人的男人，他们不希望小镇上的邻居嘲笑他们。用他们的眼光去看，陈文栋就是花花公子，不在乎三妻四妾，可是他们希望苏苏的婚姻是一夫一妻制，捡别人剩下的并不光荣。

“他妈，孩子喜欢，你就应了吧！”

“应什么？叶峰出轨一次她不要，非要和一脚穿了好几双鞋的男人在一起，我怎么同意？你们不觉得丢人我还嫌害臊呢。”

穷乡僻壤不是太过开放的原始社会，就是太过禁锢的封建社会，不幸的是苏桂芝就是封建毒瘤，周围还存在着大量的封建残余势力，她不能被别人戳脊梁骨。

苏苏、文栋和父母吃了顿并不顺畅的午餐，每个人都食不下咽，陈文栋不习惯北方的面食，为了苏苏硬是没表现出食欲不佳，盛多少吃多少，而苏桂芝和柳寒山像平时一样如若无人，苏苏尴尬地杵在那儿。

“我不吃了。”

苏桂枝坚持不让苏苏和陈文栋住一起，她把陈文栋安排给了柳寒山，自己和女儿睡。

苏苏躺在被窝里，和苏桂枝背对着背，开始想那些重要的不重要的，可怕的和快乐的往事，然后转个身对苏桂芝说：“妈，我知道你做什么都是为我好，离异怎么了，他对我好。叶峰倒是没结婚，你知道他做的那些龌龊事吗？你也忍心把我往火坑里推，看，我脖子里的伤疤，就是拜叶峰所赐，你女儿这条小命差点就断送在您认为好得不得了的准女婿手里了。我就是喜欢陈文栋，他宠着我，在乎我，像爸对你一样对我。”

她讲述了和叶峰交往的前前后后，怎么一个人去医院堕胎，怎么被甩，又怎么被羞辱，怎么被打被骂，恶魔般的生活铺天盖地地袭来，直到最后她躲在被窝里打颤，最悲剧的事莫过于曾经最爱的人变成了最恐惧的历史，这比被恨还残忍。最后，苏苏说：“那时候是我不懂事，我没有对不起他，是他不值得去爱了。”

苏桂枝看着女儿脖子上的一点红色伤痕，想不到天使的身上有一半是魔鬼，她心疼地搂过女儿。

苏桂枝说："叶峰先不说，那个陈文栋怎么看也不像专一的男人，与其到时候伤心，还不如现在断了。妈给你介绍，你知道东头老张家的儿子，中科院毕业的，现在在银行当什么经理，单身着。"

"妈，我跟他又不熟，别说结婚了，做朋友都不知道合不合适。"

"你妈和你爸结婚的时候连面都没见过，还不是一辈子过来了。"

爱情和婚姻到底是个什么玩意儿，苏苏有些不明白了。难道父母那个年代的观点代表了以后整整一辈人的婚姻观吗？难道以他们这辈人的经验，两个人就要跳过过程直接进入没有所谓"伤害"的主题吗？苏苏有些不明白了。那没有爱情的婚姻是盲目的，没有同甘共苦的婚姻是不牢固的，没有相濡以沫的婚姻是会大难临头各自飞的。正所谓"还历史以真实，还生命以过程"，如果我们不要这个过程了，不就是生孩子养孩子吗？何况叶峰不允许生养。

婚姻可以由父母做主，我们又何必有自己的感觉？这种感觉又让我们挥之不去，痛时肝肠寸断，幸福时溺在蜜罐里。没有这些感觉，我们就可以去和任何一个父母看中的人结婚生孩子生活一辈子。而我们有这样的感觉，它是那样强烈地牵引着恋人们的心，让你知道牵挂思念一个人的滋味，让你品尝失去一个人的痛苦悲伤，让你体会拥有一个人的时候什么是天堂，让你不由自主地想到那句"山无棱，江水为竭，冬雷阵阵，夏雨雪，乃敢与君绝"。

可是父母究竟怎样才能明白，才能接受，才能祝福？

这个夜里苏苏做了一个梦，父母同意了他们的婚事，她和陈文栋去登记，拿出证件和两张合照，盖个戳就成了。两人还到宣誓处宣誓，苏苏背对着工作人员面对着墙壁上挂的国徽，结果工作人员说："又不是入党，不用对着国徽，面对我就行。"

"陈文栋先生，你是自愿娶柳苏苏女士为妻的吗？"

"是。"

"柳苏苏小姐，你是自愿嫁给陈文栋先生的吗？"

“是。”

苏苏在梦里笑着，被苏桂枝呼唤的声音吵醒了。

早餐吃得还算顺畅，虽然苏苏父母对陈文栋没有十分热情，却在沉默中关心这位未来的女婿了。做饭的时候问苏苏陈文栋喜欢吃什么，还说可以带陈文栋出去逛逛小镇的风光，可以去亲戚家拜访一下，这也算默认了苏苏和陈文栋的婚事。

陈文栋也高兴地在厨房转悠要帮丈母娘做饭，和老丈人下棋喝酒聊天。如果一直这样应该算是一件比较完美的事，可是天往往不遂人愿。

就在苏苏和陈文栋走的那天，陈文栋的皮夹子忘在家中，柳寒山跑着去送，结果在十字路口，被从右转弯的一辆车撞到。当时苏苏和陈文栋就在车里看着，车就在路对面，而来不及喊出的“车”这个字卡在苏苏和陈文栋喉咙，成了永远的痛。苏苏疯了一样闯过红灯，在车来车往的十字路口穿行到父亲的身边，父亲头顶红色的血染红了柏油马路，“爸爸……文栋，救命……”苏苏语无伦次地不知道说着什么，惊吓之下全身僵硬，脸色惨白。

陈文栋抱起苏苏的爸爸送进了医院。

苏苏爸爸进了急救室，急救室的门关着，在外守着的苏苏身体发抖。

“爸爸，爸爸……”苏苏精神紧张地做出一个祈祷的动作，“一定不会有事的，一定不会……”嘴上这么说，心里害怕至极，眼泪一直流啊流。陈文栋抱着苏苏，“不要怕，不会有事的，爸爸会没事的。”苏苏趴在陈文栋的肩膀上，抓住身边唯一能使自己精神平静的稻草，苏苏不知道里面的爸爸怎么样了，又该如何把这一切告诉妈妈。

急救室的那盏灯，一直亮着，看得人心惊胆战。

“苏苏，你爸他怎么了？”

“妈。”

“到底怎么了，你爸现在在哪儿？”

“爸他出车祸了，在，在急救室。”

这时医生出来了，问谁是O型血，说病人失血过多，需要输血，血库里仅剩的一点血不够。

“抽我的，我是O型血。”陈文栋伸出自己的胳膊。

苏苏和妈妈一直追问伤者的病情，怎么样，要不要紧？

医生只说了一句“还在紧急抢救中”。

所有人的心都纠结着，悬着。

苏苏和妈妈精神高度紧张，双眼无时无刻不在注视着急救室的门是否开了，陈文栋走来走去，紧张和担心都写在脸上，一边打听这里最好的医院最好的大夫，随时做好转院的准备。

一个小时又一个小时过去了，医生满头大汗地出来，三人跑过去问怎么样了，医生说了一句“节哀顺变，准备后事”。之后他们看着护士把苏苏爸爸抬出来，身体上盖着的白布一直盖到了头顶。苏苏妈妈哆嗦地掀开那层薄薄的白布，惊魂未定又受惨烈的打击，一时重心偏移，昏了过去。苏苏望着爸爸，不敢相信早上还鲜活的生命这一刻怎么就静止了。这边还未安定，妈妈又出状况，苏苏慌了神，父母一直支撑着她生活的全部，这下她完全不知所措了。头昏昏沉沉，苏苏的眼泪顺着脸颊流着，红肿的眼开出杏仁的样子。这边爸爸要被推到太平间，妈妈又住了院，文栋跑前跑后办理各种手续交费，苏苏不知道是该追过去抱着爸爸痛哭，还是应该在妈妈身边守候，两个都是最亲的人。

“姑娘你没事吧？”刚从急救病房出来的医生看苏苏头昏沉得像要晕倒，说，“你可不能有事，爸爸妈妈都需要你现在坚强起来。”

医生的话惊醒了伤痛中混沌的苏苏，还有生者需要照顾，自己不能这么沉沦下去。这时她看到陈文栋办好一切手续过来了，陈文栋说：“苏苏，有我在，你不要害怕，我们得去照顾妈妈。”

“我想要再看看爸爸，文栋，帮我照看一会儿妈。”

苏苏看着静静地躺着的爸爸，内心忍不住地难过。

“爸爸，你醒醒，我和妈妈都需要你，家里不能没有你。”

“爸爸，只要你醒了，我以后一定听话。”

“爸爸，还记得小时候你带我去钓鱼，结果裤子玩湿了。回家我们被妈妈骂。下次再去钓鱼，我一定乖一点，不捣乱，不玩水。”

“爸爸，妈妈看着挺凶的，但是我们都知道她最爱爸爸和苏苏了。爸爸，你醒了，我们就和妈妈去郊外旅游，烤红薯、玉米还有叫花鸡，是你说用泥巴把鸡包起来放在土洞里烧，味道很好的。”

“爸爸，是你说要看着我结婚的，你还没有牵着我的手送到新郎手里，你还没参加女儿的婚礼。爸，你说邻居家的大伯已经抱上孙子了，你很羡慕，我的孩子还没来得及叫您一声姥爷，你怎么就离开我和妈妈了，你说过，会和我们在一起的。”

爸爸的样子被血搞乱了，苏苏帮爸爸擦拭着，爸爸和苏苏一样爱干净，爸爸的胡子又长出来了，还没来得及刮掉。

那边陈文栋坐在苏苏妈妈病床前，她因惊吓过度这会儿还在昏迷当中，医生说她很快会醒来的。陈文栋一直守着，不敢离开。

苏桂枝的眼睛动了一下，陈文栋叫了一声“阿姨”，她睁开眼睛环顾了一下这个白色的世界，仿佛死了人一样，床单，被子，枕头，都是白色的。

“阿姨，您把这粥喝了，医生说您身体比较虚弱，血压比较低，得吃点东西。”

她并没有接过粥，只说“吃不下”，再看周围只有陈文栋在自己身边，问：“苏苏呢？”

“她说想和爸爸待会儿，一会儿就回来。”

“你把她叫过来，我有话说。”

陈文栋起身走出去，苏苏妈妈穿好衣服，从病床上下来，坐在床沿上。

“妈，你怎么下来了？”苏苏和陈文栋回来了。

“妈没事，我们回去料理你爸的后事，不能让你爸一直待在这种地方。”苏苏妈妈的异常冷静让两个人颇为惊讶，没有哭没有闹，更没有什么表情。

那天下午风特大，回到家，窗户被风吹得吱吱嘎嘎一开一关。苏苏看到妈妈平静地走到窗前把窗户关上，用衣服袖子擦拭一下刮进来的灰尘，什么也没说。

按照当地的习惯，料理后事先要通知亲戚朋友前来吊唁，给死者洗身换上寿衣，装殓入棺，下葬，但是医院不允许把死者的尸体带走，他们带回家的是一个骨灰盒。这些天苏桂枝很沉默，尤其对陈文栋更冷漠了，什么也不说，也不去阻止，好像根本没有这个人一样，苏苏看得出来，陈文栋也感觉得到。

爸爸出事和自己有关，但是又怎能归罪到陈文栋身上？他自始至终都是一个等着迎接爱情的无辜者。苏苏想着自己莫名其妙撞上了他，又鬼使神差地在一起，无缘无故地遭受父母的敌视。如今父亲的离世母亲全部算在他一人头上，虽然没有骂出一个字，每天朝夕相处却视作空气，时不时投递过来几个冷眼，让人呼吸难受。苏苏夹在中间也是相当难过，知道妈妈此时内心很煎熬，一直在硬撑着，父亲的离去自己也很难过，但是每天眼睁睁看着母亲漠视文栋，心里更纠结。

“文栋，妈妈心里难受，才……”

“不要说了，我懂……”陈文栋打断了苏苏的话，死者为大。

苏桂枝这些天很晚才睡，三十多年的同床共枕换成了孤身独枕身边冷空，有时候半夜被风声惊醒，起来到灵堂里对着苏苏父亲的棺木发呆。

“寒山，我不应该松口答应他们在一起的，这样你就不会……”她总是自责，想着无数件后悔的事，重来一遍便不会如此。一次陈文栋半夜起来上厕所，看到灵堂的灯亮着，进去发现苏桂枝在发呆，独自流着泪，他走过去，把自己的外套披在苏桂枝身上，说：“阿姨，夜里太凉，您注意身体，不要太伤心了，身体要紧。”

苏桂枝话也没说便把衣服扔在陈文栋手上，看也没看他一眼就回自己房间了，这个过程深深刺激了陈文栋的心。

有些事情也并非他所愿意，但是他还是无奈地劝说自己接受这个事实，他是隐形的杀手。

三天之后吹吹打打的唢呐声把苏苏爸送走了，苏苏作为长女和唯一的孩子扶棺痛哭，那天家乡下起了小雨，淅淅沥沥像是在诉说，笼罩着一层霭霭的云幕，混合着阵阵哭声。

父亲下葬的第二天，苏苏和陈文栋被母亲叫到身边。

“你爸爸走了，前些天有些事情我不想说，今天索性就讲个明白。”接着苏苏妈妈说，“文栋，我知道你是个好孩子，但是你和苏苏真的不合适，八字犯克。苏苏爸的事我不想说怪谁，人都已经走了，但是苏苏和你在一起后，我们家发生太多的事了，说明白一点，我接受不了你。如果苏苏硬要和你在一起，你们今天就走，以后别回来。如果苏苏还要我这个妈，你们今天就做个了结，以后你们各走各的。”

“妈，妈……”有些东西不止卡在喉咙里，还卡在了心里，苏苏喊着母亲，却没有迎来母亲的回头。

苏桂枝起身出去了，留苏苏和文栋在房间。

“你准备怎么办？”陈文栋一脸严肃地问苏苏。

“别问我，我不知道。我不能失去妈妈，也不想失去你。”看着陈文栋严肃的样子苏苏有点胆寒，好像预示着不详的结局，这样问她怎么作答？我要你不要妈妈，还是我要妈妈不要你？显然都不能，苏苏左右为难。

“苏苏，我想和你一起面对所有的困难，但是我也是有感觉的人，无论妈妈怎么对我我都毫无怨言。毕竟爸爸刚刚去世，你们难过我心里也不好受。但是你我都知道，我们很难让你妈改变，尤其又发生了这样的事，也许这件事她一辈子都会算在我的头上，我无所谓，但是你呢？你能一辈子离开你妈吗？你能一辈子都面对你妈怨恨的眼神吗？你不能，也不会。爱情只是人们生活中的一部分。”

“你的意思是你要离开我？”

“你会慢慢忘了我，我也会很快忘了你。”

“我知道你所谓的和我面对一切困难，根本是花言巧语。”

“你早该知道，又何必再错一次？”

果真苏苏是个傻女人吗？当初那么相信叶峰，叶峰背叛了她。现在如此相信陈文栋，陈文栋也要离开她。是不是爱情本就不应该有过多的信任，还是一切以结婚为目的的恋爱全是谎言。是她苏苏太相信男人，还是男人太容易说出那些不该轻易表达出来的海誓山盟?

陈文栋走了，从这个小镇走向他的大城市了，也可能从柳苏苏走向其他女人了，从柳苏苏的世界消失了。

苏苏看着他绝尘而去，这一切恍如一梦，或许那些海市蜃楼本不该出现在自己的梦里。一开始他说过“她只是适合结婚的女子”，他有他王子一样的生活，不必为了任何女人承受各种难堪，在他的城市里享受他该有的优等待遇，享受他的尊荣生活，也不必为哪个女人提着沉重的礼品堆着笑脸拜访农村老头老太。

可是苏苏的心随着陈文栋的车子绝尘而去，像被抽空了。

“他呢？”苏桂枝回来了，看到苏苏一个人在发呆，只是眼睛红肿，泪水无声地悄悄流着，生怕打扰了她的心思。

“走了，再也不回来了。”苏苏用异常冷静的声音叙述这个消息，声音冷静得让人担心。

苏苏妈什么也没说，回厨房准备做饭了。

饭做好了，妈妈叫苏苏吃饭。苏苏躲在自己的小房间收拾了一下情绪，坐在餐桌前，两个人的晚餐，各怀心事。

苏苏吃了很少一点就说“饱了”，又回到自己的房间，不敢哭出声来，头使劲蒙在被子里，拳头握紧了堵住嘴巴，眼泪止不住地流下来。妈妈来敲门说：“苏苏，你没事吧，怎么吃那么少？”苏苏镇定一下情绪，很努力做出没事的样子，用力模仿平时的口气对门外的母亲说：“没事，不饿，妈，我睡了。”妈妈走后，苏苏打开手机，一遍又一遍播放着手机里的歌曲。

只是为何当初你是
不听所有纷纷扰扰流言之中
漫天风雨你会选择了我
只是为何如今我们

不顾一切追求真爱坚持底下

苦尽甘来你会放弃了我

他和她在一起本就不易，躲过了多少狂风，战胜了多少暴雨，漠视了多少流言，面对了多少蜚语，为何那么不易得来的这一切，却这么轻易就放弃了。苏苏不知道，如果陈文栋不这么走了，自己是否还敢在母亲面前依然如故坚持自己的选择，捍卫自己的爱情？想起这些，她打了个寒战。她不敢和母亲顶撞，尤其父亲刚去世。如果陈文栋不走，她真不知道该怎么办。这样想来，还有什么理由责怪陈文栋？本来自己就是个麻烦。

每次想结婚都是出乎意料的结果，难不成她真的是孤独的命？可是上帝却没有赋予她孤独的才能，所有孤独的人都应该有某一方面的才能，她没有。有个唱摇滚的人说“孤独的人是可耻的”，她孤独又可耻地乞怜爱情。

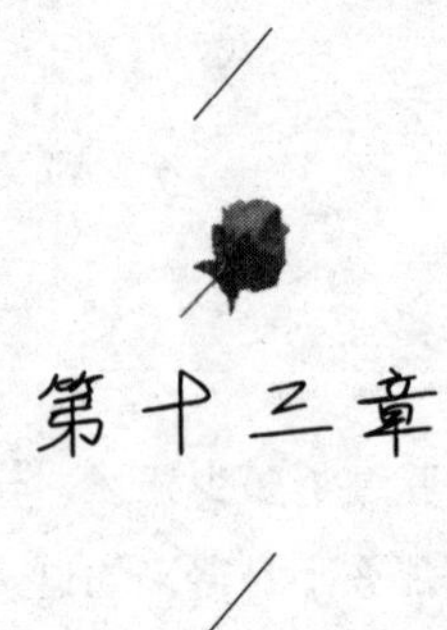

第十三章

浴火重生or毁灭

父亲走了，陈文栋离开了，两个女人一天一天接受了这结局。但是上天并没有说你听任了他安排的结局，从此就能平静地度过人生。

苏苏在家照顾着母亲，日子一天天地过去，谁也不提起这两个男人，苏苏的伤心和惦念更是躲在无人的角落，表面的坚强谁都看得懂，苏桂枝一直认为总会过去的，长痛不如短痛。

陈文栋离开后的一个月，苏苏发现月经没有来，一开始以为是月经不调，因为没有像上次那样出现恶心呕吐厌油腻的情况，她以为是这段时间心情不好，影响了生理方面。但是到第二个月开始觉得不对了，偶尔坐车的时候会晕车，想要吐，有时候厌食的毛病也会出现。

“苏苏，最近怎么吃这么少？”

“可能是这几天太热了，你知道我热天都没什么食欲的，所以每年夏天都会瘦几斤。”这几天天气突然很热，温度从十几二十度直接升到三十七度左右，这是最好的理由，苏苏不想让妈妈知道，因为现在还没确定。

苏苏背着妈妈到药店买了试纸回去试了一下，阳性，果然怀孕了。

本是无精打采的苏苏一下子找到生命的支撑了，还有一个小家伙以后要靠她，那是他和她爱情的结晶，是缅怀曾经那段刻骨铭心的最有力的证据。苏苏知道瞒不了妈妈多久，于是就提出想回北京发展。她不能一直这么在家待下去，和陈文栋如何暂且不管，没了爸爸的工资，苏苏再不工作，总有一天她们母女生活会陷入困境。

还未等苏苏开口，苏苏妈妈先说了："苏苏，妈打算搬到你姥姥家住。"

"姥姥家？姥姥家不早没人了吗？"

"房子空了好多年了，现在也没什么牵挂。"

苏苏不想发表什么意见，姥姥姥爷在自己很小的时候就去世了，舅舅做了上门女婿，房子就空下来了。

于是苏苏和妈妈搬到了几十里之外的姥姥家，一个交通极其不便利的小镇上的小村子。搬过去没多久，苏苏看自己的妊娠反应也强烈得快瞒不过去了，肚子也一天天变大，她担心时间长了还是躲不过母亲的火眼金睛。她决定以工作为由，到另外一个城市散散心，顺利把孩子生下来再做打算。

苏妈妈知道她并不能捆女儿一辈子，默认了女儿的远行。

苏苏踏上了北上的行程，火车上吐得厉害，还好是动车，三个小时左右就到北京了，宋远景已在北京西站等着，接过苏苏手中的东西，惊讶这些日子她身上的变化。

苏苏住在宋远景家，老同学见面分外感伤，感慨这些日子的变化。

苏苏把自己的情况告诉了远景，远景建议苏苏不要生下孩子，一个女人带个孩子挺不容易的，再说陈文栋已经离开了她，就是没有希望了。

"不，我想生下来，这是我和他的孩子。"

邢刚回来看到苏苏在自己家很惊讶："您这是开会还是采访？"

"又来打扰你们，我这次定居北京了。"

"那个奔驰王子呢？"

"问那么多干什么，没人把你当哑巴。"宋远景制止了邢刚打破砂锅的询问。

宋远景是和公婆住在一起，苏苏来了很不方便，邢刚只能睡客厅的沙发。苏苏和远景住一起，这样邢刚很不满意，自己的房子结果他连个落脚地都没有，苏苏听见他们两口子为这事小声争吵着。

“她不会是要住到孩子生下来吧？”

“我就是要让她住到孩子生下来。”

“你能不能考虑一下我？白天工作很累了，晚上又睡不好。”

“苏苏是我最好的同学，这话你对我说说也就算了，要是让她听到我和你没完。”

宋远景不再答理邢刚，和苏苏讨论着孩子是男是女，应该买点什么东西补补营养，什么菜谱搭配最好，因为苏苏的到来，宋远景每天下班了都去超市买新鲜的蔬菜和鸡肉炖给她吃。苏苏看在眼里，心里在密谋一个计划，她要搬走。

趁远景工作的时候苏苏开始了找房子，北京的房价很贵，她租了很偏远的地方的三室中最小的一间。搬完之后才告诉宋远景自己找到房子了，不用担心。

邢刚知道苏苏搬走了很是高兴，当天洗好澡躺在床上，脑子里幻想着两个人翻云覆雨的镜头，美滋滋地等着妻子回家。

“是不是你把苏苏赶走的？我对你说过多少次了，她是我最好的朋友，况且她有身孕，在这边熟人又不多，万一有个闪失怎么办？”

“你什么时候又变得这么不讲道理了，你听见我哪句话说赶她了，哪次不是客客气气地说想住多久就住多久？”

“那她怎么搬出去了？”

“我怎么知道。”邢刚美好的心情被这场架破坏了，再提不起兴趣抚摸身边这个女人，头一侧睡觉了。

宋远景只得告诉苏苏过几天去接她回来，无论苏苏怎么说自己住得很好，而且房子已经租了。宋远景觉得自己不够朋友，苏苏谁也不联系单联系她，就凭这点她也不应该让苏苏大着肚子一个人住在外面。

宋远景的婆婆听到这事，和老头子合计一下是不是老两口回老宅子住一阵，反正离这儿也不远，还可以经常过来做做饭，只是睡觉的地方换了而已。老头子一辈子都听老太太的，没什么意见，老宅子街坊朋友多，还可以一起遛遛鸟。

宋远景听婆婆这么一说，当下非常感激，愧疚地觉得平日里对婆婆不够好。

苏苏拗不过宋远景的软磨硬泡又搬回来了，再次看到邢刚的时候感觉很抱歉，因为自己惹得人家两口子拌嘴，更是感激宋远景的公婆，趁一个人在家的时候给两位老人买了点礼品。

住在宋远景家基本不用苏苏任何花费，这更让苏苏内疚，她决定每个月给宋远景房租或伙食费，不然坚决搬走。

宋远景的婆婆几乎天天过来给苏苏做饭，陪苏苏聊天，讲一些关于孩子的事，每次苏苏都能想起自己的母亲。

“阿姨，你不用天天来，太麻烦了，我白吃白住还要你照顾，真的很过意不去。”

“哪儿的话，我看你这孩子挺善良的，怎么这男人就不知道珍惜呢？”

听这话，苏苏眼里泛着泪花。

“哎呦，看我说的什么，提起你的伤心事了，孩子，没事，天塌了还有高个子顶着，你放心住着。我也没事，咱娘俩能聊聊天也不错，不然我一个老婆子也是无聊。”

“阿姨，您真好。”

“嗨，都是有儿有女的人，我可是把你当女儿看的，你是远景的好朋友，也相当于我半个女儿了。”

说得苏苏热泪盈眶，内心不禁一阵感动，另外想着有这么好的婆婆，宋远景该知足了。

苏苏现在的身体不适合工作，她也不想闲着，只能在家写点稿子做个自由撰稿人。由于害怕电脑对宝宝有辐射，她总是先写好了确定定稿的时候再穿上重金买下的防辐射孕妇装在电脑前把字打出来。基本上每个月都有收入。

蓝颜听说苏苏怀孕了一个人逃到北京生孩子，很惊讶。如果不是宋远景说漏嘴了，苏苏是不准告诉蓝颜的，她还是怕传到陈文栋耳朵里。

“是陈文栋的孩子？”

“不然还有谁？”

“我告诉他去，他怎么能这样？”

“我就是怕你告诉他，才不想让你知道的。这件事不能对他说，否则我就没有你这个朋友。”

“怎么这么倔啊你！”

“都是我自己的麻烦事，犯不着让别人分担承受。”苏苏已经很久不再想那个人了，如今要用“别人”这个字眼来称呼，内心一阵酸楚，一起经过那么多，最终还是逃脱不了分手的结果。

陈文栋自那日离开了苏苏，违心说出那番话，苏苏一定认为他是个背信弃义的男人，那段痛心的岁月他没有陪着她。那时他的内心也一阵阵揪着难受，但是没有选择。劝说在那个地方那个时间显得那样不堪一击，反抗更是不可能的滑稽之举，只有等待才是唯一的希望。

时间长了人们只知道陈总现在是一个人，一个个做梦嫁入豪门钓金龟的女人开始伺机行动。但他从来谎说自己已婚，甚至有些精灵一样的女子要藏在他的金屋，他笑笑说自己怕老婆，这档子事从来不想。

凯莉亚回来了，就像她走的时候说的那样，如果有机会她不会再放过。

她看着陈文栋总是望着窗外发呆，有时候寂寞地抽烟，“既然你这么放不下她，为什么你们分开了，你不去找她？”陈文栋这个时候总是不说话，凯莉亚自嘲地说：“我真后悔当时太心慈手软了，没把你拿下，便宜了柳苏苏。再说我一点不比她差啊。”她摆弄着自己前凸后翘的魔鬼身材。

走的时候凯莉亚看着这个痴情的男人憔悴的样子，心疼地说：“要不，晚上去你那儿？”陈文栋还是开车把凯莉亚送走了。他害怕自己会犯错，那样的话，依苏苏的性格绝对不会原谅自己，到时候真是自己斩断了这段感情，所以他总是不断暗示自己“不可以”。

陈文栋离开后每隔一段时间就来小镇一趟，希望能远远地看看苏苏，慢慢融化苏桂芝心中的芥蒂，可他第一次回去的时候就发现苏苏家的门死死锁住了，周围邻居都说她们走亲戚去了，具体去哪里了，什么时候回来，不得而知。

回去之后，他去找蓝颜，结果被骂了一顿，蓝颜说他背信弃义，始乱终弃，不负责，不能同甘苦，总之字典能查得到的诅咒男人的词汇蓝颜都用过了，而且最后还加了一句“你会后悔一辈子的，你永远不知道她为你做了多少”，陈文栋很想辩解却根本插不上话，在蓝颜的心里他已经被定义为“无情”的人。

“我只想知道她过得好不好，在哪里。”

“放心，没有你她一样生活得下去，她比你坚强。”

“那就好，如果她需要钱你告诉我，我不想让她受哪怕一丁点儿的苦。”

“陈文栋你就是个浑蛋，苏苏从来不是因为你的钱才和你在一起的。她现在在哪儿，她在做什么，她苦不苦，她承受多大的困难，你知道吗？”一直以来蓝颜以为陈文栋算是一个好男人，和苏苏经历了那么多还能坚持着。却原来所谓贞洁烈男也只是凡尘中一俗男，是一个不可靠的男人，根本不值得苏苏这样为他牺牲。

面对蓝颜的辱骂和指责，陈文栋没有反驳。在苏苏的事件上他觉得无能为力，这是唯一一件他不能掌控又没有主动权的事，无法发号施令更不能坐以待毙任人驱使。他知道苏苏是个坚强的女子，有她自己的方法在这个世界生存，他只是想给她一个安定的生活，让她少为生活操点心，仅此而已。只是这话真不该对苏苏讲，明知道她的倔强和坚持、她的自尊和骄傲不允许他这么说。尤其是他放弃了坚持的理由，主动地离开了苏苏，且不管是自愿还是被迫。

和蓝颜谈完话回来，陈文栋躲在自己的房间里不停地喝酒抽烟，“全世界都不知道我爱你，全世界都不知道我有多爱你”，一个人自饮自酌自言自语。

梦里总是梦到柳寒山醒来了，苏桂芝高兴地牵着苏苏的手到他身边，同意他们在一起，陈文栋高兴极了，又害怕是个梦，狠狠拧了自己的脸一下，结果还是醒了，身边只有凉凉的风穿过，床上始终只有他自己。

他在繁忙的工作中麻木了神经，暂时不去想苏苏，慢慢地淡化了心中的感情。

前些日子沉溺在失恋的痛苦中，忽视了公司的运营，以至于新产品上市计划出了点问题，投资商中途撤出资金，一堆木头横七竖八地倒在厂子里，而这些木材却牵着一大笔资金，时间一长会把他的公司拖垮。

“文栋，我今天听赖总说他撤资了？”

“是啊，没什么奇怪的，商场里到处都是传奇，一夜暴富和一夜破产的，他撤他的，我继续我的计划。”

“可是，赖总占了近二分之一的资金，这个时候突然撤资，你怎么调动生产线？产品怎么如期交货？也会影响你的新产品面市。”

贺晓棠本想向赖总打听一下新产品面市的进度，结果得到赖总撤资的消息。她第一时间打给陈文栋询问情况，结果他只是轻描淡写，令贺晓棠好不担忧。

贺晓棠不相信一大笔资金说没就没之后能说有就有，她到陈文栋公司又打听了一下，已经暂时停产几日了，陈总一直在想办法，但还是悬着，一时之间没有哪个公司愿意立刻注资。

贺晓棠了解了情况之后打电话给美国的朋友Ruby，拜托她把自己唯一的房子抵押贷了一笔钱，又通过亲戚朋友为陈文栋缺少的这笔资金跑前跑后，结果在炎热的夏季不小心中暑了。

“拿着，是我先借给你的，虽然还远远不够，但是两个人一起总有办法的。”

陈文栋很感动贺晓棠能这么做，都说大难临头各自飞，面临困难，贺晓棠又飞回来了。

“如果不习惯宾馆，你就回来，有张妈照顾病会好得快一点儿。”

凯莉亚病好之后又回来帮他拾起新产品的设计重任，策划着新产品的面世计划。这段日子陈文栋在忙着参加一个Party，这个宴会汇聚很多国内外知名的销售商和材料商。陈文栋须在宴会上维护与各经销商的关系。

苏苏给孩子起了个名字叫“陈鎏源”，苏苏本想让孩子随自己姓柳叫“柳鎏源”，却更想让孩子知道自己有父亲，姓陈。“鎏”与“柳”谐音，五行中属金，有成色好的金子的意思，吉凶寓意为“吉”，好兆头，苏苏想把孩子培养成发光的金子，又想让他平安吉祥。“源”字同“缘”，暗合了柳苏苏与陈文栋剪不断的缘分。

苏苏听到邢刚对宋远景说："我妈说苏苏都五个月了，你怎么一点动静没有？什么时候给我们老邢家传宗接代？"

"你以为生孩子跟拉屎一样，只要吃饭就能产出，上一次还不是因为你没照顾好我，才流产的，现在有什么脸催我？"

"又来了，过去的事提它有意思吗？"

"没意思，你就不要说传宗接代，好像我嫁到你家就是专门给你们续香火的，告诉你，我暂时还不准备生了。"

"不生孩子，男人娶女人干吗？还要做牛做马，不如打光棍自在。"

"你挑来拣去找个女人就是为了生孩子，还不如直接在猪圈里逮个母猪配种，哦，我忘了物种是隔离的，你还只能找人类了。"

"我现在就要实行造人计划！"

"少来啊，也不看看什么时间了？"

苏苏觉得自己简直就是扫黄的，住在宋远景家严重限制了他们的夫妻生活，以至于邢刚最近一直上火。

苏苏跟宋远景打了个招呼就出去了，她想走动走动，顺便到附近的婴幼专卖店买点胎教的碟片，给未出生的孩子挑几件小衣服。谁知她上台阶的时候脚下踩空跌倒了，肚子顿时疼了起来。

医院打来电话的时候，宋远景还在和邢刚翻云覆雨，听到苏苏跌倒的事，邢刚瞬间萎了过去。宋远景不顾没办完事的邢刚，穿上衣服就往医院赶。

"都怪你，非要大白天做。"

"我哪知道会出这档子事。"

"反正苏苏有事，我饶不了你。"

去的路上宋远景一直祈祷苏苏不要有事，她害怕苏苏和自己上一次一样，活受罪，现在已经五个月了。

"孩子没了。"

"大人呢？"

"暂时没事。"

宋远景走到病床看苏苏的时候，苏苏面无表情，不说话，不吃东西，眼睛里一直含着泪花。

“苏苏，你说话啊？”

“你还年轻，以后会有的，别太伤心。”邢刚也安慰起来。

“都怪我，不该让你一个人出门。”

苏苏擦了下眼泪，对宋远景说：“我没事。”

曾经有人说，“只要你需要，无论我在哪里，都会义无反顾为你狂奔去”，可是现实是，在需要的时候不见了他的踪迹。女人还是要靠自己，每一个坚强的女人背后面都有一个伤害她的男人。

这个晚上忙完公司的事，疲惫的陈文栋回到家，直接回到自己的卧室，拉上宽大厚实的窗帘，任这个夜晚肆无忌惮地侵袭他寂寞的心脏。他想着Ruby的话：“凯莉亚不是回国找你了吗？怎么会沦落到把房子抵押了还向亲戚朋友借了一大笔钱，她到底出什么事了？”

是了，她一定是为了他把房子抵押了。贺晓棠、苏苏，陈文栋的脑子乱乱的，他分辨不出自己对苏苏还有多少恋，他们还有几分胜算？他对贺晓棠又有多少情谊，是苏苏的几分之几？正想着，响起了敲门声。

“有事吗？”

“想和你聊聊。”凯莉亚穿了一件性感的睡衣，头发湿漉漉地搭在肩膀，红润的双唇说出的每一个字都具有无限的诱惑。

“你知道你这样性感地出现在一个孤单的男人面前意味着什么吗？”

“诱惑，看你有没有这个自控能力。走吧，一起喝杯酒。”

陈文栋全无睡意，想来想去脑袋已经一盆浆糊了，于是拿出一瓶上好的葡萄酒，两人一边聊天一边喝酒。

“你给我的钱是房产抵押贷的款？”

“用就是了，管那么多。”

“你完全没必要为了我这样。”

“我是为了我自己，我希望你不要把我看成以前的贺晓棠，我要以一个崭新的姿态站在你面前，以一个新的身份追求我的爱情和婚姻，所以还是称呼我凯莉亚吧。”

凯莉亚从桌子对面移到陈文栋旁边，纤细白嫩的手掌压在他宽大的手掌上，“文栋，我们还有可能吗？”

陈文栋收回被握紧的手，“你现在比以前还要漂亮优秀，应该找到更好的人。”

“我不要。”凯莉亚扑在陈文栋怀里，任陈文栋如何躲避，她拼命挣扎着就是不起来。

这个夜里，在酒的催眠下，他有点喜欢贺晓棠雄鹰一样飞翔的姿态，她不祈求，不畏缩，坚强地站在他面前。不是她，也许他已经支撑不下去了，遇见暴风雨，还需要高傲的海燕。

酒意开始翻上来迷乱着心绪，昏暗的灯光也故意渲染着暧昧的气氛。迎着凯莉亚的唇，他们激烈地接吻，在客厅的中央，在客厅中央的地板上，抱着滚在地上，肆意地释放着仅剩的激情和多余的寂寞。

只是忽然间，一阵风吹动了窗帘，他打了个寒噤，停了下来，将她推开。

这个深夜，他离家出走。

苏苏在宋远景家休养了数日，在北京又重新找了工作，搬出了邢家，过起了单身的生活。

宋远景因为苏苏流产的事一直自责，于是和邢刚吵起来。她认为都是邢刚的错，如果不是邢刚非要白天造人，也就没有苏苏的摔倒，也就没有流产，更没有苏苏的忧郁。

邢刚觉得宋远景无理取闹，已经多日没有回家了，临走的时候还留下一句话：“想找我你可以发动大舅子，打我一顿我就会回来，告诉他，千万别手下留情。”

宋远景在苏苏面前一副一切正常的样子，苏苏劝她：“和邢刚好好过，事情都过去了，再说和他也没关系。”

几年前，三个丫头刚毕业商量着去向，最后苏苏为了追寻叶峰的脚步放弃了马上签约的×大公司，和蓝颜一起去了苏州，找了个不算大的编辑部，一干就是几年，现在一切又回到了原点。

蓝颜飞过来看她，三个女人又站在长城上喊："辉煌的过去啊，挥手拜拜；扯淡的未来啊，等着我来，耶！"

此时蓝颜对苏苏说陈文栋曾经找过她，问她的状况。

"我挥一挥衣袖，不带走一丝云彩。我已经走了，我们也分开了，我认了。"

蓝颜认为婚姻里应该有爱，茫茫人海遇到知己不容易，不抓住就再也没有机会。她尝到了无爱婚姻的苦果，总是一个人唱独角戏。Peter的爱对她来说看得到，感觉起来却并不深刻，即便Peter做到了十分，或许还不及杨磊当初的一分。

两颗心只有互相感应才能彼此靠近，否则只会越来越排斥，越走越远。

"苏苏，我支持你。"

苏苏不是不想，她放不下陈文栋，更不敢回去和母亲抗争，那是她唯一的亲人，她必须妥协，必须沉默。

苏桂枝一个人在家过了将近一年，思来想去地回忆那些事情，因为柳寒山的去世，一开始她很恨陈文栋，觉得女儿婚姻不幸和丈夫去世都是因为他。

那时苏苏爸爸刚过世，她心情非常激动，看不得陈文栋和苏苏在一起，更坚定地认为两个人犯冲，于是以死相逼，说如果陈文栋再纠缠苏苏她就追随柳寒山去，柳寒山的死和他脱不了干系，如果不是他们回家，如果不是他忘拿钱包，如果不是苏苏爸爸去送，一切都不会发生，归根结底她把所有的错都怪在陈文栋身上。陈文栋听了她说的话，默认了这个要求，因为他知道自己没有选择的权利和自由。为了怕苏苏和母亲心里有芥蒂，怕苏苏怨恨母亲，陈文栋宁愿让苏苏误会自己是个冷酷无情的浪子，料理完苏苏父亲的丧事，什么也没说他便主动离开了。

父亲忌日那天苏苏回了家，看到了日渐年迈的母亲，一年的时间头发白了很多，皱纹也多了，手上的皮肉明显松弛了。

苏桂枝看到苏苏又消瘦了，没有以前爱笑了，也不再缠着她做好吃的了，更不会坐在餐桌前边吃饭边讲公司的趣事，两个人各自沉默着。

苏桂芝不敢再提相亲、婚事，一耽误苏苏已经是三十岁的人了，如果不是当初反对，说不定都可以抱上外孙子了。

两个人去柳寒山的坟上烧香，在父亲的坟前，苏苏止不住地伤悲。

“爸，我来看您了。您在那边过的还好吗？天冷的时候记得加件外套，饿的时候多吃点，别再瘦了，我和妈会担心的。”

“老头子，当时我们那么强烈反对他们，你说走就走，扔下我们娘俩。过去的这一年我才知道两个人在一起有多重要，女儿她不说，但是我们都能感觉到她心里的苦。她一个人在外面的这些年过得不容易！做父母的都是为孩子好，都说当爸妈的最了解自己的孩子，我们做得都不够好啊，一点儿不了解苏苏心里的感受。你走之后，是我以死相逼拆散他们俩的。老头子，你说，我们是不是错了，一把年纪的人了，偏偏老顽固，把女儿最好的时间给耽搁了。女儿三十岁了还是一个人，她不容易啊，我如今也是过半百的人了，还有什么好固执的？”

苏苏搀起母亲说：“妈，都是我不好，没听你们的话。”苏苏话不多，总是那么几句，说得苏桂枝更难过，她知道苏苏一直放不下。

“苏苏，妈也是鬼迷心窍了，非要拆散你们。现在我不会再反对了，只要你幸福，有个完整的家，你们能经常回来看看妈，我就知足了。一把年纪了，也没什么好盼的，只求你们能健健康康高高兴兴的就行了。”

“妈，您别说了，是我当时太不懂事，您始终都是为我想，从没有认真考虑过自己。女儿本应该早点回来看望您和爸，又不敢回家，怕您还怪我……”

人是不是越年老，愿望越简单，心地越单纯，心境越远阔？年轻的脾气在年华老去的时候会越来越淡，年轻的执着在流年岁月逝去的时候越来越淡，不再执迷，只是单纯地想享受天伦之乐。

“苏苏，你还想着他吗？”

苏苏摇摇头：“都过去了。”

“妈知道你没有放下，也放不下。其实妈一直希望你嫁个好人，疼你，宠你。妈不知道自己当初的决定对不对，但是妈知道你心里一直想着他。”

"妈，我都忘了。"

"那为什么还要留着他的孩子？"

苏苏错愕，母亲怎么知道的？她看着母亲布满皱纹的眼睛，找不到答案。

"妈是过来人，你那个时候总是吃不下，恶心，妈怎么会不知道？当时我生气，你爸刚去世，我心里气你，更恨陈文栋，任由你一个人选择生下还是打掉。这一晃就是一年了，看到你一个人回来，我竟有些失望，隔壁的大伯一家老小团团圆圆，不知道多高兴。"苏桂枝说着眼睛湿润了，她心里还是牵挂心疼着女儿，这一年来她也并不好过，虽然不在女儿身边，心却始终悬着放不下。

"妈，都过去了，我不想再提了，以后我一直在家伺候您，哪也不去了，咱娘俩团团圆圆的。"

苏桂枝失声，喉咙哽咽得难受："苏苏，是妈对不住你，白白断送了你的幸福。我听邻居说陈文栋到咱家找过你好几次，妈看出来他是真心的，你去找他吧，我不会再拦你了。"

谁承想一个决定改变了两个年轻人的一生。

苏苏害怕一切回不去了，他会不会像忘记Mary和Sunny还有贺晓棠、小文一样忘了她，她们都是他生活的过客？

时间能改变很多东西，有时候可爱得忍不住抱住亲吻，有时候恨得牙痒痒。所以让你在一段时间很想很想去见一个人，真的可以去见去面对的时候又很怕很怕。好像暗恋一个人很久了，不知道该不该说出来，是失去一个朋友还是失去一个恋人，很难抉择。

苏苏下决定去见陈文栋的时候，问了母亲千遍："您真不反对了？"苏桂芝哭笑不得。

苏苏怀着荆轲刺秦王的心情，风萧萧兮火车长鸣，她又踏上了去苏州的路。

一个老小区，树枝发达，树叶茂盛，整条路被左右交错的树荫覆盖了，阳光散落在枝枝叶叶之间，形成一个个不规则的圆形。楼房是多层的，没有电梯，墙壁年久失修也显出了岁月的痕迹，爬山虎顺着围墙攀援没有尽头，有些草坪生生被踩出了一条路，虽然旁边就有提示牌写着“茵茵芳草，踏之何忍”，小区里住了一些退休的老人，早晨很早起来健身，还有一群朝气蓬勃的年轻人，早出晚归为生活东奔西跑。

苏苏的新窝就在这个老小区。一来到苏州她就托人先打听陈文栋的消息，太害怕回来之后自己的男人贴了别人的标签，使用一下都要打申请。

“他前妻回来了，和他住在一起。”

这是苏苏得到的答案，从一个熟悉陈文栋的狗仔口中得到的消息，但是现在她丝毫不怀疑这是炒作，却比任何时候都希望这是绯闻。

以前的苏苏会大醉一场，堕落一次。现在的苏苏没有流泪，心里的痛苦化不成眼泪，化成的全是尸体。哀，莫大于心死。

她见了朱总，以为他会像制造绯闻那次体谅苏苏，却谁知人走茶凉。朱总对苏苏一顿大骂：“紧要关头你消失，都不知道去哪儿找人，等着印刷的杂志就这样断了一期。你知道这对一本杂志意味着什么吗？现在你一切OK了，可以上班了，就来找我。告诉你，回头的马十匹我都不要，趁早在我眼前消失，要不然我还得问你索赔。”

人情冷暖大概就是这样的温度吧！

“牛魔王”已经不在《都市杂志》了，任何事情的发生都不以某个人的意志为转移，等你整顿好了人与物，恐怕自己也被整顿了。等着物非人非吧，最实在的还是埋头苦干。

苏苏见了赵主编，现在还在《名都》里掌着一把手的大权，老赵依然是不喝白开水不喝饮料，到哪都自备浓茶。

“苏苏，你是一个好编辑，也是一个好记者，但是工作和生活总是莫名其妙地纠缠到一块，我可以把你介绍到我们杂志，你得保证公私分明。”老赵半玩笑地说了自己的顾虑。

苏苏应着，就差发毒誓了。

和老赵分开后，苏苏正要坐车赶回去，一个念头强烈地涌现出脑海，她想去陈文栋的别墅看最后一眼，只是远远地站着。

苏苏屏住呼吸站在不远处，看着眼前的别墅，这个曾经有着回忆的地方，忽然她看到一辆车开进了别墅，那辆车曾经那么熟悉。

他，王子一样站在自己的城堡前，公主就在身边，穿着华丽闪耀的晚礼服，耀眼高雅地站在城堡前，俨然女主人的架势。

苏苏只觉得过去的日子里自己艰难依靠的理由真的坍塌了，如今这些苦难无限地放大却没有安靠的地方，她好像一个怨妇，星星月亮地盼，盼来了男人的背信弃义。

“旧情复燃”四个字在她脑海里一直打转。美丽的妻子，有过美好的婚姻经历，曾经深爱过的女人，而她，和无数女人一样，是个插曲。

听说，在凯莉亚的协助下，他们竞标成功，资金问题得到了解决，公司也恢复了正常。苏苏看着他们一同归来，男才女貌，一对璧人，她默默地转身离去。

苏苏回到自己的小窝，她全部的思绪都是那个画面：女人华贵，男人倜傥，从一辆车下来，开到他的私人别墅，曾经的夫妻，现在的夫妻。

陈文栋在凯莉亚的帮助下成功推销了新产品，又在她的安抚下一点一点从失去苏苏的阴影中走了出来，在看不到希望的时候复婚了。

苏苏对着家里的大镜子，看着自己三十岁的容颜，她不允许自己哭泣，不允许自己倒下，“柳苏苏，你要坚强。”

这个晚上，苏苏给自己讲了一个笑话，一点也不好笑的笑话，她哈哈大笑，让自己看上去很高兴，却泪如泉涌。

回忆像露天电影一样，转动的放映机投射到荧幕上，那些镜头历历在目。苏苏想起了自己喝醉酒那次无意撞上了他的车。就那么巧，那么巧是不是缘分，是不是上天给的机会？这样的机会人生里应该不多吧，抓住死死掖在自己怀里才好。

遥遥长路寻背影

暖暖爱去如流星

盼望原谅我，不要问究竟

但愿现在在你的心中，亦有着共鸣

如何任性

来换我过去对你依依不舍的岁月无声

愿你来和应

重温美丽晚星

回归恬静

苏苏不再留恋过去，她重新穿上了高跟鞋，如果说失恋还有什么好处，唯一的收获就是不用费尽心机减肥了，她又回到了“老妖”的时代，一尺九的小腰，承担了失恋的阴影。

编辑部刘主任走到苏苏面前说：“苏苏，你和陈总联系一下，就说专访安排在下午3:00，不要迟到。”

“好。”

想了一百种遇见的情形，唯一没有猜到的就是工作中相逢。

“喂，你好。”

苏苏以为会听到熟悉的声音，接电话的却是贺晓棠。苏苏把思绪从两万五千里的长征路上拉回来，恢复了专业。

“我是《名都杂志》的柳云，陈总的采访安排在下午3：00。麻烦您告诉他这边已经准备好了，不要迟到。”

“好的，谢谢你。”

没有什么过不去的坎，叶峰走了，自己不也活过来了？失恋的功效不是让人颓废萎靡，而是瘦身。

下午陈文栋来的时候柳苏苏躲到了办公室一直不敢出来，老赵忙他的专访，因为人手不够，编辑部刘主任把茶放在苏苏面前说：“苏苏，你帮忙端过去，现在人员紧张。”

狗血的事总是不断地重演，苏苏真的怀疑老刘是编辑部主任还是电影导演，怎么就不能选其他人做配角呢？

难不成更年期的人心理都阴暗，非要这个曾经的主角低下姿态演好配角才大快人心?

“去就去，老娘怕谁！”

苏苏努力让自己恢复剽悍的一面。

一、看到旧情人要尽量隐藏自己的不如意，展现自己的魅力；

二、坚持不做作、不尴尬、不惊讶的“三不原则”；

三、越委婉的事越要做得剽悍，越剽悍的事越要低调委婉。

苏苏端着茶没事人一样送了过去，“陈总，赵主编，请用茶。”

苏苏是背对着陈文栋送上去的，她太佩服自己的机智过人了，简直就是中国的爱因斯坦，脑子肯定跟别人的不一样。

“刚才那个人怎么有点眼熟啊？”

“就是第一次采访您的柳苏苏啊，那篇稿子我到现在还留着，绝对的专业有深度。”

老赵平时迂腐也就算了，怎么就想不到旧情人见面格外难堪呢？他不动动脑子想想，这时候提起苏苏还不等于七夕前夜在七仙女面前提起董永，你这不是想让苏苏无地自容提前跳银河吗?

“苏苏？”

苏苏回到办公室坐在自己电脑前打稿子，一个字也写不下去。没有感觉那是谎话，但是感觉有多深谁也说不好。对已婚男人越深的爱，代表以后越深的伤害，苏苏不想重走蓝颜的路子，更不想纠缠在过去的岁月里。

专访过后陈文栋找她来了，她站在对面，看着再熟悉不过的男人，心里翻腾。

“还好吗？”

“嗯。”

“一起喝杯酒吧。”

“嗯。”

剽悍不起来的见面。

西餐厅的单间里，两人都不知道如何开口，“一段一段的回忆，回忆已经没有意义，痛哭痛悲痛心痛恨痛失去你，情深缘浅不得已……”本想好好珍惜，此生恐怕已没有机会，只等来生再遇上，遇到的时候，一定是对的时间，彼此是对的人。

服务员拿出菜单，苏苏粗略看了一下，交给陈文栋：“我知道你对酒很挑剔，你点吧。”

陈文栋有收藏葡萄酒的喜好，世界上最值得收藏的几种酒品，拉图和李其堡都能在他的典藏柜里找到。陈文栋开了一瓶意大利的瓦达迪杰D.O.C皮诺格利玖干白。颜色稍微偏淡金色，刚倒出来的时候有一点点气泡，伴着新鲜灰皮诺典型清新香气和类似于苹果酒的味道。

“你过得好吗？”

苏苏故作轻松地说：“好啊，很好。”苏苏轻轻摇晃着手中的高脚杯，“我记得你跟我说过拉图堡的红酒酒精浓度高，相对于品尝，它更适合典藏。你不觉得这款酒很像我们之间的关系吗？烈而不温，偶尔品尝尚可，没有细水长流的宿命。”苏苏略带伤感，轻吮一口，红酒立刻在胃里灼烧。

“所以你觉得我应该喝什么样的酒？”

“当然是你每晚都不忘记喝的那种酒，就像你心里不曾放下的那个人。”她略带赌气地说道。

陈文栋每晚都要喝一杯拉菲，这已是多年的习惯。

品酒师说，拉菲就像一首抒情的诗，拉图则是澎湃激昂的史诗。而生活，是阅尽风光后的细水长流。

“如果我说我就是喜欢拉图的烈呢？”他看着她，期待听到些什么？

“你那么喜欢研究红酒，应该知道拉图有时还会带着火药、汽油的矿石味，你会喜欢到日日品尝吗？”

“我……”

陈文栋不知道该说什么了，他也没有资格说出来，两人沉默着，沉默了许久，各怀心事。

“苏苏。”

“文栋。”

两人同时叫出了对方的名字，顿时思念如洪水决堤，铺天盖地地淹没了记忆。苏苏看着陈文栋棱角分明的无比熟悉的脸，想着过去错过的路，顿时眼泪像是北京冬天的大雪，覆盖了所有情感。陈文栋把苏苏揽在肩侧，说：“苏苏，我们重新开始。”

两个人的相依相偎只存在这短短的一刻，陈文栋的手机响了，凯莉亚在呼唤他。

“你走吧。”

陈文栋在苏苏的额头上留下了一个吻。

苏苏真想拉住他，说：“可不可以不要走，你知不知道我很爱很爱你，每一天都在想你，每个梦里都是你。”

苏苏跑过去抱着陈文栋说：“给我最后一分钟，让我忘了你。”

这个拥抱像是一个仪式，纪念过去的爱情，祭奠死去的自己。

苏苏放开陈文栋，说：“你走吧，以后再见到我，不要叫出我的名字。”

陈文栋走后，天空下起了滂沱大雨，苏苏一直坐到天色暗沉，从窗户刮来的风吹走了他留下的最后一点气息。苏苏走出去，在大雨里，在滂沱的大雨里痛哭。

眼泪混着雨水，哭声混着雨声，噼里啪啦的大雨，稀少的人群，没有人注意到这个为爱而生的人是怎样的声嘶力竭。

很爱很爱你，所以愿意，舍得让你，往更多幸福的地方飞去……

雨越来越大了，苏苏倒在雨水里，望着混沌的天空，等雨过天晴她又是另一种心情。

“来。”

一只手伸了过来，头顶的一小块天空在周围密集的雨点里变成晴空，一个微笑的脸看着她。

是他，陈文栋。

他说：“你又一次放开了我，虽然我知道我们的爱情会跌跌撞撞，但是我想和你走向地老天荒。”

算命先生说的一点不准，她二十九岁的好运，从这个大雨滂沱里的相聚开始。